萩原朔太郎論

中村稔

青土社

萩原朔太郎論　目次

萩原朔太郎論

第一章　「愛憐詩篇」

1

私は自然につよい親近感をもち、季節の推移にしたがって花ひらき、また、うつろいゆくさまざまな草花にいつも感興をそそられてきた。それだけに、萩原朔太郎の詩に描かれた草花が、『月に吠える』においては、「すえたる菊」にみられるように

その菊は醋え、
その菊はいたみしたたる

ものと表現され、『青猫』においては「憂鬱たる花見」にみられるように

遠く櫻のはなは酢え
櫻のはなの酢えた匂ひはうつたうしい

というように表現されているのを読むと、その異様な感覚に衝撃を覚える。いったい萩原朔太郎が草花をうたうことはごく稀であった。『月に吠える』から拾いあげると、私の見落しがあるかもしれないが、

桔梗いろおとろへ、
しだいにおとろへ、（「山居」）
重さ五匁ほどもある、
にほひ菫のひからびきつた根つ株だ。（「かなしい遠景」）
櫻のはなをみてあれば
櫻のはなにもこの卵いちめんに透いてみえ、（「春の實體」）
ここにはつりがね草がくびをふり、
あそこではりんだうの手がしなしなと動いてゐる、（「愛憐」）（傍点原文、以下同）

と「すえたる菊」がすべてのようである。『青猫』についてみると、

すえた菊のにほひを嗅ぐやうに（「薄暮の部屋」）
憂鬱なる櫻が遠くからにほひはじめた（「憂鬱なる花見」）
かすかにくされゆく白菊のはなのにほひを（「鷄」）
もう憂鬱の櫻も白つぽく腐れてしまつた（「怠惰の暦」）
ねぼけた櫻の咲くころ（「顏」）

が草花にふれた全作品であると思われる。
『青猫』（以後）では「海豹」中に

うすく櫻の花の咲くころ

とあるのが唯一の例である。
『氷島』には草花にふれた詩は私の知るかぎり一篇もない。
ところが、『純情小曲集』中「愛憐詩篇」には

ところもしらぬ山里に

さも白く咲きてゐたるをだまきの花。（「夜汽車」）

こころをばなににたとへん
こころはあぢさゐの花（「こころ」）

櫻のしたに人あまたつどひ居ぬ
なにをして遊ぶならむ。（「櫻」）

さくらの花はさきてほころべども（「金魚」）

さんさんとふきあげの水はこぼれちり
さふらんは追風《つゐふう》にしてにほひなじみぬ。（「縁蔭」）

などとうたわれた作品が含まれている。しかし、「郷土望景詩」には

われの悔恨は酢えたり
さびしく蒲公英《たんぽぽ》の莖を嚙まんや。（「二子山附近」）

樹木については『青猫』所収の「夢にみる空家の庭の祕密」にみられるとおり、

その空家の庭に生えこむものは松の木の類
びはの木　桃の木　まきの木　さざんか　さくらの類
さかんな樹木　あたりにひろがる樹木の枝
またそのむらがる枝の葉かげに　ぞくぞくと繁茂するところの植物
およそ　しだ　わらび　ぜんまい　もうせんごけの類

のような表現がみられるけれども、これらは自然の中の植物ではない。『月に吠える』所収の「青樹の梢をあふぎて」の青樹も「さみしい町の裏通り」に生えている樹木であり、『青猫』所収の「みじめな街燈」の青樹も「とある建築の窓に生えて」いる樹である。

このように、萩原朔太郎がその詩の中でごく稀にしか草花をうたわなかったこと、「愛憐詩篇」中の作品を除けば、草花をうたっても、いまわしく、うっとうしく、寂しいものとしてしかうたわなかったという事実は注目に値すると思われる。

この事実は萩原朔太郎の自然嫌悪感に由来する。あるいは彼の自然に対する関心の欠如に由来する。

『月に吠える』所収の「さびしい人格」において

自然はどこでも私を苦しくする、
そして人情は私を陰鬱にする、

と書き、「田舎を恐る」において

冬枯れのさびしい自然が私の生活をくるしくする。

と書き、『青猫』所収の「自然の背後に隠れて居る」に

おとなの知らない希有《けう》の言葉で
自然は僕等をおびやかした

と書いていることから窺い知ることができるが、『文章倶樂部』一九一八（大正七）年五月号の「花、土地、人　一、最も好む土地」というアンケートに答えて、萩原朔太郎は次のとおり書いている。

「私には、心から自然に親しむといふことができません。順つてほんとに好きだと思つた土地

はありません。併しいつもある種の幻想的な風景を夢想してゐます。恐らくそれは外國のどこかにある寂しい船着場でせう。所詮、夢にみる殖民地の旗のやうな者です。風に吹かれて居る影の記憶です。」

もっとはっきり彼の自然観を示しているのは『花束』一九二八（昭和三）年一一月号に発表した「變物の話」である。その一節に萩原朔太郎は次のとおり書いている。

「ところで僕の「人嫌ひ」が、やはり西洋流の病氣であつて、東洋風の厭人觀とは、全く本質の性がちがつて居る。僕はどんなことがあつても、田舍の寂しい山の中などへ行く氣はしない。「自然」といふ觀念は、僕にとつては退屈の醜惡で、むしろ嫌厭の對象にしか價しない。僕はボードレエルの仲間であつて、都會の停車場や港の波止場や、或は群集の雜鬧する市街などを、一人瞑想に耽りながら、無關心に歩いてゐるのが好きである。「人間」といふものは、それが自分と直接の交渉を持たない限り、宇宙に於て眞に最も面白くまた最も愛すべき存在である。特に群集する人間を見てゐると、幾時間でも全く飽きると言ふことがない。僕は百貨店のエレベーターを往復しながら、いつも長い間人生の祕密を考へてゐる。」

こうした自然観は、一九二六（大正一五）年一一月、大田区馬込に転居して以後、変ったようである。当時の東京府下荏原郡馬込村は、萩原朔太郎が『都新聞』一九二七年六月一四日から一七日までの間に四回にわたり連載した随筆「移住日記」の第四回の末尾に「馬込村といふ所は、實に自然の明るい所だ。私は東京の郊外に、こんな明るい世界があるとは思はなかつた。樹木の色も、田畠の色も、まるで他所とちがつてゐる。すべてが水々しく、新緑のやうであり、土壌は黒ずんで生々してゐる」と書き、第四回（續）の冒頭に次のとおり書いている。

「林があり、坂があり、竝木がある。至る所が廣闊として、パノラマのやうに眼界がひらけてゐる。此所に移つてから、私は始めて「自然」といふものへの愛を感じた。自然といふものは、私にとつて久しい間退屈の存在にすぎなかつた。上州の郷里に居ても、田端に住んでも、鎌倉に移つても、自然は私に交渉をもたなかつた。私にとつてみれば、自然は一様に單調で、無味平凡で、人生と交渉のない無生命の物質に過ぎなかつた。自然の中に生命があり、力があり、生活があるといふことを、私は馬込村に來て始めて學んだ。」

稲子夫人と離別後の作を集めた『氷島』には彼が持つことになった自然観は反映されていない。『氷島』の詩篇は孤独、寂寥にみち、悲憤、慷慨の調べがつよい。自然を愛でるような心境ではなかった。

『氷島』をふくめ、萩原朔太郎がいわゆる自然詩人でなかったこと、自然の風物に思いを託して詩作する詩人ではなかったことを、まず確認しておきたい。

2

萩原朔太郎が彼の詩をはじめて発表したのは『朱欒』一九一三（大正二）年五月号であった（『朱欒』は「ザムボア」と読む）。このとき発表したのは「みちゆき」「こゝろ」「女よ」の三篇である。「みちゆき」は『純情小曲集』の「愛憐詩篇」に「夜汽車」と改題して収められ、「こゝろ」も同じく「こころ」と改題されて収められた作品であり、『朱欒』掲載時の「女よ」は「愛憐詩篇」では「女よ」「金魚」「櫻」「旅上」として四篇に分けられた詩篇を○印で結んで一括されていた作品である。

「夜汽車」は知られるとおり次のとおりの作品である。

有明のうすらあかりは
硝子戸に指のあとつめたく
ほの白みゆく山の端は

みづがねのごとくにしめやかなれども
まだ旅びとのねむりさめやらねば
つかれたる電燈のためいきばかりこちたしや。
あまたるきにすのにほひも
そこはかとなきはまきたばこの烟さへ
夜汽車にてあれたる舌には侘しきを
いかばかり人妻は身にひきつめて嘆くらむ。
まだ山科《やましな》は過ぎずや
空氣まくらの口金《くちがね》をゆるめて
そつと息をぬいてみる女ごころ
ふと二人かなしさに身をすりよせ
しののめちかき汽車の窓より外《そと》をながむれば
ところもしらぬ山里に
さも白く咲きてゐたるをだまきの花。

おそらく不倫の旅に出た男女が夜汽車で夜明けを迎える情景を描いたこの作品は、そうした劇的な要素と、五音、七音を基調としながらも、六音、八音、三音を所々にまじえたしっとりした調べとにより、読者を惹きつける魅力をもっている。しいていえば、「硝子戸」は「硝子窓」ではないかと思われるし、空気枕の口金をゆるめれば空気をぬくのであって息をぬくわけではないと思われる。「つかれたる電燈のためいきばかりこちたしや」「身にひきつめて」は措辞に無理があるが、そのためにこの詩の情緒を汲みとれないほどの難ではない。

『朱欒』の同じ号に「萩原咲二」の名で

しののめのまだきに起きて人妻と汽車の窓よりみたるひるがほ

という短歌が掲載されている。この短歌を素材、原型として詩「夜汽車」が創作されたものであろう。両者を比べると、「夜汽車」の方が短歌よりはるかに内容豊かで情感に富んでいる。短歌で表現できなかった情景、情感をもりこむために「夜汽車」が思いつかれたのであろう。短歌から詩へ、萩原朔太郎が移っていかなければならなかった状況を推察させるに足りるといってよい。

このとき、同時に掲載された短歌は次の三首である。

ふきあげの水のこぼれを命にてそよぎて咲けるひやしんすの花

たちわかれひとつひとつに葉柳のしづくに濡れて行く俥かな
きのふけふ心ひとつに咲くばかりろべりやばかりかなしきはなし

これらはすべてヒルガオ、ヒヤシンス、ヤナギ、ロベリヤに寄せて思いを述べた、和歌の伝統につらなる作である。

ただ、短歌における「ひるがほ」を詩「夜汽車」で「をだまきの花」に変えていることは、この作が写生でないことを示しているだけではない。しののめ時にヒルガオが咲いているということの不自然に気付いて、オダマキに変えたのかもしれないが、要は花の名は何でもよかった。夜明けにみるのにふさわしいかどうかを問わず、適当な花の名でうたいおさめて短歌的抒情が完結する。そういう意味で「夜汽車」が短歌的抒情の伝統につらなることに注意すべきだと私は考える。

「こころ」も同じである。その第一連だけを引用する。

こころをばなににたとへん
こころはあぢさゐの花
ももいろに咲く日はあれど

うすむらさきの思ひ出ばかりはせんなくて。

「櫻」もその第三行から第五行までを引用すれば、これが短歌的抒情につらなることが理解できるはずである。

われも櫻の木の下に立ちてみたれども
わがこころはつめたくして
花びらの散りておつるにも涙こぼるるのみ。

さて、「旅上」はおそらく萩原朔太郎の初期作品中もっとも広く知られた作品であろう。

ふらんすへ行きたしと思へども
ふらんすはあまりに遠し
せめては新しき背廣をきて
きままなる旅にいでてみん。
汽車が山道をゆくとき

みづいろの窓によりかかりて
われひとりうれしきことをおもはむ
五月の朝のしののめ
うら若草のもえいづる心まかせに。

この詩も「五月の朝のしののめ／うら若草のもえいづる心まかせに」という弾むような季節感のある二行で終っていることによって、やはり伝統につながっている。およそ旅へのいざないは誰もが感じながら、なかなか果たすことができないのがつねである。フランスは当時も現在も人々の憧憬の地である。この作品には、青春期の心の瑞々しさがあり、爽やかさがあり、それにふさわしい調べがある。

ただ、看過してならないことは、この詩を詩たらしめているのは「せめては新しき背廣をきて」という一行と、末尾の「うら若草のもえいづる心まかせに」の一行、これら二行にあるのだが、前者は石川啄木『一握の砂』所収の作

あたらしき背廣など着て
旅をせむ

しかし今年も思ひ過ぎたる

から着想をえているにちがいないという事実である。萩原朔太郎が石川啄木を高く評価し、強い影響をうけたことは、彼が石川啄木について書いた数多くの文章から知られるし、また、彼の初期の短歌からもはっきりしている。一例を示せば、『無からの抗争』中の「ヒューマニストとしての啄木」に萩原朔太郎は次のとおり書いている。

「啄木の生きた人生こそ、眞の詩人の生きるべく宿命された人生だつた。なぜならば啄木の求めたものは、詩を技術する爲の人生でなくして、詩を實現するための人生だつた。卽ちつまり言へば、彼は本質的のヒューマニストであつたのである。「人は如何にして善く生くべきか？」これが彼の一生考へた詩人生活のモラルであつた。」

「ハイネがイロニックの諷刺家であつたやうに、啄木もまた反語的の諷刺家であり、時には故意に道化て自分をピエロのやうに表現したり、皮肉な毒舌で人を罵つたりした。しかも彼の若い魂は、最後までロマンチストとしての夢を持ち續けた。そして此所に彼の痛ましい詩人的の悲劇があつた。

明治以來、日本には多くの天分ある詩歌人が出た。しかし眞の人生熱情を持つたところの、眞のヒューマニストとしての詩人は、おそらく石川啄木一人であらう。」

この啄木観の当否はしばらく措く。石川啄木のばあい、新しき背広など着て旅に出ようと思っても、窮乏のため、そんなことは夢想にすぎない。空しく歳月の過ぎ去るのを見送るばかりであった。この歌には石川啄木の痛切な嘆きがこめられている。これに反し、萩原朔太郎は富裕な家庭に育ち、フランスは遠すぎるとしても、新しい背広を仕立てて旅に出ようと思えば、いつでも可能な、恵まれた境遇にあった。そういう意味で、「旅上」は苦労知らずの青年の気楽な気分の横溢した作であり、明るい作品である。

「旅上」の末行についていえば、北原白秋の歌集『桐の花』の冒頭、「銀笛哀慕調」の章に収められた短歌に次の一首がある。

はるすぎてうらわかぐさのなやみよりもえいづるはなのあかきときめき

若草の萌えいづる、という表現は平凡だが、うら若い、という言葉を結んで、うら若草の萌えいづる、という表現は非凡である。『桐の花』は一九一三（大正二）年一月刊、つまり「旅上」等を北原白秋主宰の『朱欒』に投稿する数カ月前に刊行されているから、この当時、萩原朔太郎は『桐の花』を読んでいたにちがいない。この翌年、一九一四年二月九日付中澤榮三郎宛書簡で彼は、詩集『思ひ出』及び歌集『桐の花』は「私の讚して世界一の詩歌集と呼ぶところ」と書いている。

「旅上」が明るく、弾むような調べをもっているのはこの結びの表現にある。

北原白秋は当然この表現の借用に気づいていたにちがいないし、啄木の歌も憶えていたであろう。それらを承知の上で、これらの詩に新鮮な詩心、才能を発見したのであった。

3

萩原朔太郎の上記の詩が掲載された『朱欒』には室生犀星の「小景異情」が掲載されていた。『朱欒』掲載の「小景異情」と犀星の詩集『抒情小曲集』所収の「小景異情」は、いずれも「その一」から「その六」までの六篇から成るが、内容は一部相違している。犀星は『月に吠える』の跋文にこう書いている。

「大正二年の春もおしまひのころ、私は未知の友から一通の手紙をもらつた。私が當時雑誌ザムボアに出した小景異情といふ小曲風な詩について、今の詩壇では見ることの出來ない純な眞實なものである。これからも君はこの道を行かれるやうに祈ると書いてあつた。私は未見の友達から手紙をもらつたことが此れが生れて初めてであり又此れほどまで鋭どく韻律の一端をも漏さぬ批評に接したことも之れまでには無かつたことである。私は直覺した。これは私とほぼ同じいやうな若い人であり境遇もほぼ似た人であると思つた。ちやうど東京に一年ばかり漂泊して歸つてゐたころで新しい友達といふものも無かつたので、私は饑ゑ渇いたやうにこの友達に感謝した。

それからといふものは私だちは毎日のやうに手紙をやりとりして、ときには世に出さない作品をお互に批評し合つたりした。」

萩原朔太郎が「小景異情」のどの作品にもっとも感動したかといえば、「小景異情」の代表作ともいうべき「ふるさとは遠きにありて思ふもの」とはじまる作品であることは間違いないと思われるが、念のため、『朱欒』『抒情小曲集』の双方に収められた四篇を、『朱欒』掲載順、掲載形で次に引用する。「その二」とある下の括弧内（その一）等は『抒情小曲集』中の表記・順序である。

その二（その一）

白魚はさみしや
そのくろき瞳《め》はなんといふ
なんと言ふしほらしさぞよ
そとに書飼をしたたむる
わがよそよそしさと哀しさと
ききともなやな雀しば啼けり

その三（その五）
なにこがれて書くうたぞ
一時にひらく、うめ、すもも
すももの蒼さ身にあびて
ゐなか暮らしのやすらかさ
けふも母ぢやに叱られて
すももの下《もと》に身をよせぬ

その五（その四）
わが靈《いのち》のなかより緣もえいで
なにごとし無けれども
懺悔の涙せきあぐる
しつかに土を掘り出でて
ざんげの涙せきあぐる

その六（その二）

ふるさとは遠きにありて思ふもの
そして悲しくうたふもの
よしや
うらぶれて異土の乞食となるとても
帰るところにあるまじや
ひとり都のゆうぐれに
ふるさと思ひなみだぐむ
そのこころもて遠き都にかへらばや
とほき都にかへらばや

私が注意したいことは、一つにはこれらの詩には短歌的抒情がまったくないということであり、もう一つとしては、「その五」にみられる「懺悔」「土を掘る」という行為・表現・思想が萩原朔太郎の後日の詩作に与えた影響である。

室生犀星は『朱欒』同年新年号には詩を発表していたし、大手拓次は吉川惣一郎の筆名により前年からほとんど毎号詩を発表していた。これらも興味ふかいが、室生犀星、大手拓次を本稿では論じない。萩原朔太郎が「小景異情」をどう読んだかを『日本』一九四三年二、三月号に発表した「室生犀星の詩」によって考えてみたい。

「詩の眞の目的は、とゲーテが言つてる。眞理や哲理を語るのでもなく、道德や正義を詠ずるのでもない、人間情緒の純粹な至情を抒するにあると。西洋近代の詩人中で、ヱルレーヌが「純粹の詩人」といはれてるのはこの爲である。日本近代詩人中、この意味でヱルレーヌに比すべきものは、實に室生犀星であらう。特に彼の初期に書いた多くの小曲中には、千古に亙つて愛誦さるべき名篇がすくなくない。それらの美しい可憐な詩篇は、彼獨特の全く新しい詩技と手法によつて書かれたもので、藤村、泣菫、有明、白秋以來の日本の新詩を、表現の形式スタイルに於て、劃期的にエポツクしたものであつた。卽ちそれらの詩は、第一に先づ形式に於て、新しい文語自由詩を創造した。新體詩の出發以來、日本の詩は多く七五調や五七調の韻文で書かれて居た。後、泣菫、有明等の詩人は、その單調を破る目的から、韻律に種々の變化工夫を試みたが、要するに皆一種の定形詩であつた。かうした詩形の規約を無視して、心の韻律をそのまま言葉の節奏に移し、大膽奔縱の自由詩で歌つたものは、實に室生犀星であつた。しかもかうした彼の詩篇（「小景異情」など）は、過去の詩に全く類例のない、特殊な魅蠱的な音樂節奏に富んでるので、朗々聲をあげて愛吟するに足るものであつた。

さらにまた犀星の新詩業は、過去の文章語で書いた新體詩から、その非時代的な古典性を一掃して、文語詩をそのまま現代語化したことである。實に日本の文語詩は、犀星によつて全くスタイルを一新し、本質上に於て、現代口語詩と同じやうなものになつた。(その點、犀星の詩業は、短歌に於ける石川啄木と似たところがある。)

かうした犀星の新しい詩は、單にその詩語やスタイルの上ばかりでなく、内容の詩操を表現する手法に於ても、極めて大膽にオリヂナルなものであつた。過去に日本詩壇に於ても、島崎藤村や横瀬夜雨を初めとして、多くの所謂「純粋の詩人」があり、純一至粋の情緒を詠嘆した人があつたが、その表現の普遍的な方法は、多く何事かの比喩、形容、傳說等に借り、多分に敍事的の要素を帶びてた。然るに犀星の抒情小曲詩は、詩から此等一切の美辭的及び敍事的修辭を抽出して、直接心緒の高律するモチーフだけを、最も大膽率直に摑んで歌つた。故にその詩は、概ね五行十行の小曲に止まり、昔の新體詩の如く、五十行百行の長きに至らなかつたのは自然である。さうした犀星の小曲詩が、素朴率直の限りであることは勿論だが、それ故にまた讀者の心緒に深く觸れて、情感の高い琴線を動かすのである。」

こう述べた後、萩原朔太郎は「ふるさとは遠きにありて思ふもの」を引用した上で、この作品を次のとおり解説している。

「年少時代の作者が、都會に零落放浪して居た頃の作である。母親と爭ひ、鄉黨に指彈され、單身東京に漂泊して來た若い作者は、空しく衣食の道を求めて、乞食の如く日々に街上を放浪して居た。さうした都會の空には、いつも晴れた青空があり、太陽は輝き、雀は公園の樹に囀つて居た。至る所の街々に、見知らぬ人々の群集する浪にもまれて、ひとり都の夕暮をさまよふ時、天涯孤獨の悲愁の思ひは、遠い故郷への切ない思慕を禁じ得ないことであらう。しかもその故郷には、我をにくみ、侮り、鞭打ち、人々が嘲笑つて居る。よしや零落して、乞食の如く飢死するとも、決して歸る所ではない。故郷はただ夢の中にのみ存在する。ひとり都の夕暮に、天涯孤獨の身を嘆いて、悲しい故郷の空を眺めて居る。ただその心もて、遠き都に歸らばや。遠き都に歸らばや。(註。此所で故郷のことを「都」といつてるのは、作者の鄉里が農村でなく、金澤市であるからである。)

この詩はよく人口に膾炙し、或る意味で犀星の代表作とも見られて居る。詩の各行を通じ一語の形容もなく比喩もなく、思ひ迫つた心の眞情と高潮感が、そのまま言葉の張り切つた音樂節奏となつて、極めて素朴率直に歌はれてる。かうした詩は、萬人の胸に深く普遍的に触れる、或るペーソスの強い共鳴線を持つて居るが、特に鄉里の地方を出で、都會に放浪してゐる青年の男女にとつては、哀傷魂を傷《やぶ》る思ひを感ずるだらう。」

懇切をきわめた鑑賞である。しかし、萩原朔太郎は註として「都」を金沢市と解したことに私は同感できない。故郷は懐しい土地だからといって帰るべき土地ではない。そう覚悟をきめて遠い東京へ帰っていこう。たとい乞食になることがあっても故郷に帰るまい、という趣旨の作と私は解する。この作の当時、室生犀星は金沢に住んでいたことも、私の解釈の裏づけとなるだろうが、かりに金沢に住んでいなかったとしても、詩を素直に読めば、私が解したようにしか解釈できない。
右のとおり、萩原朔太郎の解釈について些末な異論はあるが、この解説は、萩原朔太郎がこの作品のどこに共感し、どこを学んだか、を明らかにしていると思われる。第一に、形式について、共感したにちがいない。五音、七音を基調とし、一個所だけ三音をまじえて、新しい節奏を創作したことは萩原朔太郎の「夜汽車」「こころ」「旅上」等と同じである。「ふるさとは遠きにありて思ふもの」の音数を示すと次のとおりである。

五・七・五
七・五
三
五・七・五
七・五
七・五
七・五
七・七・五

七・五

こうした形式に共感したことは見易い。

もっと重大なことは、この詩が「各行を通じ一語の形容もなく比喩もなく、思ひ迫つた心の眞情と高潮感」をそのままうたいあげている事実に萩原朔太郎が驚嘆したにちがいない。いいかえれば、心そのものだけを探り、うたう、ということであり、短歌的抒情と訣別することであった。この詩法ではもはや「をだまきの花」も「あぢさゐの花」も切り捨てなければならない。こうした形容、こうした装飾は詩にとって必要ない。こうして「小景異情」は萩原朔太郎の詩作について、新しい未来を啓示し、創作への意欲を促したのであった。

4

萩原朔太郎が「みちゆき」他の詩を発表した『朱欒』はこれらの詩が掲載された一九一三（大正二）年五月号で廃刊となったが、彼は同年ひき続き若山牧水主宰の雑誌『創作』に、「靜物」（七月号）、「涙」（八月号）、「蟻地獄」（八月号）、「利根川のほとり」（八月号）、「綠蔭」（九月号）、「濱辺」（一一月号）を発表し、旺盛な創作活動を示した。

靜物のこころは怒り
そのうはべは哀しむ
この器物《うつは》の白き瞳《め》にうつる
窓ぎはのみどりはつめたし。

の四行詩「靜物」は「習作集第九巻（愛憐詩篇ノート）」中の「器物」を凝縮し結晶化した、「愛憐詩篇」中屈指の作品である。ノート中の「器物」の前半のみ左に示す。

戀人よ
ありとあらゆる器物《うつは》の吐息をききたまへ
たとへばそのリキュールグラスのいとぞこに
縷のごとくひびのあり
そこより何ごとか訴へんとはするとも
戀人よ
君の心につつましき虔愁なくばいかにせむ
みよ器は概観《あらまし》つめたけれども
その內容《うち》はつねに烈しき怒りにもゆ
かれはすべて寂しさに慣れ
いとはるかなる處より交互《かたみ》に友を呼ばへり。

この四行詩「靜物」には器物に託された作者の怒り、哀しみが外界の緑の中にすっくと佇んでいるかの感がある。「蟻地獄」も「靜物」に劣らぬ作品である。

ありぢごくは蟻をとらへんとて
おとし穴の底にひそみかくれぬ
ありぢごくの貪婪《たんらん》の瞳《ひとみ》に
かげろふはちらりちらりと燃えてあさましや。
ほろほろと砂のくづれ落つるひびきに
ありぢごくはおどろきて隠れ家をはしりいづれば
なにかしらねどうす紅く長きものが走りて居たりき。
ありぢごくの黒い手脚に
かんかんと日の照りつける夏の日のまつぴるま
あるかなきかの蟲けらの落す涙は
草の葉のうへに光りて消えゆけり。
あとかたもなく消えゆけり。

ありぢごくの犠牲となる小生物の悲運をうたって凄絶の感がある。作者はすでに短歌的抒情から遠く、また、室生犀星の『抒情小曲集』中の作品からも遠く離れた地点にいる。『抒情小曲集』

中の佳唱二篇を引用する。

寺の庭

つち澄みうるほひ
石蕗《つは》の花咲き
あはれ知るわが育ちに
鐘の鳴る寺の庭

ふるさと

雪あたたかくとけにけり
しとしとしとと融けゆけり
ひとりつつしみふかく
やはらかく
木の芽に息をふきかけり
もえよ
木の芽のうすみどり

もえよ
木の芽のうすみどり

「愛憐詩篇」一九一三年の作からもう一篇、「利根川のほとり」を読む。

きのふまた身を投げんと思ひて
利根川のほとりをさまよひしが
水の流れはやくして
わがなげきせきとむるすべもなければ
おめおめと生きながらへて
今日もまた河原に來り石投げてあそびくらしつ。
きのふけふ
ある甲斐もなきわが身をばかくばかりいとしと思ふうれしさ
たれかは殺すとするものぞ
抱きしめて抱きしめてこそ泣くべかりけれ。

率直なナルシシズムに見るべき興趣があるとはいえ、傑作とは思われない。この作品は「おめおめと生きながらへて」が眼目なのだが、この句は北原白秋が『朱欒』の一九一三年二月号、つまり、はじめて萩原朔太郎が詩を発表した三月前に、「三崎俗調」と題して発表した二六首の末尾から二首目、

おめおめと生きながらへてくれなゐの椿のかげに身を凭《よ》せにけり

の作がある。「おめおめと生きながらへて」はこの短歌からの借用である。北原白秋は一九一二年七月、松下俊子との不倫により姦通罪として告訴され、収監、示談成立して釈放され、俊子とともに三崎に転居した。そうした恥多き過去を経てきたばかりであった。だから「おめおめと生きながらへて」には彼のふかぶかとした感慨がこめられている。

「利根川のほとり」はこの句をあまりに安易に借用して、自己愛をうたった作にすぎないと考える。

5

こうした卓抜な作品をふくむ詩作の展開があったにもかかわらず、萩原朔太郎は短歌の制作も依然として続けていた。

彼がその歌作を選んで自筆歌集『ソライロノハナ』を制作したのはこの年の四月であった。同じ四月、詩「みちゆき」等が掲載された五月号の前月の四月号の『朱欒』に萩原咲二の名で次の短歌三首が掲載されている。

なにを蒔くひめぐるまの種を蒔く君を思へと涙してまく
なにごとも花あかしやの木影にて君まつ春の夜にしくはなし
うちわびてはこべを摘むも淡雪の消なまく人を思ふものゆゑ

これら三首はいずれも『ソライロノハナ』の巻末に近い「ひとづま」の章に収められている。(右の第一首の第二句は『ソライロノハナ』では「姫ひぐるま」となっている。『朱欒』掲載形の第二句は誤植であろう。）

『ソライロノハナ』には「空いろの花」と題する序詩が巻頭に記されている。

かはたれどきの薄らあかりと
空いろの花のわれの想ひを
たれ一人知るひともありやなしや
廢園の石垣にもたれて
われればかりものを思へば
まだ春あさき草のあはひに
蛇いちごの實の赤く
かくばかり嘆き光る哀しさ

末尾に「一九一三、三」とあるので、「ソライロノハナ」という題名を決めた後の作であろう。
そこで、この自筆歌集の題名は『桐の花』の「白き露臺」の章に収められた

佛蘭西《フランス》のみやび少女がさしかざす忽忘草《わすれなぐさ》の空《そら》いろの花
空いろのつゆのいのちのそれとなく消《け》なましものをロベリヤのさく

に由来するのではないか。萩原朔太郎が『桐の花』を愛読し、強い影響をうけた事実からみて、可能性が高いように思われる。

『創作』に「静物」等を発表する以前、『上毛新聞』一九一二年八月九日付に萩原朔太郎は「一群の鳥」と題して一三首の短歌を発表している。これは三行ないし四行分《わか》ち書という形式からみても、内容の情感からみても、石川啄木の『一握の砂』『悲しき玩具』の影響下の作であることは見やすい。行替えを／で示して、以下、一行書きで示す。

遠く行く一群《ぐん》の鳥／かへりみて／我を想へば涙はてなし。
悲しくも人に隠れて／故郷に歌などつくる／我の果敢なさ。
寂しさに少しく慣れて／なにがなし／この田舎をば好しと思へり。
かの遠き赤城を望む／わが部屋の窓に咲きたる／木犀《もくせい》の花。
クロバアの上に寝ころび／空ばかり眺めてありし／中學の庭。
ともすれば學校を休み／泣き濡れて／小出《こいで》の林を歩きし昔。

その昔よく逢曳したる／公園《こうゑん》の側《そば》の波宜亭《はぎてい》／今も尚あり。
酒のめど／このごろ酔はぬさびしさ／うたへども／あああ遂に涙出でざり。
いまも尚／歌つくることを止めぬや／かく問ひし／わが古き友の嘲りの色。
新昇《しんしよう》のサロンに來り／夜おそく／口笛を吹く我のいとしさ。
時にふと／盃杯《さかづき》を投げてすすり泣く／いとほしやと母も流石思へり。
米専《こめせん》の店に飾れる／馬鹿面の人形《にんぎやう》に我が似しと／思ふ悲しさ。
公園のベンチにもたれ／哀しみて／遠き淺間の煙を眺む。

右の短歌はいかにも稚く、ことに『一握の砂』の「我を愛する歌」の感傷をそのまま継受した感がつよい。「静物」「蟻地獄」の作者と同じ作者の作かと疑われるほど貧しい。ただ、「郷土望景詩」の心情の萌芽を認められるかもしれない。
同じ『上毛新聞』一〇月二日付に掲載された「あひびき」五首は「ソライロノハナ」に収められている旧作であり、これは北原白秋の『桐の花』の影響の強い作品である。

あいりすのにほひぶくろの身にしみて忘れかねたる夜のあひびき
しなだれてはにかみぐさも物は言へこのもかのものあひびきのそら

夏くれば君が矢車みづいろの浴衣の肩ににほふ新月《にひづき》
なにを蒔く姫ひぐるまの種を蒔く君を思へと涙してまく
いかばかり芥子の花びら指さきに沁みて光るがさびしかるらむ

『上毛新聞』一〇月一〇日付に掲載された「秋思」五首の題名は『桐の花』の「秋思五章」に由来すると思われる。この五首は北原白秋、石川啄木の影響が濃く、次に二首だけ示す。

指さきに吸ひつく魚《うを》のこころよりつめたく秋は流れそめたり
材木の上に腰かけ疲れたる心がしみじみと欠伸せるなり

その後『上毛新聞』一〇月一一日付に掲載された「古き日の歌（昔うたへる歌）」五首、同新聞同月二六日号掲載の「辨慶」八首、同月二八日号掲載の「酒場の窓」一〇首も北原白秋の『桐の花』、石川啄木の『一握の砂』の影響が色濃く、萩原朔太郎の独自性は認めがたい。若干のみ例示する。

ほのかにも瓦斯のにほひのただよへる勸工場の暗き鋪石《しきいし》（「古き日の歌」）

さくさくと靴音させて中隊のすぎたるあとに吹く秋の風（前同）
あはれなる色氣狂《いろきちがひ》の魚屋が我に教へしさのさ節かな（「辨慶」）
居酒屋の暗き床をばみつめつつ何思ふらむかかる男は（前同）
放埒の惡所通ひを悲しめどわが寂しみに行くところなし（「酒場の窓」）
かくばかり我が放埒《はらつ》のやるせなき心きかんと言ふは誰《た》が子ぞ（前同）

ちなみに『桐の花』の「薄明の時」の章は

美くしきかなしき痛き放埒の薄らあかりに堪へぬこころか

の一首に始まっている。

北原白秋、石川啄木の影響はともかくとして、これらは萩原朔太郎の関心が自然観照よりも人間の生にしだいに向かっていることを示しているように思われる。短歌の発表は『上毛新聞』同年一二月一日付に掲載された「古今新調」が最後であり、「ソライロノハナ」に収められた作品ばかりだが、これには次の「小引」と題する序文がある。

「古歌のこころのなつかしさよ、わけて新古今詠嘆の調、匂高きは夕闇の園に咲くアラセイトオのたぐひなるべし。官能の疲れを苦蓬酒《アブサン》の盃に啜り象徴のあやかしを珈琲《カフィ》の煙に夢みる近代の騷客、ともすれば純情の心雅びかなる古巣にのがれて此の古き歌集の手觸りに廢唐のやるせなき風流を學ばんとす。げにや新人のモツトオに觸れデカダン樂派の新星グリークがピアノの律に啜泣く定家卿選歌の心ばかり世にあはれ深きはあらじかし。」

萩原朔太郎が新古今集の和歌、ことに式子内親王の作を好んだことは、後年の『戀愛名歌集』から知られるが、この時点でどこまでふかく新古今集の作品を読みこんでいたか。むしろ北原白秋『桐の花』からつよく影響されていたのではないか。掲載した一〇首の中冒頭の二首は『朱欒』に発表した作だが、かさねて引用する。ただし、表記は「古今新調」中の表記による。その他は「習作集第九巻」所収。各首に付された前書は省く。

うら侘びてはこべを摘む淡雪の消なまく人を思ふものゆゑ
なにごとも花あかしやの木影にて君待つ春の夜にしくはなし
けふすぎて水際《みぎは》に咲けるべこにやもいかでか風にそよぎ泣くらむ
あづさ弓かへらぬひとの戀しさに暮れそめて降る雪のはかなさ
めづらしき薄氷を見て裝ぞける宮城野部屋のけさのきぬぎぬ
うぐひすの池邊《ちへん》に鳴けば夜をこめて枕邊に散る白きべこにや

みちもせに俥俥と行きかへる今日しも菊の節會なるらむ
ゐねちやのごんどらびともしづ心なくてや柳散りすぎにけり
こころばへやさしき人とくれがたの水のほとりを歩むなりけり
人はいさ知るや知らめや短か夜の月の出窓にくちづけしこと

『朱欒』一九一三年五月号に、後に「夜汽車」と改題された「みちゆき」等を発表し、『朱欒』終刊後は『創作』同年七月号に「靜物」、八月号に「蟻地獄」「利根川のほとり」、一一月号に「濱邊」を発表していた萩原朔太郎が同年末まで短歌を発表し続けたのは何故か。詩に比し、短歌が石川啄木、北原白秋の作の模倣の域をほとんど出ていないほど貧しいのは何故か、私には謎である。

6

「濱邊」を『創作』一九一三年一一月号に発表して以後ほぼ半年、萩原朔太郎は詩作を発表していない。彼が半年の沈黙の後に発表したのが『創作』一九一四年五月号掲載の「月光と海月」「洋銀の皿」の二篇であった。前者が作者が示した新境地を示している。

月光の中を泳ぎいで
むらがるくらげを捉へんとす
手はからだをはなれてのびゆき
しきりに遠きにさしのべらる
もぐさにまつはり
月光の水にひたりて
わが身は玻璃のたぐひとなりはてしか

つめたくして透きとほるもの流れてやまざるに
たましひは凍えんとし
ふかみにしづみ
溺るるごとくなりて祈りあぐ。

かしこにここにむらがり
さ青にふるへつつ
くらげは月光のなかを泳ぎいづ。

幻想的な美しい作品である。群がるくらげを捉えようとして手をさしのべるのだが、そして、手はわが身を離れて伸びゆくのだが、わが身はガラスのように透明になり、魂は凍え、海のふかみにわが体は沈み、溺れんとして、ただ祈るばかり。月光のなか、捉えられないくらげの群はさ青に泳ぎまわっている。

くらげが何を意味するか問う必要はない。捉えがたいものを求めて、魂も凍える人間を思いやればよい。すでに短歌的抒情と訣別して、自在にイメージを拡散する詩人の姿態を思いやればよい。

幻想的な、あるいは非現実的な夢想的な、イメージの展開に「愛憐詩篇」後期の作品の特徴がある。こうして自然の風物は詩人の幻想ないし夢想の中で息づくこととなる。『創作』同年六月号に掲載された「花鳥」を読むことにする。

花鳥《はなとり》の日はきたり
日はめぐりゆき
都に木の芽ついばめり。
わが心のみ光りいで
しづかに水脈《みを》をかきわけて
いまぞ岸邊に魚を釣る。
川浪にふかく手をひたし
そのうるほひをもてしたしめば
かくもやさしくいだかれて
少女子どもはあるものか。
ああうららともえいでて
都にわれのかしまだつ

遠見にうかぶ花鳥のけしきさへ。

季節がめぐり、花さき鳥啼き、木の芽もえたつころ、詩人の心は水脈をかきわけるように光りながら岸辺に遊び、詩人が手を川辺の水にひたせば、少女をいだくようなやさしさにうるおうのだ。まさに、こうした花鳥の風景を後にして、私は都に旅立とうとしている。こういったほどに、イメージを自由に展開しながら、心うきたつ季節、青春をうたった作である。同月の『創作』に掲載された「地上」も青春の讃歌と解してよい。

地上にありて
愛するものの伸長する日なり。
かの深空にあるも
しづかに解けてなごみ
燐光は樹上にかすかなり。
いま遥かなる傾斜にもたれ
愛物どもの上にしも
わが輝やく手を伸べなんとす

うち見れば低き地上につらなり
はてしなく耕地ぞひるがへる。
そこはかと愛するものは伸長し
ばんぶつは一所《いっしょ》にあつまりて
わが指さすところを凝視せり。
あはれかかる日のありさまをも
太陽は高き眞空にありておだやかに觀望す。

地上にある愛するものみな伸長し、それら伸長するものたちに手をさしのべれば、はてしない耕地もひるがえって私に呼応し、万物すべてが私の指さすところを凝視し、私に同調する万物の光景を太陽がおだやかに眺めている。青春の支配欲をたからかにうたいあげた作である。同じ号の『創作』に掲載された「再會」はひろく知られている。

皿にはをどる肉さかな
春夏すぎて
きみが手に銀のふほをくはおもからむ。

ああ秋ふかみ
なめいしにこほろぎ鳴き
ええてるは玻璃をやぶれど
再會のくちづけはかたく凍りて
ふんすゐはみ空のすみにかすかなり。
みよあめつちにみづがねながれ
しめやかに皿はすべりて
み手にやさしく腕輪はづされしが
眞珠ちりこぼれ
ともしび風にぬれて
このにほふ鋪石《しきいし》はしろがねのうれひにめざめむ。

かつて愛をかわした春夏は去り、いまは秋ふかく、皿には料理がゆたかに並んでいるが、久しぶりに会う貴女には銀のフォークは重たげにみえる。大理石の蔭に蟋蟀が鳴き、光がガラスを透して差しこんでくるのだが、接吻しても心は通うことなく凍りつくようだ。噴水はかすかにふきあげ、天地に水銀色のものが流れ、しめやかに皿が滑って料理は失われ、貴女のはずした腕輪の真珠は床に散りこぼれ、風景は不毛に終った愛のために憂愁に沈むかにみえる、といったほどの意であろう。愛の終りを典雅に、幻想的にうたった作であり、これも青春の一様相である。

こうして、幻想と夢想の世界にイメージを展開させることにより、萩原朔太郎は短歌と短歌的抒情と訣別したのであった。

「愛憐詩篇」は「夜汽車」「靜物」「蟻地獄」などを中心とする前期の作品群と「月光と海月」「再會」などを中心とする後期の作品群に区別して鑑賞すべきであると私は考える。前期の作品群は短歌と並行的に創作され、短歌ではうたいきれない抒情をうたった。幻想的にイメージを自在に展開した後期の作品群に至ってはじめて、草花が描かれたり、草花にふれたりすることもほとんどなくなり、萩原朔太郎の独自の世界が確立されたのである。

第二章　「浄罪詩篇」

1

「愛憐詩篇」は「愛憐詩篇」と「郷土望景詩」の二章から成る詩集『純情小曲集』の一章の章題であるが、「淨罪詩篇」は詩集の題でもないし、詩集中の章の題でもない。しかし、雑誌に発表した詩、ノートに記された詩の末尾に「淨罪詩篇」と付記された一連の詩が存在する。これらの詩群をまとめて「淨罪詩篇」と名づけて刊行する意図を、相当期間、萩原朔太郎がもっていたことは間違いない。本章ではこれらの「淨罪詩篇」を考察することとしている。

2

おそらく萩原朔太郎ほど彼が苦悩した性欲について率直に書き残した詩人は稀であろう。一九四〇（昭和一五）年一〇月に刊行された最後の随筆集『阿帯』所収の「老年と人生」と題する文章の中で、彼は次のように書いている。

「老いといふことも、實際にはそれほど悲しいものではない。むしろ若い時よりは、或る意味で遙かに樂しいものだといふことを、僕はこの頃經驗によつて初めて知つた。僕の過去を顧みても、若い時の記憶の中に、眞に樂しかつたと思つたことは殆んどない。學生時代には不斷の試驗地獄に苦しめられ、慢性的の神經衰弱にかかってゐたし、親父に絶えず怒られて叱責され、親戚の年上者からは監督され、教師には鞭撻され、精神的にも行動的にも、自由といふものが全く許されてなかつた。何よりも苦しいことは、性慾ばかりが旺盛になつて、明けても暮れても、セクスの觀念以外に何物も考へられないほど、烈しい情火に反轉悶々することだつた。しかもさうした青年時代の情慾は、どこにもはけ口を見出すことができなかつた。遊女や賣春婦等の居る所へは、絶對に行くことを禁じられてゐたし、第一親がかりの身では、そんな遊興費の錢を持つことができなかつた。その上僕の時代の學生や若者は、擬似戀愛をするやうな女友達もなく、良家の娘と口を利くやうなチヤンスは殆んどなかつた。そんなはけ口のない情慾を紛らすために、僕等は牛肉屋へ行つて酒をあふり、肉を手摑みにして壁に投げつけたり、デタラメの詩吟を唄つて、往來を大声で怒鳴り歩いたりした。」

この文章には青春時代の回想についてかなりの潤色が施されている。「ノート四」中の「ある人の歷史」は「彼が少年のとき、彼は恐るべき性慾に苦しめられた。彼は神を求めた。その絶えまなき苦惱が彼を神の方に押しつけたのである」とはじまり、次のとおり回想している。

「彼は學校へ行くふりをして家を出ながら、いつも町はづれの林の中で日をくらしてゐた。あるとき、彼は一人で草の上に寢ころんで空を眺めてゐた。その青空には白い雲のかたまりが夢のやうに浮かんでゐた。

またあるときは、性慾の恐るべき昂進から昏絶して林の中の樹木に抱きついた。まことにそれは「わが抱けば、すべての樹木をも枯らすべき」熾烈な情熱であつた。彼は林の中の樹木たちが、彼に抱きつかれることで一本、一本と枯れてゆくやうなことを考へて戰慄した。」

右は中学時代のことだが、高等学校時代を彼はこう回想する。

「彼の學校に對する輕べつは次第に烈しい反感と變つてきた。寄宿舍における若い男たちの皮膚のにほひは、特に彼をたまらなくした。その臭氣は彼をある特種な病的な自己嫌忌に陥入らした。彼は時々自分が醜い猿になつたやうな錯覺を起した。そして夢中で夜中に寄宿舎を脫け出したりした。

此の頃彼はしばしば自殺を計つた。併し一度もそれを實際に計畫したことはなかつた。彼は次第に自分自身を一種の怪物のやうに考へ始めた。自分が生きてゐることがたへがたく下劣な惡臭をもつたもののやうに考へられた。そして彼の最後の目的は何かしらある動物的な行爲、殆んど語るにたへざる醜惡な、不倫理的なそしてぞつとするやうな、ある種の奇怪な不潔な行爲をすることにあるのではないかとさへ思ひ始めた。」

この「奇怪な不潔な行爲」が何か、彼は語っていない。やがて、「彼の青年時代は終つた」と記し、

「それから、彼は自暴自棄になつてしまつた。いつさいの疑問を疑問のままで放擲してしまつた。

「結局、快樂のための人生だ。」これが彼の思想の結論であつた。放蕩と飮酒と惡所通ひとあらゆる濃厚の色彩と音樂と官能の快樂とを追ひ求める彼の無慘なる都會生活が始まつた。彼は朝から晩まで大都會の街街を徘徊して、酒場から酒場を飮み步いた。」

「彼の親たちは彼の放蕩について最も氣を腐らしてゐた。彼等は彼のすべての惡行や不始末が

凡て彼の友人たちの罪であると確く考へてゐた。しかも、彼にとつては放蕩は最も不愉快で最も不自然な者のひとつであつた。」

「ある時、彼の友人の一人が彼を冷評して「君の遊び方はまるでソクラテスの藝者買だね」といつた。またある女が酒に酔つて彼に言つた。「あなたは藝者買をする柄ぢやないわ。」實際彼にとつて「遊び」といふことは甚だしく不自然で不調和のものであつた。」

「彼はまた娼妓については甚だしい嫌悪の情を抱いてゐた。彼等に特有である無智と鈍感とその交錯からくる一種の陰鬱な性情とは、彼にとつてたへがたく忌々しいものであつた。その上彼等のあまりに道徳的、人倫的であることが彼の心を重苦しくした。」

「一九一三・四」という日付を付された自筆歌集『ソライロノハナ』巻頭の「自敍傳」から抄記する。

「私の春のめざめは十四歳の春であった。戀といふものを初めて知ったのもその年の冬であった。

若きウエルテルのわづらひはその時から初まる。」

「戀と情慾と、それからロマンチツクの藝術に對する熱愛と、すべて其等のものが若きウエルテルの煩ひの原因であつた。」

「丁度靄がはれて行くやうに段段と私の心からロマンチツクの幻影が消えて行つた。

そして到頭本物の世界……醜い怖ろしいあるものが薄氣味惡く笑ひながら私の前に跳出した。もう斯うなつては、あの神聖なウエルテルのわづらひも晝間のばけもののやうにおどけた者としか見られなくなつてしまつた。

若きウエルテルは菫の花束で捧げた手で火酒の盃をあげるやうになつた。

藤村や泣菫の詩集を抱いた胸で淫らな女を抱きしめた。彼は戀よりも肉を欲した。

「ほのぐらい軒燈の下に心細い三味線の音じめを聽きながら耽溺の幾夜を過したことも珍らしくなかつた。」

「例の淺草へは毎日のやうに行つた。」

「迷路のやうなあの東洋のモンマルトルをほつき歩くことも花瓦斯の光眩ゆい大門をくぐることも、最早私にとつて何等の意義をもなさない程その頃の神經は荒廢し切つて居た。」

「歡樂の後に歡樂を追うて止まなかつた。でなければ實際私には生きて居ることが出來なかつたのである。

けれども歡樂を追求するといふ事は實際には苦痛を求めるといふことである。

軈て私の心のどん底に今まで曾て知らなかつた苦い苦い哀傷と空虚といふ薄氣味の惡い蟲けらがその巣を張りつめて居た事を發見したときに私は何事にも興味を失ふ人と成らなければならなかつた。」

「ソライロノハナ」を制作した翌年、一九一四（大正三）年一月一日から二月六日までの日記が全集第一五巻に収められている。

性欲に関係ないが、この時期の萩原朔太郎の心境を窺う上で興味ふかいので、一月三日の記述を引用する。

「夜、倉田君、赤石君等にすすめられ美濃部といふ人の家の歌留多會に行く。いつもの仲間に昨夜の FEMME が這入つて居る。

私は自分といふものがいとしくてたまらない。こんないぢらしい男が世界に二人とあらうか。臆病で小膽で感じ易く高潔で崇嚴で然も仔鹿のやうに物やさしいのは私の心である。多人數が集まつた場合に私はやるせなき孤獨と憂愁に囚はれる。その心は一人高きに澄める超人の愁夢である。私はたとしへなく悲しき人である。すぐれて尊き心の人である。私は私自身に戀をして居るのだ。

今夜私は自分の運命といふものを發見した。私は神に感謝しなければならない。」

一月七日の記述から一部を引用する。

「心ざま卑しく品下れる人々のみだりがましきたはむれを見て心悲しみにたへがたし。我が彼等の中にあるは茨の中に白百合の咲けるが如し。彼等の群を逃れ出でばや。」

若き萩原朔太郎の自己評価には失笑を覚えるのだが、これは彼に対する冒瀆だろうか。次の一月一八日の記事はふたたび性欲に関連する。

「中央公論の小説谷崎の「捨てられるまで」を中途までよむ。三ケ月以上Wに接しないことは若い男にとつて生理的に不可能であるといふ谷崎の言葉が痛切に思はれる。自分にはあまりPASSIONがない。それでもWは慾しい。」

Wはいうまでなく女性を意味する。

一月二〇日の記述は次のとおりである。

「circleに行つた。今夜はZwei malである。そのMädchenの私の心を牽くことは先夜にもいやました。涙は頬につたはつた。

戀でもない、同情でもない。勿論單なる哀憐の心でもない。かうした一種のなつかしみは私にとつて何より尊い詩境の樂である。漂泊者の群は明日はこの地を去るのである。少女子よ、おん身の上に幸あれ。

「アヹ・マリヤ、彼女の上に祝福を垂れ給へ」」

circleは遊廓であろう。Zwei malは娼妓と二回性交したということであろう。漂泊者の群は明日はこの地を去るとは、娼婦を買う漂客たちは明日は去っていくのだという意にちがいない。先夜とあることからみて、比較的最近に同じ娼婦を買っていたのであろう。一月二五日には次の記述がある。

「夜はたうとうFEMMEに行つた。つぶれたやうな顔のFが來た。しかし私は強ひて享樂した。幾度もクスをした。愚かしいことではあるがあながちに無意味な浪費でもないと思ふ。」

FEMME, Fは女性、娼婦を意味する。彼はじつに頻繁に娼婦に接している。「ノート四」の「ある人の歴史」に「彼はまた娼妓については甚だしい嫌惡の情を抱いてゐた」と書いたが、彼の貴族趣味から嫌悪はしても、昂進する性欲を抑えられなかったのであろう。「老年と人生」に当時遊興費がなかったように書いたのも虚偽であり、遊興費を工面して、芸者、娼婦に親しみ、放蕩の限りを尽くしていた。

3

萩原朔太郎の初期の書簡を読むこととする。彼の書簡には誤字が多く、全集では「ママ」に代えて傍に黒点「・」を付しているが、煩わしいので正字に訂正して引用する。

一九一四（大正三）年七月一七日付北原白秋宛葉書の前半は次のとおりである。

「在京中はたびたび御邪魔にあがり失禮いたしました。帰郷してから私はほんとにみじめな姿になりはてました。いちにち中じつと自分の書齋に坐つてあさましいことばかり考へて居ります。それといふのもあんまり孤獨にすぎるからです。周圍がさびしすぎるからです。過去に於て私は最も大膽なるそして最も愚かなる生命の浪費者でありました。今は悔恨より外に何も所有して居りません。ほんとにいちにち中何もしないで自分の醜惡の姿をみつめて居るといふのは苦しいものです、」

ここで「あさましいこと」と言い、「醜惡な姿」と言うのが性欲に関連することは、「ノート四」や「ソライロノハナ」所収の自叙伝中の文章からも間違いあるまい。この殊勝な文体がやがて奔放に愛情を披瀝した、甘えた書簡となる。数え年二九歳の青年が恥ずかしげなく、こうした文章が書けたものだという感慨を覚えるのだが、それだけに正直で率直な告白なのであろう。同じく白秋宛の同年一〇月二四日付と推定される書簡を読む。

「わづかの時日の間にあなたはすつかり私をとりこにされてしまつた。どれだけ私があなたのため薫育され感慨されたかといふことをあなたには御推察出來ますか。朝から晩まであなたからはなれることが出來なかつた私を御考へ下さい、一日に二度も三度も御うかゞひして御仕事の邪魔をした私の眞實を考へてください、夜になれば涙を流して白秋氏にあひたいと絶叫した一人のときの私を想像してください、

眞實心から惚れた人北原隆吉様まゐる手紙だ、文字に誇張はありません、私はあなたを肉親以上の母と思ふ、私は可成いろいろな人につきあつたが不幸にして心から惚れた人はありませんでした（好きな人は多いが）室生君は始め僕に惡感をいだかせた人間ですが三ケ月の後にすつかり惚れてしまひました、今では室生君と僕との仲は相思の戀仲である、こんな人はもはや二人とはあるまいと確信して居たのがあなたに逢つてから二度同性の戀といふものを經驗しました、戀といつては失禮かも知れないが、僕があなたをしたふ心はえれなを思ふ以上です、萬有をこえて涙を流すものに合掌するものに眞實を認めてください。

曾てあなたの藝術が私にどれだけの涙を流させたか、その涙は今あなたの美しい肉身にそゝが

れる、眞に隨喜の法雨だ、身心一所なる鶯の妙ていだ、私の感慨は狂氣に近い、かんべんして下さい、あなたをにくしんの母と呼ぶ、」

ここで一行空きがある。えれなは萩原朔太郎の恋人、結婚して佐藤ナカとなった女性の洗礼名である。「その涙は今あなたの美しい肉身にそゝがれる」という一節は、萩原朔太郎に同性愛的性向があったか、「狂氣に近い」心境だったたか、を疑わせるに足りる。

「十八日、晴明のヹランダ、安樂椅子のうへ、赤い毛布の夢みる感觸、なにか哀しく私は泣いた、雙手で顏を蓋つて居たけれども涙はとめどなく頰に流れた、烈しい憤怒ののちのものまにや性の哀傷、くるめく奔狂の戀魚は胸いつぱいに泳ぎまはつた、光る天景、うらうらとはれわたつた小春日の日光、みどりの松の葉、どういふわけか室生君が戀しくてたまらなくなつた、遠くの空で彼が私を呼んで居る、あなたはそばで子守唄をうたつて居る、しづかなしづかな夢みる東京麻布高臺の小春日に私の涙はきりもなく流れてやまなかつた、松のみどり葉と笹の葉がわけもなく私の新らしい涙をいざなふ、私はあんな快よい、そして哀しい思をしたことは今迄に一度もない、私は哀傷にほとんどたへられなくなつた、心中ひそかに、あなたが私のそばに立寄〔ら〕れんことを怖れて居ました、若し椅子のそばにあなたが來られたならば私の哀傷はあなたの手を涙に汚して醜い絶叫と變じたに相違ありません、」

眼をそむけたくなるような幼児性だが、この書簡は次のとおり結ばれている。

「私はきちがひだ、あまり一本氣にすぎる、そのくせおく病だ、憎い奴は殺さなければ氣がすまない、好きな人は抱きつかなければ氣がすまない、僕はこゝに居ます、」

一〇月二八日付葉書を引用する。

「あなたはひどい、よつぱらつたときばかり手紙をかくとは狡猾だ、私がよつて書いたのはたつたいつぺんです、あしたの朝はやく正氣で手紙をかいてください、僕は困ります、どうにも仕方がないんです、僕は實際バカです、バカの大將です、僕にはほんとに醉ふことが出來ないんです、エレナの奴は手紙をやつても返事をくれないんです、北原さん、僕んとこへ來てください、やっぱり女より男がいゝ、男の方がすきだ、僕は哀しくて仕方がないんです、あした朝一番で前橋へきてください、僕は少しもよつて居ません、本氣です、」

その翌日、一〇月二九日には、従兄萩原榮次に「榮次兄」とよびかけ「長い長い御無沙汰を致しました」とはじまる長文の書簡を送っている。

「實は來年私がある紀念物を作りあげてから御手紙を始めてあげる考だつたのですが、御健康の由をきいて歡喜にたへずはやまつて此の手紙をかきます、

可成長い沈默の間、私は何もしないでたゞ私自身をみつめて居りました、

自個の感情を屈壓することを極端に惡いことのやうに自信して居た私は情慾のうごくまゝに、

放縦の途をたどりました、然し私には一種の空想と幻惑があつてそのために人の知らない惱苦や人の知らない愉樂に醉ふことの經驗があつたのです、現實社會は私にとつて實に不快きはまる醜惡なものでした、時には私自身さへも見るにたへない醜汚な肉カイのやうに思はれて何度か自殺の快樂をも憧憬しました、實生活については私は全く無頓着でした、私はいつも貴族の夢ばかり見て生きて居る人間なのです、私のやうな人間が社會に生存して行く上には一體何をしたらいゝのでせう、私は今でも職業がありません、」

「詩は今のところ一番私にとつて都合のいゝ藝術です、繪も音樂も出來ない無器用の私が自個の知覺した世界を表現し得るものは詩以外にありません、一昨年の暮あたりからそろそろ東京の文藝雜誌に自作を發表して居りました、そして近來になつてやゝ私の詩も世間から認められるやうになりました、北原白秋、山村暮鳥、などいふ大家の人々も私を非常に賞讃してくれます、そして私に反抗する一派の人々も可成出て來ました、私の詩は今迄の日本人のだれの詩ともちがふ全く獨創の新らしい派ですから世間的に認められる〔の〕も比較的おそいかも知れませんが私自身は何人にもこびないつもりです、たゞ時を待つばかりです、」

「紀念物といふのは處女詩集のことです、いづれ來年は出します、そしたら多少世間的の評價をうることゝ思ひます、此の第一版はつゝしんで貴兄にデヂケートしようと思ひます、」

『月に吠える』が「從兄萩原榮次氏に捧ぐ」という献辞を付して出版されたのは一九一七（大

正六）年二月であったが、このことはすでに二年以上前から決まっていたことであった。引用を続ける。

「それは兎に角今の私の狀態は實に悲慘なものです、私は世間からは廢人あつかひにされ、しかも自分の眞實を捨てることが出來ず、やさしい兩親にはありとあらゆる迷惑をかけ不孝のかぎりをつくして生きて居るのです、私は苦しくてたまりません、」

「祖父さんは金が出來、職業が出來てからの詩作をすゝめて居ますが私にはそれ程餘裕はないのです、私は一本氣だからあまりに遊戲的氣分に缺けて居るのです、人生を白眼で見たり、いゝかげんにあきらめた生活をしたりすることはとても出來ません、

併し現に私は職業を非常に欲して居るのです（どんなに大家になつても詩や歌の原稿料だけでは全く生活費に足りません）何でもいゝから自分に出來さうな職業があつたら是非敎へてください、自分の藝術的内心生活をキソンされない程度に於て大概のことはやつて見たいです、

僕は精神的にも肉體的にも人なみはづれて慾望の強い人間です、意志が弱くて感情ばかり先に立つ人間なのです、仕方のない人間ですけれども別に惡心のあるものではありません」

北原白秋宛書簡にみられる、熱にうかされたような、軽佻浮薄な文体、性倒錯的性向を思わせる内容と比べると、はるかに足が地についた文面であり、真率に内心の苦悩を吐露している。「肉體的にも人なみはづれて慾望の強い人間」と言っているのが目につくが、双方宛書簡のどちらに

も萩原朔太郎がいる。

また北原白秋宛書簡を引用する。

一一月一六日の白秋宛二通の葉書。

「のんだくれりずむにかんぷんしのんだくれになる、こんやこれからばあへゆくため、
のまなきやつぱりでくのぼだ、
のめばちんぼこふくれあがる、
しよせんのまずばやりきれぬ、さけ、さけ、さけ、にんげんものはしらぬなり、」

「第二信
すこし酔つて來ました
よつてくると女がほしくなる
たまらなく女がほしくなる
ああ、だれかたゞでやらせる女は居ないかな、金が三十五銭しか財布にない、
いまや淫よく頂上に達す、このときつくづく女がほしくなる、金がほしくなる、女のほつぺたがなめたい、襟くびにきすをしたい、」

酔余にちがいないとはいえ、野放図で自堕落、羞恥心を忘れているが、それほどに淫蕩の血の騒ぎが烈しかったのであろう。一一月二〇日付の白秋宛葉書は注目に値する。

「此の頃の私は實際へんです、不安の底に安住があり、安住の底に不安がある、にはかに瞳孔がひらかれて色々なものが見えます、今迄見えなかつた多くのものが薄ぼんやりと見えて來ました、一日一日とその輪郭がはつきりしてくる、それにもかゝはらず詩は少しも出來ません、如何にしてこれを文字に表現すべきやといふ段になると急にまごついてしまふ、絶望です、」

さて、この葉書は「淨罪詩篇」の制作のはじまる前夜の心象のようにみえる。

一一月二五日付白秋宛葉書は右の心象をさらに一歩進めている。

「此頃私の身邊奇々怪々なることばかりです、私は絶大なる恐怖と驚愕と羞恥と困惑との間に板ばさみとなつて煩悶して居ります、私は恐るべき犯罪（心靈上の）を行なつたゝめに天帝から刑罰されて居るのです、時が私の苦悶を薄らげるのをまつより外に逃るゝ路はない、しかし此の苦惱は人に語ることも出來ない、」

一一月二七日付白秋宛葉書は「淨罪詩篇」の世界に入ったことを示しているように思われる。

「まるで冬になりました、利根川の光る岸邊で魚がはねる、くらやみの夜路で醋えた菊が光る、病氣が烈しくなる、

汝自身に於て汝の肉身を慘毒せしむるものを汝に於ては明らかに天意を怖る、

われは疾患し瓦斯を吸入しわれは合掌し懺悔しわれはわれ自身を貫ぬきいたましむるために日に十數本の銀針を用ゆ、しかれども疾患は依然たり、ああかくて我は酸廢しかくて沈沒するか、

ああわれ危ふし危ふし」

同日付萩原榮次宛葉書の文面も右に酷似している。

「冬㆓がきました、利根川が光る、赤城が凍る、
故郷に居るとき私は屏息し氷の下にひそみかくれて居る、私は魚だ、涙を流して哀しむところの魚だ、
私自身の上に蒼天がひろごつて居ます、そこに驚くべき祕密がある、私の肉體に疾患がある、
遠い前橋の空を想像してください、
この人の指に光るものは菊です、蝕㆑腐したるところの菊です」

先に引用した葉書に続く一一月下旬、

「　罪びと　　朔太郎

いと高き木ずゑにありて
ちひさなる卵ら光り
あふげば小鳥の巣は光り
いまはや罪びとのいのるときなる

このうたをばうたへる
しみじみと懺悔の涙にむせび泣きつゝ今日もうたへる」

と白秋に宛て、後に「卵」と改題された「淨罪詩篇」中の作を送り、一二月一〇日付では、

「拜啓
別封にて只今原稿御送申候、今囘の作は小生本年度に於ける最終の收穫と存じ候、五篇の中「龜」は詩歌一月號に出る筈の「天上縊死」と共に小生生命がけの大作（實質上に於ける）に御座候間何卒御批評御添削下され〔たく〕願上候、小生の作は最初實感より出で一時空想に入り最近に至つて二度實感に立戻る傾向有之候へ共右は如何なるものに候や御高示下され度候、實感に入るとき詩が單調に流るゝことを恐怖致し居り候、」

途中を省略するが、北原白秋の『白金の独楽』の刊行を期待していること、『邪宗門』第一版を入手し、白秋の五詩歌集を揃えたこと、「矢張「思ひ出」と「桐の花」が最も光輝體を所有せる如く確念仕候、「深み」の點に於ては何といつても「思ひ出」第一と存じ候」「「桐の花」が眞の意味に於ける絶對評價を受くべき日が近き未來にあることを屬望致し居候」などと書いた後、次のとおり続けている。

「小生は痲病とインフルエンザと腦痛病と三つ一所にやられ一時は目もあてられぬ慘狀なりし

も幸ひにいづれも輕疾なりしを以て目下さのみ大したこともなく此のあんばいならば近日中健康を回復することゝ悦び居候、親父（醫師）より神經衰弱の宣言をされ、病氣回復後も當分お酒はのめぬことになり申候、」

「龜」「天上縊死」が「淨罪詩篇」中のみならず、『月に吠える』中の屈指の作であることはいうまでもない。この時点で、「淨罪詩篇」の主要な作は書き終えていたと思われる。この書簡にはかつての多くの葉書にみられたような狂躁はみられないが、翌年にはまた、このような他人行儀な筆致から親愛感の濃い文体に戻ることとなる。それはともかくとして、一二月一六日には萩原榮次宛に長文で重要な、ひろく知られた書簡を送っている。重要な意味をもつ記述の第一はドストエフスキイに関する記述である。

「床中で讀んだものは可成ありますが、いちばん感激したのはドストエフスキイの「カラマゾフの兄弟」です、第二巻の「露西亞の修道院」にはすつかり感激して涙が流れた、長老ゾシマ（聖人）が信仰に就いての告白に私は合掌して首をたれた。彼は言ふ。世界の人類はやがて今の個人主義を捨てゝ博愛主義に歸依する時期がくると、眞の自由は個人にあらずして神の國にあると、露西亞の未來及び世界の未來を支配するものは科學でなく社會主義でなく新教でなく自由思想でなく實に、カトリック聖教であると。」

「罪惡寧ろ犯罪といふものに對しても私は非常な神祕的な考をもつて居ます、（これが私のドストエフスキイと共鳴する第一の原因）私は人間のあらゆる犯罪の中で強姦、及び殺人といふものに最も興味をもつて居ます、人間のあらゆる行爲の中で最も靈性を有するものは犯罪だとも考へて居ます、何故ならば犯罪を果せる刹那に於てその人間は地上の最も勇敢なる個人主義者になれるからです、同時に眞理の神と面接することが出來るからです、地上の虚僞と人類の假面を痛快に引きむいたからです、」

「淨罪詩篇」における「罪」の意識を萩原朔太郎はどのようにしてもつに至ったか、どうして「淨罪」詩篇を書くこととなったか、についてドストエフスキイ体験は一定の意味をもっている。後にさらに検討するけれども、この事実に注意をとどめておきたい。この書簡における第二の重要な記述は「草木姦淫」に関する記述である。

「病氣についての話をします、これは極めて祕密ですから兄にだけ打あけるのです、だれにも話しては困ります、兄を信頼して御話いたします

實は前便で「あることのため惱んで居る」と申しましたがあのあることが具體的に實現されたのが今度の病氣です、實は私は不思議な……全く偶然な機會から草木姦淫罪を犯したのです、草木姦淫のことは聖書にも書かれてありませんが、慥かに多くの人によりて祕密に行はれた犯罪に相違ないと思ひます、私は夜になつて草木の精と姦淫することを明らかに知覺するのです、それは實に快樂の極です、肉體をとかす類の痛快なるものです、尤もそれを實現したのはたつた一夜

にすぎませんがその一夜の印象が私にとつては恐るべきものでした、（決して夢ではありません）併し私は此の奇怪なる事實を何人にも祕密にして居ました、それは到底話しても信じてくれないと思つたからです、その翌夜から私の靈肉に妙な病的な徴ざしが現はれました、突然、何者か私の背後にかくれて居たり、急に自分の名を呼んだりしました、同時に私は神罰を蒙つて居ることを自覺して非常な恐怖に襲はれました、併し幸にもそれらの事實がだんだん私から遠ざかつて何時か忘れた遠い過去の夢のやうな氣がして來ました、ところが事實發生以後一週間程して私は二、三の友人（當地の若い歌人等）とバアでひどく酒を飲みました、何でも私は前後不覺になるまで醉つて夢のやうに酒場をとび出しました、

同時に烈しい情慾を感じたので一軒の妙な飲食店へ飛びこみました、その家に一人の若い娘が居ました、私はいきなり娘を抱擁しました、そして可成長い接吻をあたへました、そして私は何も喰はず、袂から五十錢銀貨をはうり出してそこをとび出しました（丁度五十錢一個しか持合せがなかつた）

こゝに注意すべきは私が娘にキスしたのみで肉交しなかつたといふ一事です、これだけは確かに覺えて居ます、全く疑ふべからざることです、

ところが翌朝になつて、私は明らか〔に〕ＣＬＡＰしたことを感じました、たしかに痳病になつて居るのです（この病氣には曾て一度かかつたことがあるのでよく知つて居る）

私の頭はまた混亂はじめました、肉交しないで麻病が傳染するといふことはない筈です、私は非常に奇怪なることに思ひました、その中に私は又インスピレーションに感じました、草木姦淫の天罰を目のあたりに受けたのに相違ないといふことを悟りました、病氣は益々重くなります、それのみならず一種の變調な輕い發熱が連續します、私ははつと思ひました、私は心底から神に許しを乞ひました、とんでもない犯罪を犯した（無意識に）といふことに氣がつきました、人間の見るべからざるものを見たのみならず、それを姦淫したといふことに氣がついたときには慄然としてふるへあがりました、殆んど生きた氣持はしませんでした、」

「私は毎日一時間づゝ神（？）に向つて懺悔しました、涙を流して懺悔しました、惡いことゝ氣がつかずに全く無意識に行なつた犯罪だから許して下さいと乞ひました、

しかも私の苦痛は何人にも打あけることが出來ない、（打あけても却つて嘲笑されるばかり、）だけ烈しかつたのです、

その中に急に熱が烈しくなつて臥床するやうになりました、奇體なことには臥床するやうになつてから、心靈上の苦痛が急に薄らいで來ました、肉體の苦痛が烈しくなると同時に草木姦淫の一件が夢のやうに消えてしまひました、何だか今では馬鹿々々しいことのやうにも思はれます、麻病のことも全く以前のが偶然に再發したやうにも考へられて來ました、併し思ふにこれは私の懺悔が神に達したものにちがひありません」

この草木姦淫の自覚が「浄罪詩篇」に関連することは疑いない。この書簡では性欲と結婚について も興味ふかい感想が記されているが、それはさておき、草木姦淫について考える。

4

「ノート一」にも草木姦淫に関する記述がある。

「草木及び魚介の類《たぐひ》と會話することに於て人間の白血球はその多量を消亡される。竝びに草木心理に於て樹木花草の最も恐怖するところはその灼かれ碎かれ乃至倒伏されることにあらずして人心心靈の觸手を以てタッチさるる場合である。かくの如き世界に於て人は草木を支配し交歡し會話し甚だしきはこれを姦淫することさへ出來る。(草木姦淫の罪業は人間至上の惡德である。何となれば神威を犯すこと之れより甚だしきはない。)

極めてまれに極めて少數の人によりて此の恐怖すべき遊戲は行はれる。もつとも祕密に於て行はれつつある。結果に於て草木が憔悴枯葉なることは言ふまでもない。

阿片、ケシ、及び酒精、ハッシシユ等の人身健康に及ぼす害悪を説く學者は多い。しかも草木姦淫の害惡を論難するものをきかない。この戰慄すべき惡徳の及ぼすところの害惡は肉体としてしんれつ糜爛せしめ、その血統を汚しその靈魂をして永世地獄の最下級にまで誘墮せしむる種類のものである。何となれば神威を穢汚することこれより甚だしきはない。」

「ノート一」には「卵」と改題された「罪びと」が漢字などの表記は違っているが、北原白秋に葉書で送った、完全形で記され、「十二、二十七、」と付記されている。これにひき続き、「天上縊死」が推敲経過を示したままで記されており、最終的にはやはり漢字などの表記に違いはあるが、『詩歌』一九一五年一月号発表形、『月に吠える』収録形とほぼ同じ完成稿が記され、「十二、二十七、」の日付が付されている。さらに「ますぐなるもの地面に生え」とはじまる「竹」が、『詩歌』同年二月号発表形と同じく、第五、六行の「なみだ」を「なんだ」と表記している他、ほぼ表記、読点の有無の違いを別として、『月に吠える』収録形で記されている。

「ノート二」においても草木姦淫にふれた「孤獨」という文章が記されている。

「密房の中に彼は居る。

彼に於て免かれ難きものは天上縊死である。彼に於て免かれ難きものは草木姦淫である。

此等の奇怪なる、然しながら極めて必然なる犯罪及び行爲は、彼に於て全く獨創の生活である。

何となれば彼は單獨である故に。

彼は信仰する。

愛するがために信念するのではなく、恐るるがために信ずるのである。

孤獨者にとりて神は「罪」であり、「愛」は「血」である故に。


彼は全く單獨である。故に彼は「我」以外の何物をも有して居ない。」

また、次のような感想も記されている。

「私は健康を愛する。

けれども疾患を愛する。

疾患に於てその實體を變質されたるところの物象は、より多くの靈性とより多くの光輝性とに於て全く新らしい有機體を化成する。

何となれば、私の疾患は私自身の戀魚と交歡する理由を以て、光らずして却つて犬、狼、魚及びその他もろもろの動物、菊、松、菫その他もろもろの草木との交感會食する由所に於てそれ自身の靈性を發光するがためである。」

同じ「ノート二」に記された詩「所現」は『月に吠える』所収「冬」の原形である。

あきらかなるもの現れぬ
つみとがのしるし天にあらはれ
懺悔のひとの肩にあらはれ
齒にあらはれ
骨にあらはれ
木々の梢にあらはれいで
ま冬をこえて凍るがに
犯せる罪のしるしよもにあらはれぬ

右の詩にはじめて、「淨罪詩篇」と付記され、次いで「姿」が同じく「淨罪詩篇」と付記されて記されている。

あるみにうむの薄き紙片に
すべての言葉はしるされたり
ゆきぐもるそらのかなたにつみびとひとり
ひねもす切齒し

いまはや生命こほらんとするぞかし
ま冬を光る松が枝に
懺悔の人の姿あり

前年「ノート一」に記された「竹」が次いでやはり「浄罪詩篇」と付記されて記されている。続いて数篇の試作の後『月に吠える』に「草の茎」として収められた詩が、末尾から二行目と三行目の一行空きなしに、表記をのぞき、ほぼ完成形で記されているが、これには「浄罪詩篇」の付記はない。さらに数篇の試作の後、「青き炎」「偉大なる懐疑」の二篇がいずれも「浄罪詩篇　奥附」と題の脇に付記されて、記されている。

青き炎

合掌せる肩の上にあらはれ
鬼はすべてを示せり
みよすべては示されたりしが
すべては我にあらざりき

まことに現はれしは
みるみる青き炎の幻影のみ
雪の上に消え去る哀傷の幽霊のみ
ああかかる切なる懺悔をも何かせむ
すべては青き炎の幻影のみ、

偉大なる懐疑

主よ
あきらかに犯せるつみをば
あきらかに犯せるつみと知らしめ給へ
聖なる異教の偶像に供養せることをばあかしせん
みちならぬ姦淫のつみをばあかしせん
しかはあれども
我は主を信ず
我は主を信ず

まことに主ひとりを信ず
かかる日の懺悔をさへ
われが疾患より出づるものとしあらば
すべて主のみこころにまかせ給ひてよ
しかはあれども
われは主を信ず
主よ
あきらかに犯せるつみをば
あきらかに犯せるつみと知らしめたまへ

ここで「浄罪詩篇」の草稿は終ったかにみえるが、さらに「ノート二」の何篇かの試作の後、次の作が「浄罪詩篇」として記されている。

竹の節はほそくなりゆき
竹の根はほそくなりゆき
その先は〔毛先は〕〔繊毛は〕地下にのびゆき

錐の如くにのびゆき
絹糸の如くにもかすれゆき
けぶりの如くにきえさりゆき

つみびとの髪はみだれみだれて
ああいましひとやのすみに
懺悔の巣をぞかけそめし。

第三行目の「その先は」は「毛先は」「繊毛は」という異稿が記され、定稿となっていない。ここで「ノート一」「ノート二」に記された「浄罪詩篇」はすべて記されたこととなるが、看過できない試作の若干を引用しておく。

私が疾患スルトキ
スベテ見エザルモノガ見エ

タトヘバ

竹ノ根ニハムラガル見エザル毛ガ煙ノゴトクニ生エテ見エ
草ノ莖ニハサビシキ產毛ガ生エテ見エ
菊ハ蝕光シソノ指ニモ淫水ノイタミヲシタタラシ
龜ハ白金トナリ　天ニハアンチピリンノ雪ガフル
併シ、スベテコレラノ物ハ健康ニ有害デアリ、併シスベテコレラノモノハ光リ、酸蝕性貴金
　屬光デアル
況ンヤソノ形狀ヲ見レバ多角形デアル
私ノ佛ハ疾患佛、昆蟲ノヤウナ青イ血肉ト、金ノヤウナセキズヰ心棒ヲモチ給フ、ソノセキ
　スヰタルヤ眞ニ怖ルベシ

「ノート二」にはこれらの詩稿に続き、「愛國詩論」と題する散文詩風の文章が記されている。冒頭のみ以下に記す。

序書

日本人の象徴生活を代表するものに、松竹梅龜及び富士の靈峯がある。

我々の國民性の紋章は純金を以て飾られて居る。我々の貴重なる紋章を尊敬しろ。世界無比の光輝體なるところのものに敬禮しろ。

うららかなる哉日本國。

あふげば高き天上に舞ふところの鶴あり。あるみにうむ製の光る鶴あり。そのかがやくつばさは雪に似てさんらん。況んや金無垢の龜はその重量もつとも重たくして自然に蒼天のふかみに沈む。龜をして千萬年の「時劫」と「靈智」と「空間」との象徵體となすところのもの、世界に以て日本国を元祖となす。

松を見よ。その針の如きみどり葉はしんしんとして空をさし、光をさし光をとぎ、あらゆる合掌祈禱體なる心理を象徵す。

梅は白金香木の梅、雪ふる空にくんいくたり。

ああさて竹のするどさを何にかたとへん。青竹、天上し、青竹をすべるの魚鳥。竹は竹の光、みがかれたる植物の靈、地面に生え、地面に生え、氷れる冬をつらぬきて、するどき竹は天を指し、するどき竹は天を指し。

竹の根はまつしぐらに地下に垂直す。その根はけぶる迷走神經、くらき底にけぶれるものを、ああわれら哀しみきはまり、細きさびしき竹の根の、纖毛にうちふるへ、うちふるへ、涙をながし。

あふげば不二の高峯はさんらんたり。その頂にも花鳥をつけしめ、更に粉雪をしてふらしめ、松竹天にあり、純金の龜は麓にあり、このごろ白秋法悅し、もはら不二山合掌體なる光景もやんごとなき。

以下は省略する。このナショナリスティックな自然礼讃は萩原朔太郎の晩年の日本への回帰につながるのか、私には謎だが、「淨罪詩篇」のモチーフが右の文章と連なることは間違いない。あるいは神経症的妄想にすぎないかもしれないが、一応心にとめておく。

5

萩原朔太郎はその詩においても彼の情欲あるいは性欲を数多くうたっている。「浄罪詩篇」のはじまる以前、一九一四（大正三）年からそうした作品が目立つ。『創作』同年六月号に発表した「初夏の祈禱」

　主よ、
　いんよくの聖なる神よ。

という二行からなる第一節にはじまり

　われの家畜は新緑の蔭に眠りて、
ふしぎなる白日の夢を畫けり、

ああしばし、
ねがはくはこの湖しろきほとりに、
わがにくしんをしてみだらなる遊戯をなさしめよ。

と終る第二連の後半を経て

いま初夏きたる、
野に山に、
榮光榮光、
榮光いくよくの主とその僕《しもべ》にあれ。
あめん。

という第三連に終る。肉身の淫らな遊戯とは自慰以外に考えにくい。こうした情欲の解放と讃美がこの詩のモチーフである。『詩歌』同年一〇月号の「光る風景」は次のとおりである。

青ざめしわれの淫樂われの肉、

感傷の指の銀のするどさよ、
それ、ひるも偏狂の谷に涙をながし、
よるは裸形に螢を點じ、
しきりに哀しみいたみて、
をみなをさいなみきずつくのわれ、
ああ、われの肉われをして、
かくもかくも炎天にいぢらしく泳がしむるの日。
みよ空にまぼろしの島うかびて、
樹木いつさいに峯にかがやき、
憂愁の瀑ながれもやまず、
われけふのおとろへし手を伸べ、
しきりに齒がみをなし、
光る無禮《ぶらい》の風景をにくむ。
ああ汝の肖像、
われらおよばぬ至上にあり、
金屬の中にそが性の祕密はかくさる、

よしわれ祈らば、
よしやきみを殺さんとても、
つねにねがはくば、
われが樂欲の墓場をうかがふなかれ、
手はましろき死體にのび、
光る風景のそがひにかくる。
ああ、われのみの、
われのみの聖なる遊戯、
知るひととてありやなしや、
怒れば足深空に跳り、
その靴もきらめききらめき、
涙のみくちなはのごとく地をはしる。

「をみなをさいなみきずつく」我は娼婦をさいなみ、傷つく彼自身をいうのであろうし、「聖なる遊戯」の遊戯も「初夏の祈禱」におけると同じ遊戯にちがいない。『詩歌』同年一一月号に発表した「情慾」は次のとおりである。

手に釘うて、
足に釘うて、
十字にはりつけ、
邪淫のいましめ、
齒がみをなして我こたふ。
空もいんいん、
地もいんいん、
肢體に青き血ながれ、
するどくしたたり、
電光したたり、
身肉ちぎれやぶれむとす、
いま裸形を恥ぢず、
十字架のうへ、
齒がみをなしてわれいのる。

この「情慾」は罪の意識にいろどられている。すでに「浄罪詩篇」の世界に近いのである。『水甕』一九一五（大正四）年一月号に発表した「疾患光路」には「十月作」と付記されているから、「浄罪詩篇」の制作のはじまる直前の作とみてよいであろう。

我れのゆく路、
菊を捧げてあゆむ路、
いつしん供養、
にくしんに血をしたたらすの路、
肉さかな、きやべつの路、
邪淫の路、
電車軌道のみちもせに、
犬、畜生をして純銀たらしむる、
疾患せんちめんたる夕ぐれの路、
ああ、素つぱだかの聖者の路。

ここで、どうしてもふれなければならないのは全集「拾遺詩篇」中「散文詩・詩的散文」の項に収められた「秋日歸郷」である。この散文詩は『詩歌』一九一四（大正三）年一二月号に発表されたが「妹にあたふる言葉」と付記されている。

秋は鉛筆削のうららかな旋回に暮れてゆく。いたいけな女心はするどくした炭素の心《しん》の觸覺に、つめたいくちびるの觸覺にも涙をながす。

しみじみと涙をながす。とき子よ、君さへ青い洋紙のうへに魚を泳がしむるの秋だ。眞に秋だ。

ああ、春夏とほくすぎて兄は放縱無頼、酒狂して街にあざわらはれ、おんあい至上のおんちちははに裏切り、その財寶《たから》を盗むものである。

おん身がにくしんの兄はあまりに憔悴し、疾患し、酒亂のあしたに菊を摘まむとして敬虔無上の涙せきあへぬ痴漢である。

また兇盗である、聖者である。妹よ、兄の肉身は曾て一度も汝の額に觸れたことはない。

見よ、兄の手は何故にかくもかくも淸らに傷ましげに光つて居るのか、

この手は菊を摘むの手だ、

この手は怖るべき感電性疾患の手だ。

また涼しくも洋銀の柄にはしり、銀の FORK をして

しなやかに皿の魚を舞はしむる風月賀宴の手だ。
兄は合掌する。
兄は接吻する。
兄は淫慾のゆふべより飛散し散亂し、しかもかなしき肉身交歡の形見をだにもとめない頽廢德者だ。

（中略）

妹よ、
兄が純金の墓石の前に、菊を捧げて爾が立つたとき、
兄がほんたうにおん身に接吻する。おん身のにくしんに、額に、脣に、乳房に、接吻する。
妹よ、
いまこそなんぢに告ぐ。
われらいかに相愛してさへあるに、兄の手は、兄は、くちびるは、かつて一度もなんぢの肉身に觸れたことさへないのである。
とき子よ。
兄は哀しくなる、しんに兄は哀しくなる。

（中略）

兄は畜生にもあらず、
兄は佛身にもあらず、
兄はいんよく極まりなき巷路の無名詩人だ。
（下略）

これは抑制されているけれども、明らかに萩原朔太郎の近親相姦的な心情の告白である。彼には一九一四年一月三日の日記に記したような烈しいナルシシズムがあった。くりかえして記せば、この日記に彼は「私は自分といふものがいとしくてたまらない。こんないぢらしい男が世界に二人とあらうか。臆病で小膽で感じ易く高潔で崇嚴で然も仔鹿のやうに物やさしいのは私の心である。多人數の集つた場合に私はやるせなき孤獨と憂愁に囚はれる。その心は一人高きに澄める超人の愁夢である。私はたとしへなく悲しき人である。すぐれて尊き心の人である。私は私自身に戀をして居るのだ。」このナルシシズムはニイチェないし『罰と罰』のラスコルニコフにつらなる超人思想への共鳴と結びついている。

また、北原白秋に対する、甘えに満ちた奔放で野放図な同性愛をすでにみてきた。室生犀星に対しても「愛人」とよぶような同性愛的性向を有していた。

こうした異常な性愛の嗜好の中核にはもちろん女性に対する性欲があり、芸妓、娼婦等との放蕩、放埒と自認せざるをえないような欲情を彼はもてあましていた。しかも、こうした職業女性たちの無智、無恥に烈しい嫌悪を感じていた。

　歓楽の後に歓楽を追うて止まなかった彼の心のどん底に、彼は「曾て知らなかつた苦い苦い哀傷と空虚といふ薄氣味の惡い蟲けらがその巣を張りつめて居た」のを見たことは「ソライロノハナ」の「自敍傳」に記しているところであり、「ノート四」では「次第に自分自身を一種の怪物のやうに考へ」、「自分が生きてゐることがたへがたく下劣な惡臭をもつたもののやうに考へ」、「最後の目的は何かしらある動物的行爲、殆んど語るにたへざる醜惡な、不倫理的なそしてぞつとするやうな、ある種の奇怪な不潔な行爲をすることにあるのではないかと思ひ始め」るに至ったことを「ある人の歴史」と題して記し、同じ文章の中学時代の回想として、「性慾の恐るべき昂進から昏絶して林の中の樹木に抱きついた。まことはそれは「わが抱けば、すべての樹木をも枯らすべき」熾烈な情熱であつた。彼は林の中の樹木たちが、彼に抱きつかれることで一本、一本と枯れてゆくやうなことを考へて戰慄した」とあることを想起する。

　そこで、一九一四（大正三）年一二月一六日付萩原榮次宛書簡に記された「私は夜になつて草木の精と姦淫することを明らかに知覺するのです、それは實に快樂の極です」という体験と、「草木姦淫の天罰」「心底から神に許しを乞ひました、とんでもない犯罪を犯した（無意識に）といふことに氣がつきました」という報告にたどり着くわけである。

6

私は「浄罪詩篇」における「罪」が萩原朔太郎にとって何を意味したか、また、どうして彼が「浄罪」を志す契機をもったか、に関心をもっている。

「草木姦淫」とは萩原朔太郎の夢想である。彼は草木の精と姦淫する夢をみて夢精しただけのことかもしれない。しかし、木が枯れるばかりに抱きついて性欲を果たすことは彼が中学時代からの熾烈な情熱であったことを考えれば、草木姦淫もそのまま彼の体験、幻覚的体験と考えるべきであろう。これを罪と感じ、彼の肉体の疾患と考えることは当然である。しかし、彼が罪と感じ、疾患と感じたものは、草木姦淫の幻覚的体験に究極的な形象となったもので、その基底には、彼の正常、異常な性的嗜好のすべてがくろぐろと横たわり、巣を張り、彼を苦悩させていた、と考えるべきではないか。そうでなければ、彼がこれまで見てきたような痛切な性欲の苦悩の回想は意味がないのではないか。

次に、萩原朔太郎に「浄罪詩篇」を書かせる動機となったのは彼のドストエフスキイ体験であつたと考える。これは前述の一九一四年一二月一六日付萩原榮次兄書簡に於いてドストエフスキイの「カラマーゾフの兄弟」にふれていることは前述した。また、『詩歌』一九一六（大正五）年七月号に発表した詩的散文「握つた手の感覺」では、次のとおり書いている。

「母の乳房のやうにあつたかいあるもの（それを言葉で言ひ現はすことはできない）が、私の全身を抱きかかへて、そつくりどこかの樂園へ導いてゆくやうな氣がした。私は思ひきり甘つたれて泣いてゐた。私の醜い病癖や、不愉快な神經質的の惱鬱や、厭人思想や、虚僞や、下劣な高慢や、謙遜を裝うた卑屈や、賤劣極まる利己的思想や、混亂紛雜した理智の爭鬪や、畸形な、しかも醜惡を極めた性慾の祕密や、及びそれらのものの生む內面的罪惡や、凡そ私を苦しめ、私を苛責し、私を陰欝にするところの一切のものが懺悔された。（かういふ醜惡な病癖や、異端的の思想が長い長い間、私を苦しめた事は眞に言語に絕して居る。自己を極端に憎むことから私は一切のものを憎んだ、私は何物に對しても愛をかんずることが出來なかつた。『愛』なんてものに就いて考へて見ることすらもできなかつた）。

『お前の罪が許された』この言葉が電光の如く私の心にひらめいたのは、ほんの思ひがけない一瞬時の出來事であつた。『罪が許された』といふことの悅びが、どんなに深酷なものであるかといふことは、到底、私のぶつきら棒の筆では書き現はすことは出來さうもない。ただ私はやたら無性に涙を流したばかりだ。

そして此の聲の主はドストエフスキイ先生であつた。何ういふわけでそれがドストエフスキイ先生の聲であつたか、私自身にも全くわけがわからない。ただ私の心がその聲をきいた刹那（それは電光のやうに私の心をかすめて行つた）うたがひもなくあの大詩人の聲であることを直覺したのだ。」

「私が始めて先生を知つたのは、今から二、三年以前のことである。あの恐しい小説『罪と罰』『白痴』『カラマーゾフの兄弟』『死人の家』等が、私にたまらないほど大きな慰安と感激と驚異とをあたへたことは言ふ迄もない。それらの書物には私のいちばん苦しいこと（私はそれを神經質的良心と名づけて居る）が、驚くべき程度にまで洞察され、そして同情されて居る。

だから私はずつと以前から、先生を世界第一の詩人だと思つて居た。併し先生が私の救世主として現はれてくるやうな奇蹟があるとは全く思ひがけなかつた。」

「ところが一週間とたたないうちに、白熱した金屬が外氣にふれるやうに、だんだん私の精神狀態が舊にかへつて行つた。『神』だと信じた先生が『偉大なる人間』に變つてきた。そして私の白熱した信仰體は、一種の偉人崇拜體に化してしまつた。それはもちろん熱したものであつたとはいへ。

私は急に見捨てられた人のやうな寂しさを感じはじめた。それは醉からさめた寂しさでもあつた。その當時、悅びで有頂天になつた自分の姿が、あさましくも馬鹿らしくも思はれた、『あれはやつぱり一種の病熱からみた幻影』にすぎなかつたのぢやないか』『あれは何でもない錯覺の類ぢやないのか』『自分は喜劇を演じたのぢやなかつたか』かういふ疑問が私を皮肉的に嘲笑し始めた。私は二度、絶望と懐疑の暗い谷底へ投げこまれてしまつた。

その暗い谷底で、私は髮の毛を握つて齒をくひしめた。もうとても助からない、駄目だ、と言つた。私は正に觀念の眼をとぢようとした。けれども不思議なことには、すべてを投げすてた私の空虚の心に、ただ一つ何とも分らない謎が殘つて居た。

その謎は一種の『力』であつた。しかもそれは以前の自分には全くなかつたところのものであつた。

月光の夜に捉へた青い鳥は、日光の下には影も姿もなく消えうせて居た。そして子供は何にもない空を、いつしよけんめいで握つてゐた。子供は全く失望した。けれどもその時から、子供の心には一種の感覺が殘された。それは青い鳥をにぎつた瞬間の、力強いコブシの感覺である。

私の空虚の心に殘された唯一のものが、矢張それであつた。『握つた手の感覺』であつた。」

「今では私は先生を『神』とは思つて居ない。併し私をキリストに導くところの預言者ヨハネのやうに考へて居る。先生は『光』そのものではないけれども『光』の實體を指し教へるところの先生である。」

「幸福の實體が愛であるといふ眞理を、私に教へて下さつたのも先生である。」

「私の詩『笛』は前述のやうな事實のあつた少し後に出來たものである。これを書いたときには、何といふわけもなくブリキ製の玩具の笛のやうな鋭い細い音色を出す、一種の神祕的に光つた物象が、そのときの私の感情をいたいたしく刺激したので、その氣分をそのまま正直に表現したのである。」

ところで『月に吠える』には「笛」と題する作品が二篇ある。一篇は「竹とその哀傷」中の作品であり、『地上巡禮』一九一五（大正五）年一月号に「淨罪詩篇」と付記されて発表された作品であり、もう一篇は、「長詩二篇」の第二篇、『詩歌』一九一六（大正五）年六月号に発表された作品である。「竹とその哀傷」中の「笛」は次のとおりである。

あふげば高き松が枝に琴かけ鳴らす、
をゆびに紅をさしぐみて
ふくめる琴をかきならす、
ああかき鳴らすひとづま琴の音にもつれぶき、
いみじき笛は天にあり。
けふの霜夜の空に冴え冴え、
松の梢を光らして、

かなしむものの一念に、
懺悔の姿をあらはしぬ。

いみじき笛は天にあり。

霜夜の空は冴えかえり、人妻のかなでる琴の音が松の枝々を揺らすかに梢までとどくとき、琴の音に合わせるように天上から笛の音がきこえる、その笛は不倫の恋を懺悔する者が吹いているのだ、といった意味であろうか。五音と七音を基調とした格調高く、琴、笛、天上、松のとりあわせのイメージ、人妻と懺悔の姿との対比、まことに「浄罪詩篇」中の佳唱というべきだが、しいて解釈しようとすると、まるで興趣が失われるかの感がある。

長篇詩「笛」は、大人が恐しさに息をひそめながら「神よ、ふたつの心をひとつにすることなからしめたまへ」と祈っている。桜の花の匂いがし、笛を欲しがっている子供が立っている。「子供のわびしい心がなにものかにひきつけられてゐたのだ。／しだいに子供の心が力をかんじはじめた。／子供は實に、はつきりとした聲で叫んだ。／みればそこには笛がおいてあつたのだ。／子供が欲しいと思つてゐた紫いろの小さい笛があつたのだ」といった作品である。子供の欲しがる「笛」が「握つた手の感覚」の「青い鳥」のようにみえる。

この年、一九一六年四月二二日、萩原朔太郎は北原白秋に宛てた葉書に

「久しく御無沙汰しました、

私は非常な大問題にぶつかりました、長い間煩悶しました、そしていまそれを解決することができました、私は救はれました、私は私の過去三十年間の生活を根本からひつくり返すやうな破目に立ちいたりました　私はほんとの私を發見しました、私は苦しみもがいてどん底に落入りました、そして今ほんとの眞如に入りました、大歡喜の絶頂に居ます、」

と書いている。また、同じころに高橋元吉に手交したと推定される書簡の一節に

「私はかつてほんとに人を愛することの出來なかつた人間です。『愛』といふものが全く私にはないのではあるまいかと疑るまで醜悪な人間だつたのです。今度の新生が私にとつて有意義なのも自身には全くないと思つて居た『愛』を發見したからです。それをドス〔ト〕エフスキイが教へてくれたからです」

右のような表現に「竹とその哀傷」中の「笛」はふさわしくない。また、時間的関係からみても、「握つた手の感覺」の「笛」は長篇詩の一篇である「笛」であろうと考える。

そうはいっても、私は、萩原朔太郎に「淨罪詩篇」の制作をうながした、動機としてドストエフスキイ体験があったと考えている。それは「淨罪詩篇」の制作前の時期に彼がドストエフスキイを耽読していたことは疑問の余地がないからである。贖罪ということからいえば、「罪と罰」

かもしれないが、前記の萩原榮次宛書簡で「カラマーゾフの兄弟」に言及していることからみて、「カラマーゾフの兄弟」に含まれている思想とみるのが自然であろう。このばあい、萩原朔太郎の蔵書の書入れ、あるいは書簡中の引用を根拠としたいのだが、私としては、むしろ、第二篇三「信者の農婦たち」における長老ゾシマの次の教訓が萩原朔太郎を刺戟したと思いたい。以下は原卓也訳、新潮文庫版による。

「何も恐れることはない、決してこわがることはないのだよ、滅入ったりせんでよい。その後悔がお前さんの心の中で薄れさえしなければ、神さまはすべてを赦してくださるのだから。心底から後悔している者を神さまがお赦しにならぬほど、大きな罪はこの地上にないし、あるはずもないのだ。それに、限りない神の愛をすっかり使いはたしてしまうくらい大きな罪など、人間が犯せるはずもないのだしね。」

7

「浄罪詩篇」として発表され、『月に吠える』の「竹とその哀傷」の章に収められた作品は、『詩歌』一九一五（大正四）年一月号に掲載の「すえたる菊」「天上縊死」、『地上巡禮』同年同月号掲載の「龜」「笛」「冬」「卵」ついで翌二月号の『詩歌』に掲載された「竹」二篇である。「地面の底の病氣の顔」「草の莖」、『地上巡禮』同年三月号に掲載の「地面の底の病氣の顔」も「浄罪詩篇」と考えてよいと思われる。まず「すえたる菊」は次のとおりである。

その菊は醋え、
その菊はいたみしたたる、
あはれあれ霜つきはじめ、
わがぷらちなの手はしなへ、
するどく指をとがらして、

菊をつまむとねがふより、
その菊をばつむことなかれとて、
かがやく天の一方に、
菊は病み、
饐《す》えたる菊はいたみたる。

意味の上からは、「かがやく天の一方に」の次に「われに命じる聲あり」といった句が省略されていると考えるのが妥当であろう。醋えた菊、痛んだ菊は病んだ作者自身であり、罪を犯した者を象徴する。その罪をとり除こうとしても許されない。菊をつむことは許されない。菊はその醋え、痛みにたえなければならない。そう解することはこの詩の魅力を失わせることになるかもしれないのだが、この詩をその文字が示すイメージとしてうけとるとしても、ここに罪の意識を読みとらなければならないと私は考える。

「龜」は若いころから私が愛誦してやまない作品であった。「林あり、／沼あり、／蒼天あり」という風景は、私が親しんだ秩父山塊の山裾が関東平野に没する地域に日常的にみられた。そうした風景を目にするとき、私はこの詩句を口ずさんだ。しかし、私はこの作品を多年誤解していたようである。私は蒼天のふかみに沈む亀を太陽の譬喩と理解していた。この亀が人の手に重みを感じさせる、純金の亀であることを読み落としていた。冒頭の三行は自然描写のようにみえるが、以下はかなり理解が難しい。

ひとの手にはおもみを感じ、
しづかに純金の龜ねむる、
この光る、
寂しき自然のいたみにたへ、
ひとの心靈《こころ》にまさぐりしづむ
龜は蒼天のふかみにしづむ。

「草稿詩篇」にはこの作品の完成稿以前の草稿四種を収めているが、その第三稿は次のとおりである。

林には沼あり
沼には蒼天あり
その蒼天の重みを感じ

ひとの掌のうへに光る龜あり
龜は眠り
永遠にしづみゆく世界にあり
ひとり林に坐りていのれば
生物のうへに水ながれ、
ひとの額に秋天ひろがる

ここではまだ亀は蒼天に沈まない。あくまで地上にあり、人の掌に重みを感じさせ、永遠に沈みゆく世界にある。そして、人は林に坐り、祈っている。何故祈るか。やはり浄罪のためにちがいない。完成稿に最も近いと思われる第四稿は次のとおりである。

林あり
沼あり
蒼天あり
ひとの掌には重みを感じ
しづかに純金の龜〈眠〉光る

この〈眠〉光る
〈風景〉さびしき自然の傷み〈を感じ〉に耐へ
ひとの心靈《こゝろ》にまさぐりしづむ
龜は〈永遠の〉ふかみにしづむ。

末行、〈永遠の〉には〈蒼天の〉〈穹窿《おほぞら》の〉の三種の表現が残されているとのことである。つまり、「龜は蒼天のふかみにしづむ」という末行は推敲過程の最終段階であらわれ、決定された表現であり、最終段階で「いのり」が消えたことが判明する。

すでに「ノート二」の「愛國詩論」において、「金無垢の龜はその重量もつとも重たくして自然に蒼天のふかみに沈む。龜をして千万年の「時劫」と「靈智」と「空間」との象徴體となすところのもの、世界に以て日本國を元祖となす」と記していることを指摘した。この「愛國詩論」の見解からみれば、「龜」は時空を超える、霊智の象徴であり、普遍的、永遠の存在であった。この詩「龜」は、そうした普遍的、永遠なるものに祈る、という意味で、「淨罪詩篇」の一篇をなすと解される。

「天上縊死」こそが「淨罪詩篇」を代表する作品である。

遠夜に光る松の葉に、
懺悔の涙したたりて、
遠夜の空にしも白き、
天上の松に首をかけ。
天上の松を戀ふるより、
祈れるさまに吊るされぬ。

自死をもって罪をあがなう、そのために松の枝に首を吊る、その松は天上の松であり、自死は祈祷のかたちをとる。この天上の松も、「ノート二」の「愛國詩論」からみると「その針の如きみどり葉はしんしんと空をさし、光をさし光をとぎ、あらゆる合掌祈禱體なる心理を象徴」しているにちがいない。痛切にしてイメージ鮮明、調べも高い作と考える。

「卵」については、罪を犯し、祈る者が、梢の小鳥の卵の新しい生命の誕生に、まさに祈るときがきたのだ、と自覚した、愛らしい小品である。

ますぐなるもの地面に生え、
するどき青きもの地面に生え、

凍れる冬をつらぬきて、
そのみどり葉光る朝の空路に、
なみだたれ、
なみだをたれ、
いまはや懺悔をはれる肩の上より、
けぶれる竹の根はひろごり、
するどき青きもの地面に生え。

この「竹」についても「ノート二」の「愛國詩論」の一節を思いだす必要があるだろう。

「ああさて竹のするどさを何にかたとへん。青竹、天上し、青竹をすべるの魚鳥。竹は竹の光、みがかれたる植物の靈、地面に生え、地面に生え、氷れる冬をつらぬきて、するどき竹は天を指し、するどき竹は天を指し。

竹の根はまつしぐらに地下に垂直す。その根はけぶる迷走神經、くらき底にもけぶれるものを、ああわれら哀しみきはまり、細きさびしき竹の根の、纖毛にうちふるへ、うちふるへ、涙をながし。」

「いまはや懺悔をはれる肩の上より、／けぶれる竹の根はひろごり、／するどき靑きもの地面に生え」、という末尾三行をどう解したらよいのか。この詩にいう「地面」は懺悔終れる者の肩の上と同義であるのか。そうではあるまい。鋭く、真直に生える竹は懺悔する者が、かくありたい、と祈禱するかたちであり、懺悔を終ったときには、彼自身もそうした竹をもつに至る、と解することは誤りであろうか。他の作品について述べたとおり、解釈は、意味をさぐることは、これらの詩について無用なのではないか、という感がつよい。ただ、私は「淨罪」の行方を見とどけたいという願いから、想像力をめぐらしているのである。

光る地面に竹が生え、
青竹が生え、
地下には竹の根が生え、
根がしだいにほそらみ、
根の先より纖毛が生え、
かすかにけぶる纖毛が生え、
かすかにふるへ。

かたき地面に竹が生え、
地上にするどく竹が生え、
まつしぐらに竹が生え、
凍れる節節りんりんと、
青空のもとに竹が生え、
竹、竹、竹が生え。

この作品が『詩歌』に発表されたときは、一行空けて次の二行が付け加えられていた。

祈らば祈らば空に生え、
罪びとの肩に竹が生え。

前作「竹」の変奏であることは確実だが、ここでも「ノート二」の
「私が疾患スルトキ
スベテ見エザルモノガ見エ

タトヘバ
竹ノ根ニハムラガル見エザル毛ガ煙ノゴトクニ生エテ見エ」

を想起することは自然である。ただ、この見えざる竹の根が竹の成長を支えていることをも、やはり作者は見ていることに注意すべきであろう。

こうした解釈はともかくとして、「竹」二篇の鋭く切りこむような調べ、病的ではりつめたイメージ、「生え」の連用形で終り、この「生え」という動作が無限に続くかのような語法。こうした特徴の新鮮さに私は衝撃をうけたし、わが国の近代詩の歴史に新しい展開を示した作であった。

『遍路』の一九一五年二月号に発表された「草の莖」は春あさいころ萌えでた草の茎にいわば希望を託した作であり、作者の暗い心情が詩の背後に隠されているだけに、心をうつものがある。

さて、「地面の底の病氣の顔」について考えたい。

地面の底に顔があらはれ、
さみしい病人の顔があらはれ。

地面の底のくらやみに、
うらうら草の莖が萌えそめ、
鼠の巣が萌えそめ、
巣にこんがらかつてゐる、
かずしれぬ髮の毛がふるへ出し、
冬至のころの、
さびしい病氣の地面から、
ほそい青竹の根が生えそめ、
生えそめ、
それがじつにあはれふかくみえ、
けぶれるごとくに視え、
じつに、じつに、あはれふかげに視え。

地面の底のくらやみに、
さみしい病人の顔があらはれ。

ここには罪の意識もなく、懺悔する心情もない。そういう意味では「淨罪詩篇」とは異なるが、疾患をもつ者の作であること、イメージにおいて「竹」と通じること、時期的に近接していることからいって、「淨罪詩篇」とともに考えることが許されるであろう。

「竹」がそうであるように、この「地面の底の病氣の顔」も幻覚が生んだ詩である。ここにいう「地面」は常識的な意味における「地面」とみる必要はない。私たちの生活空間と考えてもよい。私たちの生活空間の底の闇に、さみしい病人の顔が出現するのは、作者のナルシシズムといってよい。萌えそめる草の茎、萌えそめるこんがらがった鼠の巣、ふるえる髪毛、生えそめる竹の根、それらがけぶるように、哀れふかげにみえるのは、作者が病んでいるからである。病んだ作者の心情の寂しさに共感できなければ、読者はこの作品に神経症的ナルシシズムしか認めないであろう。しかし、こうした病んだ神経症的症状が、かなりな程度、私たちの生活感情において普遍性をもつ以上、この作品はやはりわが国近代詩を代表する作品の一と評価しなければならない。

第三章　『月に吠える』

1

私は『月に吠える』を三期に分けて考える。第一期は、「浄罪詩篇」ないし「竹とその哀傷」の作品以前、『月に吠える』中「雲雀料理」の章に収められた詩篇である。第三期は『詩歌』一九一六（大正五）年五月号に発表した長篇詩「雲雀の巣」、同誌同年六月号に発表した長篇詩「笛」にはじまり、主として「見知らぬ犬」の章に収められた詩篇にある。第二期はそれらの中間期、『月に吠える』の中核をなす「竹とその哀傷」の章の詩篇とその発展とみられる詩篇である。

2

「雲雀料理」の章には次の序詞が付されている。

「五月の朝の新緑と薫風は私の生活を貴族にする。したたる空色の窓の下で、私の愛する女と共に純銀のふおうくを動かしたい。私の生活にもいつかは一度、あの空に光る、雲雀料理の愛の血を盗んで喰べたい。」

ここには罪の意識はない。愛の夢想がある。貴族趣味の感傷がある。この章の詩篇は「愛憐詩篇」につらなる幻想の風景を描いていることが多い。「山居」は『詩歌』一九一四（大正三）年九月号に発表され、発表時には「一九一四、八　吾妻山中にて」と付記されていた作品である。

八月は祈禱、
魚鳥遠くに消え去り、
桔梗いろおとろへ、

しだいにおとろへ、
わが心いたくおとろへ、
悲しみ樹蔭をいでず、
手に聖書は銀となる。

これは叙景ではない。衰弱した心をかかえた作者は樹蔭に悲しみに耐えて佇み、作者が手にもつ聖書は銀のように重い。いま、作者は祈祷のときだ、と感じている。ここには青春の哀傷がある。聖書といい、祈祷といっても、哀傷を彩《いろ》どる装飾にすぎない。作者の夢想する「山居」の風景なのだが、典雅な心象風景であって、痛みがあるわけではない。

しかし、「八月は祈禱」の第一行と「手に聖書は銀となる」という末行の対応、「桔梗いろおとろへ」から三行続けて「おとろへ」と結び、おとろえが作者の心に収斂していく技巧のたくみさ、そのおとろえが悲しみへ、さらに聖書へと転換していくイメージ。痛切ではないにしても、愛誦するに足る小品といってよい。

『地上巡禮』同年同月号に発表された「殺人事件」は評判高い作品である。

とほい空でぴすとるが鳴る。

またぴすとるが鳴る。
ああ私の探偵は玻璃の衣裝をきて、
こひびとの窓からしのびこむ、
床は晶玉、
ゆびとゆびとのあひだから
まつさをの血がながれてゐる、
かなしい女の屍體のうへで、
つめたいきりぎりすが鳴いてゐる。

しもつき上旬《はじめ》のある朝、
探偵は玻璃の衣裝をきて、
街の十字巷路《よつつじ》を曲つた。
十字巷路は秋のふんすゐ、
はやひとり探偵はうれひをかんず。

みよ、遠いさびしい大理石の歩道を、

曲者《くせもの》はいつさんにすべつてゆく。

無声映画のシナリオに似ている。しかし、印象鮮明、情景が目に浮かぶようだが、その情景はきわめて幻想的である。探偵が玻璃の衣装をきているとか、女の屍体からまっさおの血が流れ、屍体の上で鳴くきりぎりすの声がつめたいとか、探偵が憂いを感じているとき、曲者がいっさんに滑ってゆく、といった表現は、じつに独創的である。萩原朔太郎の個性と才能を窺うに足る、たのしい作品であることは間違いないが、それ以上の作ではない。

室生犀星の『抒情小曲集』の補遺『卓上噴水』に「兇賊TICRIS氏」と題する詩が収められている。『アララギ』一九一四年一〇月号に発表された作品である。八〇行ほどもの長篇なのでその一部を引用する。

露しげき深夜。
夜のびらうどの上を
一臺の自動車はすべりゆく。
べるりん午前二時。
まあぶるの建物をするすると攀づるもの、

黒曜石の昇天
ぴあの鳴る。
あはれふくめんの黑。
まなこは三角。
手にはあまたの寳石《いし》をささげ
するすると窓より下る。

全集の年譜、一九一四（大正三）年の七月の項に「フランス映畫『プロテア』を淺草電氣館で犀星と共に見、兇賊チグリスと美人探偵プロテアが登場するところから、犀生はチグリスを、朔太郎はプロテアを名のる」となる。両人の作は同じ映画に素材を得ているが、萩原朔太郎の作は室生犀星の作に比し、空想力豊かで、修辞も非凡である。

『地上巡禮』の同年同月号に発表された「盆景」は盆石ともいい、『広辞苑』（第六版）によれば、「盆の上に自然石や砂を配置して風景を創作し、その風趣を味わうこと、また、その石」をいうとある。この作品は盆景を素材として空想上の風景を創出し、その風趣を夢想した作である。

春夏すぎて手は琥珀、

瞳《め》は水盤にぬれ、
石はらんすゐ、
いちいちに愁ひをくんず、
みよ山水のふかまに、
ほそき滝ながれ、
滝ながれ、
ひややかに魚介はしづむ。

「一九一四、八、一〇」と付記された初出においては、第四行は「いちいちに愁ひをかんず」であった。愁いを薫じる、とはかなりに無理な措辞だが、愁いを感じる、と作者の感想を述べるよりも、客観的に盆景を見ている点ですぐれていると思われる。「らんすゐ」は嵐翠であろうか。盆景の滝が現実に流れるはずもないし、魚介が沈むはずもない。盆景に触発され、山水を空想した作だが、その空想の興趣に尽きる。

これら二作と同じく一九一四年八月の作であり、僅かに早い八月三日の作と初出のさい付記された「感傷の手」は『詩歌』の同年九月号に「山居」と同時に発表された作である。

わが性のせんちめんたる、
あまたある手をかなしむ、
手はつねに頭上にをどり、
また胸にひかりさびしみしが、
しだいに夏おとろへ、
かへれば燕はや巣を立ち、
おほ麥はつめたくひやさる。
ああ、都をわすれ、
われすでに胡弓を彈かず、
手ははがねとなり、
いんさんとして土地を掘る、
いぢらしき感傷の手は土地を掘る。

右の詩は性欲の苦悩をうたったというよりも、性欲に対する感傷をうたったものであろう。「あまたある手」とは性欲の象徴にちがいない。性欲は身体中をかけめぐり、あるいは頭上に、あるいは胸に迫り、やるせなさに淋しさを覚えさせる。「いんさん」は陰惨であろう。土地を掘る手はつらく悲しく、陰惨である。土地を掘る手が性欲を抑圧するからである。萩原朔太郎において、土地を掘る、地面を掘る、はくりかえしその作品にあらわれる表現である。室生犀星作「小景異情」の「その四」に

しづかに土を掘りいでて
ざんげの涙せきあぐる

とあり、萩原朔太郎が「小景異情」に感動し、それまで知ることのなかった室生犀星に手紙を書き、それが終生の友人となった契機であることはひろく知られている。それ故、土を掘る、地を掘るという動作は懺悔する心の象徴とみることができるし、この「感傷の手」における「土地を掘る」も性欲の昂進に対する懺悔の心情の表現と解することもかなりな妥当性をもっているように思われる。

しかし、後年、『日本への回帰』所収の「隣人への挨拶」という随筆中、彼は次のとおり回想している。

「或る時父に小使銭をねだつたら、默つて僕の手を引いて庭に下りた。それから地の一部を指して「此所を掘つて見ろ」と言つた。何だか解らないが、とにかく言はれる通りにして居ると

「どうだ。金が出て來たか。」と言つた。「地面を何尺掘つたところで、一錢の金も出やしないのだ。よく解つたか。」と言つて父はずんずん行つてしまつた。」

この回想からみると、土を掘る、地を掘るとは空しい努力をすることの表現と解される。そう解釈しても、この詩は理解できるし、後に検討するつもりの「かなしい遠景」における「地面を掘つくりかへす」も同じ解釈で理解できるように思われる。一つの仮説として記しておく。

さて、この章の題名を採られた「雲雀料理」を読むこととする。

ささげまつるゆふべの愛餐、
燭に魚蠟のうれひを薫じ、
いとしがりみどりの窓をひらきなむ。
あはれあれみ空をみれば、
さつきはるばると流るるものを、
手にわれ雲雀の皿をささげ、
いとしがり君がひだりにすすみなむ。

やはり幻想的な作品だが、こよなく美しい作品である。「愛餐」は『文語訳・新約聖書』（岩波文庫版）の「ユダ書」にみられる、「禍害《わざわひ》なるかな、彼らはカインの道にゆき、利のためにバラムの迷《まよひ》に走り。またコラの如《ごと》き謀反によりて亡《ほろ》びたり。彼らは汝らと共に宴席《ふるまひ》に与《あづか》り、その愛餐《あいさん》の暗礁《かくれいは》たり…」（原文のルビは適宜省略した：引用者）にその語源がある。

新共同訳では「彼らは「カインの道」をたどり、金もうけのために「バラムの迷い」に陥り、「コラの反逆」によって滅んでしまうのです。こういう者たちは厚かましく食事に割りこみ、わが身を養い、あなたがたの親ぼくの食事を汚すしみ」とされ、愛餐は親睦の食事と変えられている。元来はAgape、『新キリスト教辞典』（いのちのことば社刊）には「イエス・キリストを信ずる者同士が、信仰と愛と希望とを分ち合いつつ、共にした食事のこと。特に初代教会の時代には、聖餐式と密接に関係を保ちつつ、盛んに行われた。またこれは、貧しい人々、やもめたちに対する援助をも念頭に置いた食事でもあった。愛餐―― Love Feast ――と呼ばれるゆえんである」と説明されている。

『地上巡禮』一九一五（大正四）年一月号に発表された「聖餐餘録」と題する散文詩がある。この散文詩中に、

　エレナよ。今こそ哀しき夕餐の卓に就け。聖十字の銀にくちづけ、僧徒の列座を超え、雲雀料理の皿を超え、汝の香料をそのいますところより注げ。

とあることからみて、「雲雀料理」の原形とみてよい作だが、この詩にはまた、

愛する兄弟よ。
いまこそわが左に來れ。

という句があり、さらに次の句がある。

凡そ我れの諸弟子諸信徒のうち、汝より聖なるものはなく、汝より邪慾のものはない。乞ふ、われはわれの肉を汝にあたへ、汝を給仕せんがために暫らく汝の右に坐するを許せ。

また、「聖餐餘錄」には題名に次いで、次の言葉が付されている。

「食して後酒盃をとりて曰けるは此の酒盃は爾曹の爲に流す我が血にして建つる所の新約なり
——路加傳二二、二〇、」

右はルカによる福音書第二二章の一節だが、新共同訳聖書のルカによる福音書第二〇章は次のとおりである。

「イエスは彼らに言われた。「どうして人々は、『メシアはダビデの子だ』と言うのか。ダビデ自身が詩編の中で言っている。
『主は、わたしの主にお告げになった。
「わたしの右の座に着きなさい。
わたしがあなたの敵を
あなたの足台《あしだい》とするときまで」と。』」

こうした「聖餐餘録」の記述からみると「雲雀料理」における

手にわれ雲雀の皿をささげ
いとしがり君がひだりにすすみなむ

の句がこれら新約聖書の記述に由来することは間違いあるまい。

このように語義を探っていくと、「雲雀料理」は宗教的な清浄さを帯び、香気の立つ作品と読むべきであろうが、語義を詮索することはかえって詩の鑑賞の妨げとなるかもしれない。聖家族の晩餐の風景を想像して叙した作と読んでも静謐な感興を覚えるだろう。

私としては、「窓をひらきなむ」「ひだりにすすみなむ」の「なむ」の用法に若干抵抗を感じる。その理由は「なむ」の下に連体形が略されていると認められるばあいは別として、通常は「なむ」は動詞の未然形をうけて願望を表す助詞だからである。(たとえば大野晋『古典基礎語辞典』)。

つまり、「ひらかなむ」「すすまなむ」であれば、開けてほしい、進んでほしい、という願望の表現だが、ここでは、開こう、進もう、という意味で「なむ」を使用している。未然形でうけていない。

しかし、こうした用法の無理は萩原朔太郎の作品に往々認められるところであり、無理を超えた魅力ある作品であると私は考えている。

『地上巡禮』一九一五（大正四）年一月号に発表された「焦心」は、同誌では末尾に「十一月作」とあるから「雲雀料理」に続いて制作された作と思われるが、「雲雀料理」の変奏とみるべきもので、評価できない。

この時期をしめくくる作は同じ『地上巡禮』の一九一四年一一月号に「雲雀料理」と同時に発表された「天景」である。

しづかにきしれ四輪馬車、
ほのかに海はあかるみて、
麦は遠きにながれたり、
しづかにきしれ四輪馬車。
光る魚鳥の天景を、

また窓青き建築を、
しづかにきしれ四輪馬車。

この詩の語義にこだわることはこの詩の鑑賞には余計なことであるが「天景」は『日本国語大辞典』（第二版）によれば「天空の景色。また、大自然の景色」を意味する。「きしる」軋る、は同じ辞書によれば、「堅いもの同士が強く触れ合って音が出る」ことをいう。ふつう、ぎしぎし音を立てることを「きしる」と私たちは言っている。しかし、ここでは「しづかにはしれ」といったほどの意味で「きしれ」の語は使用されているし、四輪馬車は空を、海辺を、田園を、都会を、自在に、また静かに、走れと作者は夢想しているのであり、そのファンタスティックなイメージの展開と、奏でる音の響きの美しさが、無類のたのしさを読者に与えるのである。
私は「愛憐詩篇」の世界が「雲雀料理」「天景」の二篇で終ると考える。

3

私は『月に吠える』の「悲しい月夜」「くさつた蛤」の二章、「さびしい人格」を除く「さびしい情慾」の章の詩篇を、『月に吠える』における第二期の作品と考える。早くは『詩歌』一九一四（大正三）年一一月号に発表され、「悲しい月夜」の章に収められた「死」にはじまり、翌一九一五年の六月号の各誌に発表された「酒精中毒者の死」「干からびた犯罪」「蛙の死」「内部に居る人が畸形な病人に見える理由」「春の實體」「戀を戀する人」「肖像」の七篇をもって終るのが、第二期であり、この時期は「竹とその哀傷」の章における「淨罪詩篇」とこれにつらなる作品と同時期の作品であり、『月に吠える』の中心をなす作品群がこの時期に発表されている。

まず私は「悲しい月夜」の章所収の同題の詩と「くさつた蛤」の章所収の「ありあけ」の二篇を検討したい。「悲しい月夜」は次のとおりである。

ぬすつと犬めが、

くさつた波止場の月に吠えてゐる。
たましひが耳をすますと、
陰氣くさい聲をして、
黄いろい娘たちが合唱してゐる、
合唱してゐる、
波止場のくらい石垣で。

いつも、
なぜおれはこれなんだ、
犬よ、
青白いふしあはせの犬よ。

『地上巡禮』一九一四年一二月号に発表された「悲しい月夜」に比し、『ARS』一九一五年四月創刊号に発表された「ありあけ」は、次のとおり、似た素材だが著しい違いがある。

ながい疾患のいたみから、

その顔はくもの巣だらけとなり、
腰からしたは影のやうに消えてしまひ、
腰からうへには藪が生え、
手が腐れ、
身體《しんたい》いちめんがじつにめちやくちやになり、
ああ、けふも月が出で、
有明の月が空に出で、
そのぼんぼりのやうなうすらあかりで、
畸形の白犬が吠えてゐる。
しののめちかく、
さみしい道路の方で吠える犬だよ。

「ノート一」には、「犬」と題する次の草稿が記されている。

月夜の晩の
犬が柳の木をめぐつて居る

この遠い地球の核心に向つて吠えるところの犬だ
彼は透徹すべからざる地下に於て深く匿されたるところの主人の金庫を感知することにより、
而て金庫には翡翠及び夜光石を以てみたされてゐる
吠えるところの犬はその心靈に於てあきらかに白熱され
その心臟に於て螢光線の放射の如きものを肉身に透影する、
この青白き犬は前足に於て固き地を掘らんとして焦心する、
遠い遠い地下の世界に於て微動するところのものを明確に感知したるところの犬である、
犬は感傷し犬は疾患し而してその直視するところのものを掘らんとして月夜の晩に焦心する、

右の第二行の「柳の木を」には「墓場の墓標を」とする案もあったという。

この犬も「悲しい月夜」の「ぬすつと犬」も同じ犬である。つまり、疾患し、感傷する作者自身である。犬が月に吠えるのは、ただ無意味に吠えるわけではない。地球の核心に向かって、いいかえれば、未知の何ものかを求めて、吠え、傷心するのである。犬が吠えても、娘たちの合唱は魂が耳を澄まさないと聞こえない。その陰気な合唱から遠く離れて、犬は自らの不倖せを嘆いている。

罪を犯した者の不倖せな孤独感を「悲しい月夜」は造型しているといってよい。この作品の光景は、月夜とはいいながら、暗く寂しい。寂寥感が読者の心に沁みるような作品である。これに比べ、「ありあけ」の犬は作者ではない。作者の肉体は崩壊している。崩壊した肉体の持主が「畸形の白犬が吠え」るのを聞き、共感しているわけである。「浄罪詩篇」の作品には、浄罪によって救済されるかの如き感があった。たとえば「天上縊死」がその典型である。しかし、この「ありあけ」の肉体崩壊には救済がない。ことに「腰からしたは影のやうに消え」てしまったことに注意する必要がある。下半身は陰部をふくむ。陰部の犯す罪悪により罰せられて、下半身が消えるというイメージが生れることは、彼が感じていた罪の本質が性欲、情欲に由来するからである。

この肉体崩壊の光景は凄惨であり、病的である。このような恐怖感が作者の特異な体質、性格によるとしても、その表現の現実感が読者に迫るのである。「身體いちめんがじつにめちやくちやになり」の前半から、「ああ、けふも月が出で、／有明の月が空に出で、／そのぼんぼりのやうなうすらあかりで、／畸形の白犬が吠えてゐる。／しののめちかく、／さみしい道路の方で吠える犬だよ」という後半に読みすすむと、ふかぶかと吐息したい思いに駆られる。

ここで「見知らぬ犬」の章の「見しらぬ犬」をとりあげるのは、あるいは適切でないかもしれない。それは、この「見しらぬ犬」が、『感情』一九一七（大正六）年二月号に発表された作品であり、私の分類によれば第三期に属し、発表時期が「ありあけ」より二年近く遅く、制作時期も同じほどの違いがあるからである。しかし、「見しらぬ犬」は『月に吠える』所収の「犬」をうたった三作品の最後の作であり、作者の詩風ないし心象の変化を見るのに便宜だと思われる。

この見もしらぬ犬が私のあとをついてくる。
みすぼらしい、後足でびつこをひいてゐる不具《かたは》の犬のかげだ。

ああ、わたしはどこへ行くのか知らない、
わたしのゆく道路の方角では、
長屋の家根がべらべらと風にふかれてゐる、
道ばたの陰氣な空地では、
ひからびた草の葉つぱがしなしなとほそくうごいて居る。

ああ、わたしはどこへ行くのか知らない、
おほきな、いきものゝやうな月が、ぼんやりと行手に浮んでゐる、
さうして背後《うしろ》のさびしい往來では、
犬のほそながい尻尾の先が地べたの上をひきずつて居る。

ああ、どこまでも、どこまでも、
この見もしらぬ犬が私のあとをついてくる、
きたならしい地べたを這ひまはつて、
わたしの背後《うしろ》で後足をひきずつてゐる病氣の犬だ、
とほく、ながく、かなしげにおびえながら、
さびしい空の月に向つて遠白く吠えるふしあはせの犬のかげだ。

犬のかげの「かげ」は姿と解する。「悲しい月夜」は「青白いふしあはせの犬よ」と終っているが、「見しらぬ犬」は「さびしい空の月に向つて遠白く吠えるふしあはせの犬のかげだ」と終っている。最終行は似ているが、両者はひどく違っている。

「悲しい月夜」の「ふしあはせの犬」は「おれ」自身だが、「見しらぬ犬」は「わたし」の背後からついてくる動物であり、「わたし」と一体化していない。ただ、まったく一体化していないと言いきれるか、どうか。「見しらぬ犬」の私は、いつも背後からついてくる不倖せな犬を宿命のように伴っている。いわば、表現の上では月に向って吠える犬は自己とは別なのだが、別れることはできない、分身のような存在として犬が描かれている。どこまでも不具の犬に後をつけら

れながら「わたし」はどこか知らない土地へ行かなければならない。
「不具」の犬であることで「見しらぬ犬」は、「畸形」の犬の登場する「ありあけ」と似ている。いうまでもなく、この三篇の詩における犬はつねに月に吠えている。しかし、「ありあけ」の作者は病み、「ながい疾患のいたみから」その肉体は崩壊しているのに、「見しらぬ犬」の「わたし」は病んでもいないし、肉体も傷ついていない。すでに疾患から作者は恢復している。「見しらぬ犬」は同時に『感情』に発表された「青樹の梢をあふぎて」とあわせて読むべきかもしれない。「青樹の梢をあふぎて」の第一連は次のとおりである。

まづしい、さみしい町の裏通りで、
青樹がほそほそと生えてゐた。
わたしは愛をもとめてゐる、
わたしを愛する心のまづしい乙女を求めてゐる、
そのひとの手は青い梢の上でふるへてゐる、
わたしの愛を求めるために、いつも高いところで、やさしい感情にふるへてゐる。

「青樹の梢をあふぎて」については後にさらに検討したいと思うが、この作品を心において

「見しらぬ犬」の「わたし」も「愛をもとめて」歩んでいるのだ、と解しても差支えないのではないか。どこに「愛」が求められるか、知らないけれども、不倖せな宿命を背負って歩きはじめたと解されるのではないか。

このように考えるとき、「浄罪詩篇」の制作に入った当時において、作者はひたすらに孤独であった。その孤独のもたらす寂寥が「悲しい月夜」となった。「浄罪詩篇」の制作は、しかし、作者に救済をもたらさなかった。作者は依然として「罪」に苦悩し、その疾患は作者の肉体を崩壊させるかのように自覚された。その苦悩が「ありあけ」における畸形の犬となった。ほぼ二年後、作者は疾患から恢復した。愛を求めて旅立ったかのように感じ、宿命のように不倖をわか身が背負っていると自覚したときに「見しらぬ犬」が生れた。一応、いずれも月に吠える犬をうたった三篇の位置づけを私は右のように考えている。作品として比較すれば、これら三篇はしだいに多弁になり、「ありあけ」がもっとも凄絶だが、「悲しい月夜」がもっとも焦点が定まっており、印象鮮明、孤独感がしみじみと心をうつ作であり、三作中もっともすぐれていると私は考えている。

4

「悲しい月夜」の章の冒頭の「かなしい遠景」は中学生のころはじめて萩原朔太郎の詩に接して、その悲哀にみちた情緒にとらえられ、ふかい傷痕を幼い私の心に刻んだ作であった。

かなしい薄暮になれば、
労働者にて東京市中が満員になり、
それらの憔悴した帽子のかげが、
市街《まち》中いちめんにひろがり、
あつちの市區でも、こつちの市區でも、
堅い地面を掘つくりかへす、
掘り出して見るならば、
煤ぐろい嗅煙草の銀紙だ。

重さ五匁ほどもある、
にほひ菫のひからびきつた根つ株だ。
それも本所深川あたりの遠方からはじめ、
おひおひ市中いつたいにおよぼしてくる。
なやましい薄暮のかげで、
しなびきつた心臓がしやべるを光らしてゐる。

当時もいまも、東京の市街地のあちこちで始終地を掘りかえしている。掘りだしてみたものが、嗅煙草の銀紙であったり、菫のひからびた根株であるはずもない。こうした労働が本所深川からはじまり、市中いっぱいにひろがるというのは、いうまでもなく作者の幻想である。しかし、この幻想は奇妙な現実感をもっている。労働者は結局において空しい仕事をしている。薄暮になれば、そういう空しい仕事をしている労働者で東京の市街地はいっぱいなのだ。サラリーマンはシャベルをもっていないかもしれない。しかし、しなびきった心臓をもって、悲しく空しい仕事をして疲れはてていることに変りはないのではないか。東京の薄暮とは、そんな「かなしい」風景のひろがりなのだ。私が抱いた読後感は、都会生活者の薄暮の哀愁であった。現実性に欠けていることは気にならなかった。むしろ本質をさぐりあてているように思った。

おそらく、この作品には労働者を見下している観点はない。むしろ労働者に対する共感がある。それは父親にいわれて地を掘ったときの体験に根ざしているように思われる。この詩が、『詩歌』一九一五年一月号に発表されたときは、末尾は次のとおりであった。

それも本所淺草あたりの遠方からはじめ、
東京市中いちめんにおよんで、
空腹の勞働者がしやべるを光らす。

であった。「本所淺草」を「本所深川」と変え、「おひおひ市中いつたいにおよぼしてくる」と休止し、「なやましい薄暮のかげで」を加え、「空腹の勞働者」を「しなびきつた心臓」と変えた、推敲の見事さに私は注目する。

「悲しい月夜」の章は「かなしい遠景」「悲しい月夜」「死」と続く。「死」はその前の二篇より早く、『詩歌』一九一四年一一月号に発表されている。いわば「浄罪詩篇」の制作がはじまる以前の作であり、詩想も熟していない。

みつめる土地《つち》の底から、

奇妙きてれつの手がでる、
足がでる、
くびがでしやばる、
諸君、
こいつはいつたい、
なんといふ鵞鳥だい。
みつめる土地《つち》の底から、
馬鹿づらをして、
手が出る、
足がでる、
くびがでしやばる。

作者は自らの死体を幻視している。しかし、この作品の作者は傷ついていない。それが「竹とその哀傷」の章およびそれ以降の作品との大きな違いであった。

ところで、一九一五年前半、おそらく五月ころまでの時期は萩原朔太郎にとって驚くべき多産な時期であった。この時期、次のとおりの作品が発表されている。

「ありあけ」「春夜」（『ARS』一九一五年四月号所掲）
「ばくてりやの世界」「貝」（『卓上噴水』同年五月号所掲）
「猫」（『ARS』同年五月号所掲）
「およぐひと」「椅子」（『LE PRISME』同年五月号所掲）
「内部に居る人が病氣に見える理由」（『ARS』同年六月号所掲）
「危險な散步」「酒精中毒者の死」「蛙の死」「干からびた犯罪」（『詩歌』同年六月号所掲）

右の作品群の中、「干からびた犯罪」は「殺人事件」の変奏とみられる作品だが、はるかに劣っている。ここには運動の速度がない。

どこから犯人は逃走した？
ああ、いく年もいく年もまへから、
ここに倒れた椅子がある、
ここに兇器がある、
ここに屍體がある、
ここに血がある、
さうして青ざめた五月の高窓にも、

おもひにしづんだ探偵のくらい顔と、
さびしい女の髪の毛とがふるへて居る。

これに比べると、「蛙の死」はよほどすぐれている。

蛙が殺された、
子供がまるくなつて手をあげた、
みんないつしよに、
かはゆらしい、
血だらけの手をあげた、
月が出た、
丘の上に人が立つてゐる。
帽子の下に顔がある。

「幼年思慕篇」と付記されたこの作品は、子供の残酷さを描いた作品である。子供は無垢でも純真でもない。子供の心には残酷さが渦巻いている。蛙を殺して血だらけになるほどの血が出るものか、わたしは疑いをもつが、それはともかくとして、末尾二行を見落してはなるまい。帽子をかぶった大人が丘の上に立って子供たちを見ている。子供たちはその大人に得意げに血だらけの手をあげて示しているのである。大人はとがめることもしない。末尾の二行ないし三行で、子供の遊びの叙述が、一挙に大人をまきこんだ、人間性の詩の世界がひろがるのである。

「危険な散歩」も悪い作品ではないが、「酒精中毒者の死」を読めば足りると思われる。

あふむきに死んでゐる酒精中毒者《よつぱらひ》の、
まつしろい腹のへんから、
えたいのわからぬものが流れてゐる、
透明な青い血漿と、
ゆがんだ多角形の心臓と、
腐つたはらわたと、
らうまちすの爛れた手くびと、
ぐにやぐにやした臓物と、
そこらいちめん、
地べたはぴかぴか光つてゐる。

草はするどくとがつてゐる、
すべてがらぢうむのやうに光つてゐる。

こんなさびしい風景の中にうきあがつて、
白つぽけた殺人者の顔が、
草のやうにぴらぴら笑つてゐる。

これは「ありあけ」と同じく肉体崩壊をうたった作品である。草が鋭く尖り、ラジウムのように光る、という光景は草木姦淫の記憶がよびおこされているかもしれない。

「ありあけ」からこの作品が一歩ふみだしているのは、末尾三行において「殺人者」が描かれていることにある。この殺人者は、酒精中毒者と同じく、作者の分身である。アルコール中毒によって無残な醜態をさらしている自己の屍体を、もう一人の自己が冷静に眺めやっている。萩原朔太郎はその強烈な性欲だけでなく、乱酔によってもふかく傷ついていた。もちろん、ここには酒精中毒者の死に対する侮蔑はない。その悲惨な死を詩に昇華したことで、彼が近代詩の新しい世界を開いたのであった。この詩は彼の作品中、格別にすぐれた作品とはいえないけれども、注意すべき作品と私は考える。

5

萩原朔太郎の一九一五年、三、四月ころの心境を彼の書簡によって見ておきたい。

まず、三月五日付北原白秋宛書簡を読む。

「歸つてからあなたへの手紙を三通書いて三通とも破つてしまひました、何か非常な大事件のやうなものがある、そしてそれを文字にかくと妙な不眞面目な手紙になつてしまふのです、私はつくづく絶望的になつてしまひました、あらゆることが醜惡に見え無味乾燥に見えるのです、昨年以來の緊張した氣分ははどこかへ失踪してしまひました。

私は人間としての安住がほしい、落付くところへ落付いて見たい、何よりも恐ろしいのは自分自身に對する倦怠です、旅行しても駄目、故鄕に歸つても駄目、女を抱いても駄目、讀書も駄目、酒も駄目、なにもかも駄目、

結局、今の自分にはぴつたりくるものが一つもない、ただ畸形の死が見えるばかりです、自殺なんてことは人間が極端に緊張したとき、全官能が白熱された場合でなければ出來るものではな

い、だから人間はいちばんその人の幸福なとき輝やきに充ちたときにばかり自殺する、そしてこんな倦怠の夜に於ては無氣味な死の幻影より外は何物も見えない、但し腐蝕せるところの心靈は又遂に閉されたる窓である、死は見えざる外部に遊行する。私はほんとに死についての考へに頭を悩まされて居ります、限りなく悲しい、あなたと最後の握手を思ふ、

私は苦しい、私の胴體のどこかに大きな穴があいて居る氣がする、臥ても寝られず、起きても起きて居られない、

自分の呼吸を自分で數へて居るやうな生活のくるしみには耐へられない、

創作の氣分は絶對に忘れて居る、文字はすべてうるさい、

どうし〔た〕ならば私自身を此の苦惱から救ふことが出來ませうか、どうしたならば人竝に落付くことが出來ませうか」

これはまさに「ありあけ」で私たちが読んできた萩原朔太郎が彼の肉体崩壊を自覚した心境が語られているといってよい。

四月二六日付北原白秋宛葉書には、また、次の記述がある。

「きのふ、も少しで絶息するところでした、實に苦しい日でした、をとゝひ大酒をしたのでれ

いの病氣が（神經系統の）出たのです、私のこの病氣は「赤い花」の作家ガルシンが惱まされたものと全く同じ奴です、肉交のあとで笑つたうす白い女の唇や醉中に發した自分の醜惡な行爲や言語などが言ひがたい恐しい記憶ではつきりと視えたり聽こえたりするのです、その度に神經が裂けるやうな恐ろしい苦痛をする、きのふは柱に何度も頭を叩きつけたので今朝までいたい、狂氣になるかとさへ思ひました。」

　ここには狂気に近い苦悩が認められるが、罪の意識は認められない。ガルシンと同じ、という理由は分らない。翌四月二七日付書簡から一部を引用する。

「僕は始めて藝術といふものゝほんとの意義を知つたやうな氣がしました。それは一般に世間の人が考へて居るやうなものでなく、それよりもずつと怖るべきものです、生存慾の本能から「助けてくれ」と絶叫する被殺害者の聲のやうなものです、その悲鳴が第三者にきかれたときその人間の生命が救はれるのです。（彼は殆んど無自覺にそれを期待して居る）

　性慾の衝動にたえきれなくなつて「助けてくれ」といふ人もある。飢餓のために叫ぶ人もある、美の憧憬に絶望の極泣き叫ぶ人もある、又私のやうに疾患の苦痛から悲鳴をあげる人もある、皆それぞれ眞實です。そして藝術の價値はその絶叫、眞實の度合の强弱によつて定まるものと考へます。

　從つて「美」とか「性慾」とかに對してその人の全生存本能が傾注された場合に始めて光ある

藝術ができるわけです、」

そこで、この時期における詩作品を読むこととする。発表順序はもっとも遅い一九一五年六月号の『ARS』だが、この時期でもっとも重要な作品と思われる「内部に居る人が畸形な病人に見える理由」を採り上げる（なお、題名が全集収録形では『ARS』発表時と変っている）。

わたしは窓かけのれいすのかげに立つて居ります、
それがわたくしの顔をうすぼんやりと見せる理由です。
わたしは手に遠めがねをもつて居ります、
それでわたくしは、ずつと遠いところを見て居ります、
につける製の犬だの羊だの、
あたまのはげた子供たちの歩いてゐる林をみて居ります、
それらがわたくしの瞳《め》を、いくらかかすんでみせる理由です。
わたしはけさきやべつの皿を喰べすぎました、
そのうへこの窓硝子は非常に粗製です。
それがわたくしの顔をこんなに甚だしく歪んで見せる理由です。
じつさいのところを言へば、

わたくしは健康すぎるぐらゐなものです、
それだのに、なんだつて君は、そこで私をみつめてゐる。
なんだつてそんな薄氣味わるく笑つてゐる。
おお、もちろん、わたくしの腰から下ならば、
そのへんがはつきりしないといふのならば、
いくらか馬鹿げた疑問であるが、
もちろん、つまり、この青白い窓の壁にそうて、
家の内部に立つてゐるわけです。

この作品が極度に独創的な、これまでわが国の近代詩が夢想もしなかった、新鮮な衝撃を与えた作品であることに疑問はない。こうした、何故、室内にいる人が外から見ると畸形にみえるのか、という自問自答が抒情詩として成立しうるとは、現在においてさえ、奇蹟のように思われる。おそらく「わたくし」は内部に閉されて出口の見えない人である。「わたくし」は外部の人々から畸形に見られ、歪んで見られることに耐えねばならない。この作品に関連して同年五月一二日と推定される葉書に、窓の奥にいる人物を描き、点線で下半身と、その中央の陰部を描いたペン画を送り、「腰部の所在がはつきり表現できないで困ります」といった注を付し、北原白秋宛

に送っている。腰から下がないのではないかという外部からの質問に答えて、いや、壁でかくれているけれども、まさに腰部も陰部もあるのだ、と告げることに、この自問自答体の詩の主眼があり、作者の肉体は崩壊し、陰部を喪失しているのではないか、という自ら発した疑問に答えることが作者の念願であったように私には思われる。

それにしても、この作品にあらわれた小道具の西洋好みに私は一驚する。れいいすの窓かけ、レースのカーテンについていえば、平凡社刊『大百科事典』によれば、日本にレース機械が輸入されたのは一九二〇年代であり、その後普及したが、それ以前は手工芸品であり、ひどく珍奇なものであった。望遠鏡が容易に入手できる商品でなかったことはいうまでもない。同じ『大百科事典』にはキャベツは「明治末期から大正、昭和の初めころには日本の風土に合った日本独自の品種が成立するようになった」と記されており、この作品の書かれた当時、庶民の野菜ではなかった。さらに、ガラスについては「日本で最初に板ガラスを生産したのは一九〇七年設立の旭硝子で、手吹き円筒法が用いられた。一四年には機械吹き法が導入され、第一次大戦後には連続生産装置が相次いで導入された」と同事典は記している。夏目漱石が「硝子戸の中」を『東京朝日新聞』に連載したのも、この年の一月から二月であった。「硝子戸」が珍しかったからこそ、こういう題名が選ばれたのであった。良質の板ガラスはこの当時まだ大量生産されていなかった。ガラス窓の内部にいる人が歪んで見えるのが当然であった。

萩原朔太郎の書斎となった小建物が完成したのが一九一四年一月であった、と全集の年譜は記し、「出窓のある洋風装飾の小部屋で、後には音樂室と呼ばれてマンドリンクラブの集會場所」となったと記し、「日本の家」から「僕は子供の時から、萬事につけて極端の「西洋好き」であつた。青年時代には、一切洋食でなければ食はず、バタ臭くない物は、人間の食物でないとさへ思つてゐた。衣服の方も同様で、サラリイマンでもない癖に、朝から晩まで洋服を着、寝る時にさへもパジヤマを着て居た」という文章を引用している。

つまり、萩原朔太郎は、その西洋趣味の建物、生活様式のために疎外され、外部から畸形的に、歪んでみられていた。しかし、彼が真に社会から疎外されているように感じたのは、彼がもてあましていた過剰な性欲、飲酒欲等のもろもろの欲望のために、彼自身の陰部をふくむ肉体が崩壊しつつあるのではないか、という危惧であった。それをレースや硝子のせいにして、諧謔に富む読み物にしたのが、この作品であった。いうまでもなく、こうした事情はこの作品の価値を貶しめるものではない。

この作品の「腰から下」がはっきりしないというイメージは、「ありあけ」の「腰からしたは影のやうに消えてしまひ」と同じく、『詩歌』一九一五年六月号、つまり、「內部に居る人が畸形な病人に見える理由」と同月に発表された「さびしい情慾」の章に収められた「肖像」の第三連に

ぼんやりした光線のかげで
白つぽけた乾板をすかして見たら、
なにかの影のやうに薄く寫つてゐた。
おれのくびから上だけが、
おいらん草のやうにふるへてゐた。

において下半身が消失しているのと同じく、早くは「ありあけ」と同時に『ARS』一九一五年四月号に発表された「春夜」の後半

とほく渚の方を見わたせば、
ぬれた渚路には、
腰から下のない病人の列があるいてゐる、
ふらりふらりと歩いてゐる。
ああ、それら人間の髮の毛にも、
春の夜のかすみいちめんにふかくかけ、

よせくる、よせくる
　このしろき浪の列はさざなみです。

にも「腰から下のない病人」がうたわれているのと同じである。つまり、この時期、萩原朔太郎は腰から下、下半身が消失するというイメージをくりかえしうたっていた。この下半身の消失という幻覚は、極度に過剰な性欲に対する烈しい羞恥ないし嫌悪、いわば自己嫌悪に由来するのではないか、と私は考える。これは仮説にすぎないが、他に説明のしようがないようにみえる。同じ系列に『月に吠える』にはじめて収められた「麥畑の一隅にて」を数えてもよいかもしれない。

まつ正直の心をもつて、
わたくしどもは話がしたい、
信仰からきたるものは、
すべて幽靈のかたちで視える、
かつてわたくしが視たところのものを、
はつきりと汝にもきかせたい、

およそこの類のものは、
さかんに装束せる、
光れる、
おほいなるかくしどころをもつた神の半身であつた。

神の大いなるかくしどころ、陰部をもつ下半身だけが幽霊のように目前に現出するわけである。「ばくてりやの世界」は『卓上噴水』の一九一五年五月号に発表された作品だが、

ばくてりやの足、
ばくてりやの口、
ばくてりやの耳、
ばくてりやの鼻、

という第一連は、バクテリアがもつはずのない足、口、耳、鼻をもって人間を冒す存在であることを示している。第二連「ばくてりやがおよいでゐる。／あるものは人物の胎内に、」と続き、バクテリヤがあらゆる物の内部を泳ぎまわる、と続く。さらに、バクテリアは

ばくてりやの手は左右十文字に生え、
手のつまさきが根のやうにわかれ、
そこからするどい爪が生え、
毛細血管の類はべたいちめんにひろがつてゐる。

とあり、バクテリアはさかんに繁殖し、あらゆる物の内部を浸蝕する。その結果、

ばくてりやが生活するところには、
病人の皮膚をすかすやうに、
べにいろの光線がうすくさしこんで、
その部分だけほんのりとしてみえ、
じつに、じつに、かなしみたへがたく見える。

ということになり、人体は透明になり、紅色の光線が差しこみ、そういうバクテリアに浸蝕されはてた人体は、「じつに、じつに、かなしみたへがたく見える」のである。こうした解釈はこの

作品の魅力をそこなうように思われる。「ばくてりやの足」と「ばくてりや」のくりかえし、「あるもの」のくりかえし、「ばくてりやがおよいでゐる」のくりかえしなどで、しっとりしめやかな調べで、細菌に冒され、透明になっていく、肉体を消失させていく人間の運命の悲しさをとらえたのは作者の病的に鋭敏な感覚であり、近代的な病巣、疾患をうたった普遍性をもち、独創的である。

こうした性格と同時に、この時期の作品の特徴として、「春夜」の前半

淺蜊のやうなもの、
蛤のやうなもの、
みぢんこのやうなもの、
それら生物の身體は砂にうもれ、
どこからともなく、
絹いとのやうな手が無數に生え、
手のほそい毛が浪のまにまにうごいてゐる。
あはれこの生あたたかい春の夜に、
そよそよと潮みづながれ、

生物の上にみづながれ、
貝るゐの舌も、ちらちらとしてもえ哀しげなるに、

にみられるような、貝類への愛着である。「ノート二」には「浄罪詩篇」の草稿と並び、「貝」と題する四行の未完の草稿が記され、このノートのほとんど末尾に「貝」「春夜」の二篇が記されている。ノート中の「貝」は次のとおりであった。

つめたきもの生れ
その手は水にながれ
歯は砂にながれ
しほさしゆくへをしらにながるるもの
あさせをふみてしばしきく
遠音に貝のいのるを

右は『卓上噴水』一九一五年五月号に掲載、『月に吠える』所収の「貝」の原形である。
次に、『月に吠える』所収の「貝」を示す。

つめたきもの生れ、
その齒はみづにながれ、
その手はみづにながれ、
潮さし行方もしらにながるるものを、
淺瀬をふみてわが呼ばへば、
貝は遠音《とほね》にこたふ。

推敲が著しい。ノートの「春夜」を示す。

生物のうへに水ながれ
しづかにぬるみ
貝は淺き瀬にしづむ
しづかに砂のながれて
月
月

そらにしらみ

それ故、貝類に対する愛着は萩原朔太郎が早くからもっていたことが知られるのだが、「くさつた蛤」の章の表題作が『月に吠える』中でも屈指の作と私は考える。

半身は砂のなかにうもれてゐて、
それで居てべろべろ舌を出して居る。
この軟體動物のあたまの上には、
砂利や潮《しほ》みづが、ざら、ざら、ざら、ざら流れてゐる、
ながれてゐる、
ああ夢のやうにしづかにもながれてゐる。

ながれてゆく砂と砂との隙間から、
蛤はまた舌べろをちらちらと赤くもえいづる、
この蛤は非常に憔悴《やつ》れてゐるのである。
みればぐにやぐにやした內臟がくさりかかつて居るらしい、

それゆゑ哀しげな晩かたになると、
青ざめた海岸に坐つてゐて、
ちら、ちら、ちら、ちらとくさつた息をするのですよ。

貝類のような軟体動物への愛着は、「浄罪詩篇」における疾患の意識、その発展としての「ありあけ」にみられる肉体の崩壊感覚と無関係であるとは思われない。骨格が欠けているのに、しかも生きている生物に作者の関心が向かったのではないか。しかし、「ノート二」では貝は祈っていたが、『卓上噴水』に発表され、『月に吠える』収録時には「遠音にこたふ」のみであった。「くさつた蛤」では、この生物も内臓が腐りかけ、ただ、その蛤の上を夢のような時間が流れるばかり、そして、ちら、ちらと腐った息をするばかりなのである。この寂寥の切なさは無類といってよい。

6

この時期、右に引用したような痛切で寂寥感、孤独感、疎外感などの認められる作品の外、萩原朔太郎は愛誦するに足る、興趣に富む作品も残している。その一篇はひろく知られた「猫」であり、これは『ARS』一九一五年四月号に発表された作品である。

まつくろけの猫が二疋、
なやましいよるの家根のうへで、
ぴんとたてた尻尾のさきから、
糸のやうなみかづきがかすんでゐる。
『おわあ、こんばんは』
『おわあ、こんばんは』
『おぎやあ、おぎやあ、おぎやあ』

『おわああ、ここの家の主人は病氣です』

初出のさいは、末尾に「一五、四、一〇」という制作日付が記され、題に添えて「――光るものは屍蠟の手――」と付記されていた。この付記には、この詩には隠された意味があることを暗示されているかもしれないが、表現されたままに、たのしい童話的な作として読んでよいのではないか。童話的だが、あくまで大人の感興に訴える作である。

さらに一篇、同誌同月号に同時に発表された「陽春」も私が愛誦してやまない作品である。

ああ、春は遠くからけぶつて來る、
ぽつくりふくらんだ柳の芽のしたに、
やさしいくちびるをさしよせ、
をとめのくちづけを吸ひこみたさに、
春は遠くからごむ輪のくるまにのつて來る。
ぼんやりした景色のなかで、
白いくるまやさんの足はいそげども、
ゆくゆく車輪がさかさにまはり、

しだいに梶棒が地面をはなれ出し、
おまけにお客さまの腰がへんにふらふらとして、
これではとてもあぶなさうなと、
とんでもない時に春がまつしろの欠伸をする。

この弾むようで、しかも、のびやかな調べにのせた、ファンタスティックな光景は、私たちに春の訪れの愉しさを教えてくれる。作者は「愛憐詩篇」以来、ファンタジーの名手であった。

「さびしい情慾」の章に収められた、必ずしも私が評価しない三篇の作品にもふれておかなければならない。その一は「愛憐」であり、『月に吠える』に収められる前に発表されたことはないようである。

きつと可愛いかたい齒で、
草のみどりをかみしめる女よ、
女よ、
このうす青い草のいんきで、
まんべんなくお前の顔をいろどつて、

おまへの情慾をたかぶらしめ、
しげる草むらでこつそりあそばう、
みたまへ、
ここにはつりがね草がくびをふり、
あそこではりんだうの手がしなしなと動いてゐる、
ああわたしはしつかりとお前の乳房を抱きしめる、
お前はお前で力いつぱいに私のからだを押へつける、
さうしてこの人氣のない野原の中で、
わたしたちは蛇のやうなあそびをしよう、
ああ私は私できりきりとお前を可愛がつてやり、
おまへの美しい皮膚の上に、青い草の葉の汁をぬりつけてやる。

私にはこの詩は「愛憐」というより「放埓」という方がふさわしいように思われる。サディスティックな感があり、放恣な情欲を思うがままになぐり書きしたかのようにみえる。ただ、たとえば「ありあけ」が萩原朔太郎の情欲のもたらした陰画であるとすれば、これは陽画とみることができるだろう。彼をそれらをふくんだ全体像として理解しなければならない。同じ意味で「戀を戀する人」も読まなければならないだろう。

わたしはくちびるにべにをぬつて、
あたらしい白樺の幹に接吻した、
よしんば私が美男であらうとも、
わたしの胸にはごむまりのやうな乳房がない、
わたしの皮膚からはきめのこまかい粉おしろいのにほひがしない、
わたしはしなびきつた薄命男だ、
ああ、なんといふいぢらしい男だ、
けふのかぐはしい初夏の野原で、
きらきらする木立の中で、
手には空色の手ぶくろをすつぽりとはめてみた、
腰にはこるせつとのやうなものをはめてみた、
襟には襟おしろいのやうなものをぬりつけた、
かうしてひつそりとしなをつくりながら、
わたしは娘たちのするやうに、

こころもちくびをかしげて、
あたらしい白樺の幹に接吻した、
くちびるにばらいろのべにをぬつて、
まつしろの高い樹木にすがりついた。

これは草木姦淫を思わせるが、むしろ萩原朔太郎には性同一性障害的な性向があったのではないか、と感じさせる作品である。彼の激越な情欲は、異性との性欲にとどまらない、ナルシシズムや近親相姦的心情や、この作品にみられるような心情のすべてをふくんでいた。そうした情欲が彼の詩作の大きな動機であった。第三にあげる「五月の貴公子」は前二篇と違い、ほほえましい感じさえ覚える読者がいても、ふしぎとは思わない。

若草の上をあるいてゐるとき、
わたしの靴は白い足あとをのこしてゆく、
ほそいすてつきの銀が草でみがかれ、
まるめてぬいだ手ぶくろが宙でをどつて居る、
ああすつぱりといつさいの憂愁をなげだして、

わたしは柔和の羊になりたい、
しつとりとした貴女《あなた》のくびに手をかけて、
あたらしいあやめおしろいのにほひをかいで居たい、
若くさの上をあるいてゐるとき、
わたしは五月の貴公子である。

私は気障で臆面ないナルシシズムに辟易し、嫌悪感を覚える。反面、萩原朔太郎はこういう心情の持主だったことを痛感する。

さて、一九一五年四月号から六月号まで、各誌に多くの詩を発表した萩原朔太郎は、『孤ノ巣』一九一六年九月号に「海水旅館」を発表し、『感情』一〇月号に「孤獨」「白い共同椅子」を発表するまで、一年以上、作品を発表していない。かなり長い休息期に入る。その間の重要な事件として、金沢行があった。全集の年譜、一九一五年五月八日の項に

「金澤驛正午着の列車で室生犀星を訪問。
＊車中で懐中時計を落す。驛頭に犀星、多田不二が出迎えた。二等車から朔太郎は赤い房のついた薄鼠色の土耳古帽をやや阿彌陀にかぶり、荒い格子縞の洋服姿で降り立つ」

たとある。まさに「五月の貴公子」の金沢駅到着であった。

金沢滞在中の室生犀星の萩原朔太郎歓待は非常なものであった。同年五月二〇日付北原白秋宛書簡に次のとおり書いている。

「室生のことを考へると涙が出ます、

あの男はあの男のもてるすべてのものを私に捧げてくれました、

彼が東京に漂泊して居たとき私があたへた僅かばかりの好意……併し彼を補助することによつて仕舞には私も非常な窮狀に落入りました、あるときは三日間も二人で屋臺飯の一錢飯ばかり食つて居たことなどもありました……に對して彼は彼の出來得るだけの報酬をしてくれたのです、室生の心根を思ふといぢらしくて泣かずには居られない、

彼の生活、彼の周圍を知つて居る私は逃げ出さずには居られなくなりました、それ程私を極端に歡待してくれたのです、どんな風に歡待したかはわづらはしいから述べません、ただ私の貴族趣味を物質的に於ても精神的に於ても間然するところなき迄に充實させてくれたのです、その一例をいへば金澤市に於て第一流の藝者を二人も（二晩もつゞけて）私の枕頭に侍らしてくれました、それらの費用は實に容易ならぬものだと思ひます、その費用の出所を考へると私は彼に對して限りなき苦痛を感じます」

この芸者を枕頭に侍らせた、という事実については萩原朔太郎は五月二一日付萩原榮次宛書簡でもっと露骨に次のとおり書いている。

「私はまた金澤の藝者をたいへん知りました、室生やその友人たちが私のために毎晩招んでくれたのです。私は第一流の藝者を二人もおまんこしました、彼等が私の顔色をみてわざとさう取はからつたのです。

金澤の女はたいへん美しいと思ひました。前橋のきたない娘たちを見つけて居たゝめかも知れません。」

北原白秋宛書簡に戻る。

「今度の旅行から室生といふ人物を一層はつきり理解することが出來ました。

一言にしていへば、眞實無二の男です、あの男に比べればどんな人間でもみんな輕薄才子の分子が加つて居ます。私は彼の前に自分の醜惡さを懺悔したいやうな場合が幾度も幾度もありました、私の眞實の足りないことをしみじみ恥かしく思ひました。

室生の詩……殊にその敍情詩があれほどのシンセリチイをもつて居るといふことは彼の人物として當然のことゝ思ひます、

自然及び人間に對する彼の愛の深甚なることにも今更の如く驚かされました、よく『物の生命をつかむ』といふことを人が言ひますが室生のやうに物を確實に捉まへて居る人は余りないでせう、草木魚鳥の如き自然生物に對して彼は實に祈禱的愛戀をもつて常に戰慄して居る樣子です。

今度アルスへ送つた彼の詩『罪業』を私は近來の名詩だと思ひますが、同時にあの詩のリズムは目下の室生が全人格の表現です、

あの男の眞實を極端に押しつめると『罪業』一篇に歸してしまふことになるのです。

私は曾て室生程眞實の深い男を見たこともなければ『罪業』ほど純一至聖な詩を見たこともありません。」

こう書きながら、次のような重大な発言をこの書簡で記している。

「今度の會見によつて私は室生をはつきり知ると同時に、私と室生との非常なる人格上の相違をも發見することが出來ました。

今後室生の行くべき路は『罪業』の路であり、私の行く路はそれとは正反対の路であります。

室生は『愛』によつて成長し、私は『嫌惡』によつて成長するでせう。彼は『善』の詩人であり、私は『惡』の詩人である。二人の作品は今後益々正反對の兩極に進んで行くにちがひありません。

(今でも可成ちがつた傾向を示して居ますが)

要するに室生といふ人物は、私とは全く異つた方面に於て驚くべき天才をもつた男です、」

萩原朔太郎は後年室生犀星の生活態度に大きな違和感をもちながら、親友であり続けたが、こうした性格の違いは二人が『感情』を発刊する以前から自覚していたことであった。

この北原白秋宛書簡で萩原朔太郎が絶賛した室生犀星の「罪業」は『愛の詩集』所収の次の作

であるようにみえる。

自分はいつも室に燈明をつけてゐる
自分は罪業で身動きが出來ない氣がするのだ
自分の上にはいつも大きな
正しい空があるのだ
ああ　しまひには空がずり落ちてくるのだ

『ARS』一九一五年六月号に掲載された旨『室生犀星全詩集』に注記されている、この作品には末尾に「ある時、故郷の寺院にて」と付記されている。これが萩原朔太郎をそれほど感動させた作品であるとは、私は信じられなかった。そこで、『全詩集』の解題所収の『ARS』の初出を見ると、次のとおりであることを知った。

晩になると私は私の室に燈明を點けるのです。
私は無限に靜かになれるのです。
草木は草木で肅勢で庭にあふれます。

私は罪業で身動きも出來ない。
私の上に大きな空がある。
それが私にとつて苦痛だ。
ああ、しまひに空がずり落ちてくるのだ。

「肅勢」は耳馴れぬ言葉だが「肅静」ひっそり静か、といった意味に解することとし、この初出形の「罪業」はたしかに感銘ふかい作品と思われる。『愛の詩集』収録形では、幹だけ残して枝葉を切り捨てた感があり、改悪という他ない。初出形に萩原朔太郎が感心したことは納得できると思われる。

7

「浄罪詩篇」にふれ、私は北原白秋宛一九一六（大正五）年四月二二日付葉書で萩原朔太郎が「私は苦しみもがいてどん底に落入りました、そして今ほんとの眞如に入りました、大歡喜の絶頂に居ます」と書き、同じころ高橋元吉に手交したと推定される書簡で「今度の新生が私にとつて有意義なのも自身には全くないと思つて居た『愛』を發見したからです。それをドス〔ト〕エフスキイが教へてくれたからです」と書いていること、『詩歌』の同年七月号に発表した詩的散文「握つた手の感覺」で「幸福の實體が愛であるといふ眞理を、私に教へて下さつたのも」ドストエフスキイ先生である、と書き、「私の詩『笛』は前述のやうな事實のあつた少し後に出來たものである」と記していることを指摘した。そして「笛」は『月に吠える』に収められた二篇の「笛」の中、巻末の長篇詩、『詩歌』同年六月号に掲載された「笛」であろうと推定した。「握つた手の感覺」には「ああ、偉大なるドストエフスキイ先生。」と呼びかけ「私はもうこの人のあとさへついて行けばいいのだ。さうすれば遲かれ早かれ、屹度私の行きつくところへ行くことができるのだ。私の青い鳥を今度こそほんとに握ることができるのだ」と記し、また、『笛』そのものが『幸福』そのものの象徴になつて居るやうにも見られる。しかし私はそんな風な理詰で私の詩（その篇に限らず）を読んだり理解したりしてもらひたくない」と注している。

「浄罪詩篇」に関連して「笛」を読んだが、もう一度読みかえすこととする。この長篇詩は「子供は笛が欲しかつた。」とはじまる。

父親は室内で考えこんでいる。


本能と良心と。

わかちがたき一つの心をふたつにわかたんとする大人《おとな》の心のうらさびしさよ。

力をこめて引きはなされた二つの影は、糸のやうにもつれあひつつ、ほのぐらき明窓《あかりまど》のあたりをさまよつた。

人は自分の頭のうへに、それらの悲しい幽霊の通りゆく姿をみた。

大人《おとな》は恐ろしさに息をひそめながら祈をはじめた。

「神よ、ふたつの心をひとつにすることなからしめたまへ」

けれどもながいあひだ、幽霊は扉《とびら》のかげを出這入りした。


（中略）

みればそこは笛がおいてあつたのだ。
子供が欲しいと思つてゐた紫いろの小さい笛があつたのだ。

子供は笛に就いてなにごとも父に話してはなかつた。
それ故この事實はまつたく偶然の出來事であつた。
おそらくなにかの不思議なめぐりあはせであつたのだ。
けれども子供はかたく父の奇蹟を信じた。
もつとも偉大なる大人の思想が生み落した陰影の笛について。
卓の上に置かれた笛について。

本能と良心という、分かちがたきものを一つにするのが、愛であり、愛のもたらす奇蹟を笛が象徴していると解するのは牽強付会というべきであろうか。
『詩歌』の同年五月号に発表した長篇詩「雲雀の巣」は、故郷の河原で雲雀の巣を見つけ、つかみ、押しつぶす。「鼠いろの薄い卵の殼にはKといふ字が、赤くほんのりと書かれてゐた」とある。「K」の字が何を意味するか、説明はない。卵を破り、「愛と悦びとを殺して悲しみと呪ひとにみちた」「不愉快なおこなひをした」「おれは陰鬱な顔をして地面をながめ」、考えこむ。

おれはまたあのいやのことをかんがへこんだ。
人間が人間の皮膚のにほひを嫌ふといふこと。
人間が人間の生殖器を醜悪にかんずること。
あるとき人間が馬のやうに見えること。

（中略）

おれは人間を愛する。けれどもおれは人間を恐れる。
おれはときどき、すべての人人から脱れて孤独になる。そしておれの心は、すべての人人を
愛することによつて涙ぐましくなる。

（中略）

心で愛するものを、なにゆゑに肉體で愛することができないのか。
おれは懺悔する。
懺悔する。
おれはいつでも、くるしくなると懺悔する。
利根川の河原の砂の上に坐つて懺悔をする。

この「雲雀の巣」も「笛」と同じく、思想の形象化が不充分で、決してすぐれた作品とはいえないだろう。しかし、この時期における萩原朔太郎の回心を描こうとした作品にちがいないし、そういう意味で重要な意義をもつと私は考える。

この年『孤ノ巣』九月号に萩原朔太郎は「海水旅館」を発表したことは前述した。

赤松の林をこえて、
くらきおほなみはとほく光つてゐた、
このさびしき越後の海岸、
しばしはなにを祈るこころぞ、
ひとり夕餉ををはりて、
海水旅館の居間に灯《ひ》を點ず。

見過されやすい小品だが、「しばしはなにを祈るこころぞ」という句を核とした、敬虔な気持に読者を誘う、好ましい作品である。この時期、作者は謙抑、沈静な心情であったようにみえる。『感情』一九一七（大正六）年一月号に発表した「山に登る」も好ましい作品である。

山の頂上にきれいな草むらがある、
その上でわたしたちは寝ころんで居た。
眼をあげてとほい麓の方を眺めると、
いちめんにひろびろとした海の景色のやうにおもはれた。
空には風がながれてゐる、
おれは小石をひろつて口《くち》にあてながら、
どこといふあてもなしに、
ぼうぼうとした山の頂上をあるいてゐた。

おれはいまでも、お前のことを思つてゐるのである。

この作品は、第四行と第五行の間に一行空きがあるべきであると思われる。第四行までは過去の「わたしたち」の行為、第五行以降は現在の「おれ」の行為と心情を描いている。ここには失われた日々への懐しい回想の情景といまだ忘れえない切々たる愛情が、水彩画をみるように、やさしく書きとめられている。『感情』の同月号には「さびしい人格」「蛙よ」も発表されており、「さびしい人格」は「山に登る」とかなり似ている。しかし「山に登る」よりはるかに饒舌で、かつ、主題が混乱しているようにみえる。念のため引用する。

さびしい人格が私の友を呼ぶ、
わが見知らぬ友よ、早くきたれ、
ここの古い椅子に腰をかけて、二人でしづかに話してゐよう、
なにも悲しむことなく、きみと私でしづかな幸福の日をくらさう、
遠い公園のしづかな噴水の音をきいて居よう、
しづかに、しづかに、二人でかうして抱き合つて居よう、
母にも父にも兄弟にも遠くはなれて、
母にも父にも知らない孤兒の心をむすび合はさう、
ありとあらゆる人間の生活の中で、
おまへと私だけの生活について話し合はう、
まづしいたよりない、二人だけの祕密の生活について、
ああ、その言葉は秋の落葉のやうに、そうそうとして膝の上にも散つてくるではないか。

わたしの胸は、かよわい病氣をしたをさな兒の胸のやうだ。

わたしの心は恐れにふるへる、せつない、せつない、熱情のうるみに燃えるやうだ。

ああいつかも、私は高い山の上へ登つて行つた、
けはしい坂路をあふぎながら、蟲けらのやうにあこがれて登つて行つた、
山の絶頂に立つたとき、蟲けらはさびしい涙をながした。
あふげば、ぼうぼうたる草むらの山頂で、おほきな白つぽい雲がながれてゐた。

自然はどこでも私を苦しくする、
そして人情は私を陰鬱にする、
むしろ私はにぎやかな都會の公園を歩きつかれて、
とある寂しい木蔭に椅子をみつけるのが好きだ、
ぼんやりした心で空を見てゐるのが好きだ、
ああ、都會の空とほく悲しくながれゆく煤煙、
またその建築の屋根をこえて、はるかに小さくつばめの飛んで行く姿を見るのが好きだ。

よにもさびしい私の人格が、

おほきな聲で見知らぬ友をよんで居る、
わたしの卑屈な不思議な人格が、
鴉のやうなみすぼらしい様子をして、
人氣のない冬枯れの椅子の片隅にふるへて居る。

さびしい人格をうたうことが主題なのか、さびしい人格が友を求めていることが主題なのか、主題が分裂しているようにみえる。また、「ああいつかも、私は高い山の上へ登つて行つた」とはじまる一連、「自然はどこでも私を苦しくする」という一連は「さびしい人格」を語るにも不適切で、無駄、不必要である。「よにもさびしい私の人格」が「卑屈な不思議な人格」だというのも不自然ではないか。いずれにせよ、この作品は失敗作という他ない。

この時期の作品として、どうしても推すべき作品は『感情』一九一七（大正六）年二月号に発表した「青樹の梢をあふぎて」ではなかろうか。

まづしい、さみしい町の裏通りで、
青樹がほそほそと生えてゐた。
わたしは愛をもとめてゐる、

わたしを愛する心のまづしい乙女を求めてゐる、
そのひとの手は青い梢の上でふるへてゐる、
わたしの愛を求めるために、いつも高いところで、やさしい感情にふるへてゐる。

わたしは遠い遠い街道で乞食をした、
みじめにも飢ゑた心が腐つた葱や肉のにほひを嗅いで涙をながした、
うらぶれはてた乞食の心でいつも町の裏通りを歩きまはつた。

愛をもとめる心は、かなしい孤獨の長い長いつかれの後にきたる、
それはなつかしい、おほきな海のやうな感情である。

道ばたのやせ地に生えた青樹の梢で、
ちつぽけな葉つぱがひらひらと風にひるがへつてゐた。

私は愛を求めている。私を愛する心の貧しい乙女を求めている。彼女の手は青樹の梢の上でふるえ、私の愛を求めるために、やさしい感情でふるえているようにみえるのだが、それは愛を求

める心がはぐくんだ幻覚にすぎない。そのことは、この作品の最終連が明らかにしている。彼が愛を求めるようになるまで、彼は餌を探しもとめる乞食のように、たぶん、さまざまの想念の間を彷徨したのであった。そういう長い長い旅の果てに、大きな海のような溢れるほどの感情の高まりとして、愛を求める心に辿りついたのだった。そういう心が青樹の梢に私を愛する乙女の手のように小さな葉が黐えるのを見るわけである。

これは哀しく、切ない作品である。うらぶれた心の底に、愛を求める高貴な魂が静かに潜んでいる。

私には『月に吠える』は「青樹の梢をあふぎて」で終ってよいと思われる。『感情』一九一六年一〇月号掲載の「孤獨」「白い共同椅子」、一九一七年一月号掲載の「蛙よ」「田舍を恐る」を採り上げなかったが、これらは評価、批評に値しないと考えている。

それにしても、『地上巡禮』一九一四年一一月号掲載の「雲雀料理」から『感情』一九一七年二月号掲載の「青樹の梢をあふぎて」まで、萩原朔太郎ははるかな道程を歩んできた。

第四章　『新しき欲情』

1

萩原朔太郎は詩作と同時に多くのエッセイを遺した。彼は詩人であると共に思想家を自認していた。そのことは『新しき欲情』の序文で彼が宣言しているとおりである。思想家としての萩原朔太郎を理解することなく、詩人としての萩原朔太郎も理解できないにちがいない。ただ彼の散文は必ずしも論理的ではないので、理解が私には難しい。たとえば『新しき欲情』の「第一放射線」の「1　読者への挨拶」に続く「2　新しき欲情」の末節の次の文章がその例である。

「眞理！　ああそれは微風の如く吹いてくる情感の聲ではないか。我等の生活の濱邊にまで、海を渡つてくる熱風のやうに、情慾的な、情慾的な、精神への潮風ある刺戟ではないか。さればいかに逞ましき漁夫の健康が、いまそこの海邊に立つかを見よ。尚且つ人々は、かれの新しき欲情のために、なにものかの幻覺する心像のために、絶えず砂丘を反對に走り、そしてあの輝やかしい白晝の海景に於ての、一つの巨大な木馬を跳躍する人物を見るであらう。——著者に於て。」

こうした文章を前にすると、私は萩原朔太郎の思想を理解しようとすることは不可能なのではないかという思いを強くする。しかし、私は萩原朔太郎の全体像を捉えたいと願っている。そこで、無謀な野望であることは承知しながら、あえて『新しき欲情』において彼が何を語っているか、私の理解するかぎりで、追求してみたいと考える。

2

彼の女性観を語っていると思われる文章をいくつか「第一放射線」から拾いあげてみる。いうまでもなく一九二二年四月に刊行された『新しき欲情』は「第一放射線」から「第五放射線」までの五部に分かれており、全巻で二五五の箴言を収め、各箴言について1から255に至る番号が付されている。また、箴言とはいえ、一行に書かれたものから数千字にわたる長文のものもある。

「6　輝やかしい心像」は次のとおりである。

「花のやうに美しい婦人をみる時、我等の心は謙遜になり羞かんでくる。こんなにも憔黒な見る影もない我等の存在が、あの高慢の美の前に蹴落されてしまふ。まるで我等は、我等自らを卑屈な奴隷のやうに、まるで生甲斐のない劣等人種のやうに感じてくる。そしてこの厭はしい自己嫌忌は、しばしば決して外面の形容に止まらない。もつと内部にまで、我等の生活の全身にまで滲毒してくるのだ。おお私自身の小さな價値、尚且つ生きてゐるといふ價値は、唯々この一つの頭腦——そこには高貴な思想や趣味が宿つて居る——にだけあるのだ。その一つの取柄を除いて何と私は價値のない人間であるよ。しかもこの一つの頭腦さへ、彼女の肉體全體からくるそんなにも輝やかしい美の前では、光に曝された土鼠のやうで、どんなに見すぼらしく色褪せてみえることぞ。しばしば私は、私自身の優越な自尊心をさへ失つてしまふ。勿論そこでは極力次のやうな自己辯明――すべての外面的な美は所詮皮相の價値しかないもの、眞の優秀な美は我等の人格的薫育によつてのみ價値づけられる者といふ自己辯明――を試みて居るにもかかはらず、されば抽象の議論は、町の巷路に於てすら、一つの輝やかしい心像を慴服するに足りないのだ。」

ここには女性の美、ことに肉体の美に対する萩原朔太郎の畏怖、自己に対する劣等感、しかも、自己の頭脳に対する優越感がこもごもに語られているようにみえる。

「12　空想家としての男性」は次のとおりである。

「あの黒く濕んだ美しい瞳の奥には、どんな氣品の高い詩的な情感が宿つてゐることであらう。あの陽快な愛らしい微笑の影には、どんな明徹な思想が閃めいて居ることであらう。と男たちは空想する。しかし女たちは――特にさういふ美しい女たちは――すべての空想を排斥する。女たちは唯現實だけを、實利だけを知りすぎて居る。詩や、藝術や、思想や、眞理やは、かれらにとって必要のないもの、實生活以外のもの、遊戲的なもの、むしろ甚だしく輕蔑すべき類の者としか思はれない。美ですらが、女の生命的趣味と言はれる美ですらが、女たちにとつて實利以上の價値をもつては居ないのだ。みよ世間一般の女たちが、彼女自身の容貌や、その粉飾や、衣裝や、身の廻りを飾る持物やに就いて、一括して言へば、彼女自身を賣物とする爲の美——そのあまりに實利的な美——について、いかに拔目のない商人的な趣味批判をもつてゐるか。しかも女性の生活と關係のないその他の非實用的な美についていかに彼等が冷淡なよそよそしい態度を見せるか。げに繪畫の展覽會における婦人らは、あの流行の風俗をした美人畫——それは彼等の處世術や扮裝術の最も好い參考になる——の前でしか、念入りに足を止めて見はしない。そして音樂會における婦人らは、旋律の興味よりは寧ろその競爭者である同類の美的評價に熱中してゐる。何故といつて、彼女がそこの觀覽席に坐つて居ることの最も重要な役目は、その群を壓した盛裝の輝やかしい魅惑によつて、廣く一般からその生活の保證者を物色し、且つその最上等の紳士を選擇しようといふ最も功利的な實用の目的にあるからだ。げに女たちは利口である。彼等は男たちのやうに、處世の實益と關係のない純粹の美的享樂のために——そんな無益の遊戲のために——高い代價を拂つて藝術品の前に時間を浪費するやうな愚を學びはしない。さればこのあまりに現實主義で實利本位の婦人から見るならば、我々男たちの中での最も功利的な人物すらが、尚且つあまりに詩人肌で、あまりに實利に疎い愚かの空想家としか見えないであらう。」

これは極端な女性蔑視である。また、「女は」「軍人は」「政治家は」というように、箴言においては、女性、軍人、政治家などの一部にみられる性格を、普遍化する誤りを冒しがちであり、これも同じ誤りを冒している。しかも、ここで非難されたような実利的、功利的な人間は男性にもいくらも認められる。この女性に対する蔑視は、萩原朔太郎の女性に対する劣等感に由来する強がりではないか。

「15　小心者への同情として」は次のとおりである。

「絶えず異性の匂ひに戀ひ焦れながら、彼が小心であるばかりに之れまで一度も成功したことのないやうな「臆病な戀の探險者」に對しては、耶蘇の言つた訓戒――或は實際にその反對の文法であつたかも知れない訓戒――が、最もよく適應してゐる。『その肉は願ふなれどもその心弱きなり。』

さてこの一つの訓戒が、あれらの世間體のよい小心な惡漢共――その心の中では、絶えず世の物慾に對する卑しい衝動を感じながら、そしてまた異性に對する姦淫の妄想を抱きながら、彼等がそれを實行なし得ないばかりに世間から誤つて高潔な人と呼ばれてゐる、あれらの有りふれた者共――に對して、いかに耶蘇らしい同情の深い調子を帶びて響くことよ。」

萩原朔太郎はその異常とも思えるほどの性欲についてじつに率直に生きた人であった。

『新しき欲情』の感興の一は、散文詩ともみられる文章を含んでいることであり、それらがまた、後年の詩の母胎ないし萌芽ともみられるばあいが多いことである。「34　ああ固い氷を破つて」はその例である。

「ああ固い氷を破つて突進する一つの寂しい帆船《はんせん》よ。あの高く空にひるがへる浪の固體した印象から、その隔離した地方の物佗しい冬の光線から、あはれに煤ぼけて見える小さな黒い獵鯨船よ。孤獨な環境の海に漂泊する船の針路が、一つの鋭どい意志の尖角が、ああ如何に固い冬の氷を突き破つて驀進することよ。」

事實、右の文章は一九三九年刊の散文詩集『宿命』の巻頭に収められている。『月に吠える』が、初版の発売にさいし内務省警保局から発売禁止の内示をうけ、「愛憐」「戀を戀する人」の二篇を削除して発売が許可されたことは知られているとおりである。『新しき欲情』が「35 性的趣味に關する疑問」「36 色情は藝術であり得るか」の長文の評論をその「第一放射線」の末尾に収めたのは、おそらく、この警保局の処分に対する不満からであろう。ここでは前者の要旨をまず見ることにする。

「すべての美學者の議論は、美の本質は何ぞやといふ客觀的概念を定義することに於て各自に皆夫々異つた見解（形式說、合理說、感情移入說等）が主張される。しかも美の主觀的な心意を告白することに於て、だれも皆例外なく次の條件に一致してゐる。けだしそこには一種の縹渺たる現實を遊離する趣き、卽ち魅惑や、恍惚や、忘我やがある。そこでは實生活の功利的慾望や、物慾的な實行意志や、エゴチスチツクな所有慾やが忘却される。すべて此等は美の主觀上に於ける心意の條件であると彼等は說くのである。しかして我等藝術家の自ら知る所もまた實にこの通りである。我等のすべての藝術的衝動と、すべての藝術品の鑑賞とに於て、此等の心意條件は全く必然の者として感じられる。然るに獨り性的の美感だけは、ある點に於てその通りであり、そして或る點に於てその通りでない。いかにかの異性の美が、我等にまで力強い魅惑や、恍惚や、忘我やをあたへることぞ。そこには確かに美の條件である「現實を遊離する趣き」が感じられる。しかもその縹渺たる氣分のすぐ背後に於て、いかに物慾的な、實行的な、我慾的な欲情――對象を獨占して肉體上の烙印をあたへ、實感的な劣情をほしいままにむさぼらうといふ欲情――が、最も醜劣な野獸の狂暴さを以て燃えついて居ることぞ。かくの如き心意は、自然の美や、藝術品の美の鑑賞に於て、我等が絶對に經驗しない所である。」

この性欲の定義には萩原朔太郎自身の体験にもとづく明晰さがあるようにみえる。さらに彼は、「藝術ではなくして、尚且つむしろ藝術以上に我等を魅惑する特種の美がある」ということについて、「果してさうか」と問い、次の「色情は藝術であり得るか」の章に筆を進めている。

「すべての色情は、先づ異性の美に魅惑され、誘惑され、あの恍惚たる非我の快感――それが卽ち美意識である――に醉はされた後、ついで起つてくる欲求、否むしろ美意識それ自身の中に含まれてゐる欲求である。だから嚴密に言ふならば、尠くとも性の方面では、美感に對していふ實感といふ言葉が意味をなさないだらう。ここではいつも實感卽美感であり、美感卽實感である。言ひ代へれば、我等の「本能さながら」がそれ自ら「藝術さながら」である。さればここで不思議なことは、世間で普通にいふ意味での實感、あの一種非倫理的な、何がなし猥瀆の感じを帶びて聞える世俗語の實感が、その實眞の性的實感を指すのでなく、他の性質のちがつた或る者を指して居ることとである。たとへば「この女たちの醜猥な風俗は實感を挑發する」といふ意味での實感は、決して色情そのものを指して居るのではないだらう。何故といつて、既に「醜い」とか「だらしがない」とか「淫猥」とかいふ感じをあたへる印象は、それ自ら不愉快な嫌惡の情を呼び起すからして、却つて眞の色情を冷却させるばかりである。我等の色情は――他のすべての動物の色情と同じく――容貌の醜いもの、毛並の惡いもの、色艶の惡いもの、氣品のない野卑なもの、そして要するに「醜」といふ不快な印象をあたへる者を嫌つて、いつもその反對に於ける印象、よつて以て我等を魅惑し、我等を恍惚たる快感に導く所の「美」によつてのみ刺激される。げに美の誘因なしには、どんな色情も催春されはしないのである。

「要するにすべての色情は、主觀的にみて「美しい感じ」「好ましい感じ」である。世に「醜い色情」や「厭ふべき色情」の有る筈がないではないか。かの動物園に居る狒々が、公衆の前で恥づべき動作をするのを見る時、我等の心に感ずるのは、卽ち「淫猥にして厭ふべき」醜惡の實感である。しかもそれは決して「醜い色情」ではない。げにそこには色情を誘發さるべき何の美感もありはしない。我等は印象から顏を背け一種の腹立たしい道德的の憤怒に於て、この醜猥なる冒瀆を罰責しようとする。かの不快にして淫猥なる印象を、我等自身、及び社會一般の前から隱蔽しようとする。そしてこの心理こそ、それ自ら、かの裸體畫に對する官吏の心理を語る者ではないか。然り、それが所謂「風俗壞亂」の律法に於ける精神である。」

ここまで、萩原朔太郎の説くところは卓抜であり、「よし或る程度までの性的實感を感じさせるにせよ、むしろそれ以上に優越な美が意識され、したがつてその實感は縹渺たる藝術的氣分の背後にかくれ、言はばある「夢の中に漂ふ肉情」とも言ふべき鑑賞の純美意識を味はせる者であつたならば、それは勿論純粋の藝術品である。前に述べたロダンの藝術品の如き、それの實に代表的な者と見るべきであらう」と続くとき、まことに論理が妥当性をもつということができる。

しかし、この評論が末尾に至って、次のように述べているのは、筆者の姿勢が矛盾しているというべきではないか。

「何の色情的快樂をも誘發することなく、むしろ却つて我等の色情を氷結させ、その印象から顏を背けしめる如き淫猥醜惡の感じをあたへる者があつたならばどうか。それが卽ち前に述べた『風俗壞亂』の實體であつて、勿論それは趣味の對象たる藝術でもなく、また性的實感の對象たる娯樂でもない、卽ちそれは社會の善良なる風俗を亂し、我等の道德的潔癖にまで耐へがたい不潔を感じさせる所の汚穢物――よつて以て蓋をすべき所の汚穢物――である。かの極めて下等たる階級に屬する賣春婦の風俗や、野卑劣惡な文辭に充ちた或る種の印刷物や、むしろ一般により多く淫猥を感じさせる通俗の春畫、淫本の類や、公衆の目前における下劣な獸的行爲やは、すべて皆我等の趣味の批判に於ての風俗壞亂的事項に屬してゐる。」

これは萩原朔太郎の貴族趣味かもしれない。「色情を氷結させ、その印象から顔を背けしめる如き」ものであれば、社会に害をなすこともありえないのではないか。私には、この評論の末尾で、萩原朔太郎は官憲の思惑と妥協したという感がつよい。

萩原朔太郎の立場は、芸術作品であれば色情を催させることがあっても風俗、秩序に有害でないが、芸術作品でなければ有害だというようにひとしく、芸術家の特権意識といってよい。また、「我等の道徳的潔癖」というか、道徳感は各市民により同じでない。いったい客観的に色情を催すかどうかは、その対象によるのではなく、むしろ、対象に接する者の主観なのではないか。その色情も時代の変化により変化する、と私は考えている。

3

「第二放射線」の「51　婦人と雨」も『宿命』に収められている散文詩である。

「しとしとと降る雨の中を、かすかに匂つてゐる菜種のやうで、げにやさしくも濃やかな情緒がそこにある。ああ婦人！　婦人の側らに坐つてゐるとき、私の思惟は濕ほひにぬれ、胸はなまめかしい香水の匂ひにひたる。げに婦人は生活の窓にふる雨のやうなものだ。そこに窓の硝子を距てて雨景をみる。けぶれる柳の情緒ある世界をみる。ああ婦人は窓にふる雨の點々、しめやかな音樂のめろぢいのやうなものだ。我らをしていつも婦人に聽き惚らしめしめよ。かれらの實體に近よることなく、かれらの床しき匂ひとめろぢいに就いてのみ、いつも蜜のやうな情熱の思慕をよさしめよ。ああこの濕ほひのある雨氣の中で、婦人らの濃やかな吐息をかんず。婦人は雨のやうなものだ。」

萩原朔太郎のいう「婦人」とは成人の女性を意味し、思春期の少女やそれ以下の年齢の幼少女をふくまないだろう。この文章には婦人に対する彼のロマンティックな愛着、情緒がしっとりと語られているのだが、それ以上に婦人の「實體」に対する蔑視、怖れ、警戒心を語っていることを見過してはなるまい。

「56　婦人と演劇」においてはもっとはっきりと女性蔑視が表明されている。

「婦人たちにとつて、どんな演劇も藝術で有り得ない。(彼等の一人もが例外なく、そんなに熱心な芝居好きであるに關はらず。)なぜといつて劇は――俳優の美しい顔は――彼等にまでいつも春風《はるかぜ》のやうに感ぜられ、その色情の艶かしい快感を誘ふ原因であるから。つまり言つて婦人等は、劇を趣味の鑑賞と見ずして、性的實感の愉快な對象として享樂する。さればげに、それ故にこそ、ああ如何に劇場に於ての彼等が幸福に笑みこぼれて居るか。」

婦人は俳優に陶酔し、劇そのものを享受しない、というのであろう。しかし、これは多くの男性の観客にとっても同じことではないか。私自身、戦前、一五世市村羽左衛門の演劇、容貌、口跡に痺れるほどの感動を覚えたことがある。また、劇に興味を覚えることなく、女優の魅力に圧倒された記憶は数知れない。この箴言は萩原朔太郎の独断である。

「68　あまりに獨逸的な感情」を読む。

「あれらの音樂會に於ける、あれらの多數の聽衆は、實際に何を聽いて居るのであらうか。すくなくともその樂式の大要を知り、その轉調の變化を聽きわけ、和聲の主和弦を捉へ、替手の動機を知覺し、リズムやテンポの章節に於ける展開に關して、あらかじめ相當の豫備智識をもつことなくして、到底その趣味を理解することのできないあらう筈の、あれらの非常に理智的で高尚な近代的形式音樂――ベトーベンのソナタ、モツアルトのシムホニイや、ハイドンの司伴樂や、バツハの追覆樂や、――に對して、殆んど全く音樂的素養の絶無ともいふべき多數の日本人が、そんなにも熱心に喝采し、そんなにも熱心に耳を傾けて居る有樣は、私にまでいつもある皮肉な諷刺を感じさせる。思ふに彼等の大部分は、そのあまりに高尚すぎる音樂に對して、何の眞實の陶醉を感じては居ないのだらう。結局彼等の正直さから言つて、それは譯のわからない、ただむやみにむづかしさうに見えるだけのものにすぎないのであらう。されば彼等の熱心はどこにあるか。彼等がその「長い倦々した退屈」の後に於て、あんなにも熱心に――幾分は彌次馬的にさへ――喝采する心理はどこから來るか。事實を言へば、あれら多數の聽衆が求めて居るのは、さういつた藝術的の享樂ではなくして、ある他の全く別なもの、それほどにも有名な、世界の最も偉大な藝術、人類の輝やかしい名譽、感情の驚嘆すべき光輝の前に、恭しくも恐る恐る拜謁することより、彼等自身の生活にまで何かの勿體ぶつた重々しい威壓――藝術の神聖さとか、精神の光輝ある勝利とか言つたやうな――を感得し、よつて以て彼等自身の氣位の高い貴族的な感情を滿足しようといふ次第なのである。されば彼等は、實際に於てよりむづかしいもの、より譯のわからないものを悅び、彼等の藝術的無理解からくる退屈さの正比例に於て、より盛んに熱心に喝采するであらう。そして實際彼等の趣味にまで了解されるところの、したがつて充分の藝術的幸福を味ひ得るところの、それらの通俗で低級な市井の音樂に對しては、故意に顏をそむけて內密の感興をさへ叱りつけようと試みるであらう。げにそこにはあの權力感情が、彼自らを尊大に感ずると共に、更に一層偉大な權威によつて壓迫されることにより、重たい槌によつて擊たれた鐵敷の如く、反對に自我を上方に高翔させようとする權力感情が、そのあまりに獨逸的な、あまりにも貴族主義的な範疇がありはしないか。いかに我が國の新しき時代の靑年の間にすら。」

ここで萩原朔太郎が語っていることは、楽理の素養がなければ音楽を享受できないということであり、享受するかのように感じるのはドイツ的な権力感情だ、ということであろう。私は萩原朔太郎のいう素養がまったくないけれども、モーツァルト、バッハ、ベートーヴェンなどを私が享受しているのが、ドイツ的な権力感情によるとは思わない。萩原朔太郎はマンドリン演奏を習得する過程で楽理を学ぶことができる恵まれた環境に育った。この文章は彼の多くの聴衆に対する優越感、侮蔑感を語っている。それこそ彼の「貴族主義的」な独善的判断というべきであろう。

ついでだが、彼は晩年、一九三八年『古賀政男藝術大觀』に寄せた「古賀政男と石川啄木」という文章で、次のとおり書いている。

「石川啄木と古賀政男とは、すべての點に於てよく似てゐる。第一に彼等は、情熱的なロマンチストであり、そして純情的なリリシストである。しかし彼等のロマン情操は、現實の生活を遊離した架空のロマンチシズムではなく、現代日本の社會が實相してゐるところの、民衆の眞の惱み、眞の情緒、眞の生活を、その生きた現實の吐息に於て、正しくレアールに體感してゐるロマンチシズムである。それ故にこそ彼等の藝術は、共に大衆によつて廣く愛好され、最もポピューラアの普遍性を有するのである。」

私には古賀政男を論じるだけの知識がないが、右に記された萩原朔太郎の石川啄木観は一面的といわざるをえない。彼はまた、こう書いている。

「僕は音樂の方面でアマチユアである。だが、「影を慕ひて」や「酒は涙か」や「丘を越えて」等の流行唄をきいて、それが現代過渡期の日本文化と社會相とを、それの渦中に生活する僕等民衆の眞實の音樂的吐息に於て、正しく日本的な旋律に表現し得たものだといふことを痛感する。現代日本人にとつて、ワグネルやベートベンの藝術は、正直に言つて全く實感的に沒交渉の音樂である。と言ふわけは、僕等の「耳」がそれを理解し得ないのではなく、僕等の環境する現代日本の文化情操と實生活とが、それを「心情」に於てタッチし得ないのである。」

萩原朔太郎は、ワグネル等は耳で理解しても心情にふれない、という。心情にふれないかぎり、音楽に感動し、陶酔することはありえない。この晩年の感想と併せ読むと、「あまりに獨逸的な感情」は萩原朔太郎の若書きという感がふかい。

萩原朔太郎は「論文」について興味ある発言を「69　觸手ある思想」で記している。

「海洋の底での眞珠が仄《ほの》白く光つて居るやうに、それらの不得要領な思想の浪間にさへ、尚且つ何等かの鮮新な暗示を感じさせるやうな論文は、この海景の一角に於ての、岩のやうな威風を示すところの、けれども新しい何の暗示をもあたへないところの、あれらの條理整然引證核博なる大論文に比して、遙かに遙かにすぐれた價値を持つて居るだらう。なぜといつて支離滅裂なるひとでの觸手は、薄明の浪間に於てさへ、尚且つ生物のやうに遊動して、我等泳ぐ人の心に多少の刺戟をあたへるのに、かしこの嚴然たる岬は、我等にまで退屈の眺望の外、何の望ましい感興もあたへないではないか。」

支離滅裂、遊動する触手をもつ、暗示に富んだ論文を書くことは難しいし、そうした論文の魅力を私は知らない。理路整然、しだいに課題の謎が解明されるような論文には、これまでいくつか接して、私は魅惑されてきた。ただ、解明すべき課題、謎に向かって、あらゆる触手を伸ばし、思考の限界に挑んでいるような論文も存在するし、それらが私たちを惹きつけることも事実である。萩原朔太郎がその心裡に思いうかべていたのは、その種の論文であろうか。

『新しき欲情』には散文詩風の箴言が多く、『宿命』に収められた作品も多いことはすでに述べてきた。「71　舌のない眞理」「74　浪と無明」もその例である。まず、前者を紹介する。

「とある幻燈の中で、青白い雪の降りつもつてゐる、しづかなしづかな景色の中で、私は一つの眞理をつかんだ。物言ふことのできない、永遠に永遠にうら悲しげな、私は「舌のない眞理」を感じた。景色の、幻燈の、雪のつもる影を過ぎさつて行く、さびしい青猫の像《かたち》をかんじた。」

萩原朔太郎は、表現できない真理の寂寥を具象的に見ていたにちがいない。真理は物言わない。静かに雪がふりつむ風景の中を青猫のように過ぎ去っていくばかりなのだ。私はこうした詩人の想像力に驚嘆する。次は「浪と無明」である。

「無明は浪のやうなものだ。生活の物寂しい海の面で、寄せてはくだけくだけてはまたうち寄せ來る。ああまた引き去り高まり來る情慾の浪、意志の浪、邪念の浪、何といふこともない暗愁の浪、浪、浪、浪。げにこの寂しい眺望こそは、曇天の暗い海の面で、いつも憂鬱に單調な聲を繰りかへす。されば此所の海邊を過ぎて、かの遠く行く砂丘の足跡を踏み行かうよ。佛陀の寂しい時計に映る、自然の、海洋の、永遠の時間を思惟しようよ。いま暮色ある海の面に、寄せてはくだけ、くだけてはまた寄せ來る、無明のほの白い浪を眺める。しぜんに悲しく、憂ひにくづるる濱邊の心ら。」

暗愁にみちた生の無明をうたった、この文章は萩原朔太郎が遺したもっともすぐれた散文詩の一と考える。

「79　非文明への感情」に私たちは萩原朔太郎の反文明論を聞くことになる。

「「人生の目的は幸福である」といふ類の考は、それ自らの響の中に、文化に對する苦々しい憎惡の感情を語つてゐる。なぜといつて一切の文明は、必然的に幸福の豫想を裏切るから。見よどこに幸福の人々が居るか、なぜ我等の成人は不幸であり、なぜ我等の無邪氣な子供のみが、いつも愉快に幸福に嬉戯してゐるか。なぜあの智識あり教養ある人々が陰鬱であり、なぜあの無智無學の農夫だけがいつも樂天的で有り得るか。およそ眞に幸福な人々は、今日の複雜な社會に住んでゐる文明人でなくして、太古の樂園に簡易生活をしてゐた野蠻人ではなかつたか。そしてあの生れつきの白痴が、この世に於ての最も幸福な人間であることを推考せよ。畢竟するに幸福は、我等の生活に於ける質素さや、簡易や、無邪氣さや、無識さや、原始さやと平行する。されば人生を複雜にするところの文明は、それ自ら幸福の破壞者といふべきである。一つの新しい機械の發明は、たしかに一つの「便利」をつくるであらう。そして一つの新しい智識は、たしかに一つの「欲望」を增加するであらう。けれどもそれは――それ故にこそ――却つて人生を煩はしく不幸にする。結局文明によつては、どんな幸福も確實にされはしないのである。だからすべての幸福論者――すべての幸福論者は、幸福の「價値」に就いて欲求しない。彼等は偏へに「幸福そのもの」を考へる。――は、必然的に文明を呪詛してその逆景を憧憬するであらう。然り、我等はそこに二種の幸福論者を見る。利己的幸福論者と、そして他愛的幸福論者（一名功利主義者）と。そこで前者が主張するものは、卽ち所謂自然主義――文化主義の正面の呪詛者である自然主義――ではないか。そして後者が絶叫するものは、あの「最大多數の人々の最大幸福」を倫理學のモツトオとする一切の功利主義――マルクス的唯物社會主義、トルストイ的人道社會主義、何れにせよ自然主義の兄弟分であるそれらの功利主義。――ではないか。されば「人生の目的は幸福にある」といふ思想は、それが利己的であるにせよ、他愛的であるにせよ、その言葉自身の中に、文化に對する挑戰の砲聲殷々たるを感じさせる。」

「無邪氣な子供」が「いつも愉快に幸福に喜戲してゐるか」、「無智無學の農民」が「いつも樂天的で有り得るか」、「太古の樂園に簡易生活をしてゐた野蠻人」は「眞に幸福な人々」であったか、「生れつきの白痴が、この世に於ての最も幸福な人間である」か。これらはすべて萩原朔太郎の夢想にすぎない。

幸福か不幸かは、かなりに主観的な生活感情である。それ故、幸福かどうか、と文明とは関係ない。いつの時代も、どのような社会でも、幸福と思って生きた人も、不幸と感じて生きた人もいた。たとえばインターネットの普及は、私たちの生活を大いに便利にしたけれども、反面では大いに煩わしく、生活しにくいものにしたことも事実である。そういう意味で、萩原朔太郎の発言は、その一部においてのみ、真実をついている。

4

「第三放射線」に入る。後に『宿命』に収録された「89　陸橋を渡る」を読む。

「憂鬱に沈みながら、ひとり寂しく陸橋を渡つて行く。かつて何物にさへ妥協せざる、何物にさへ安易せざる、この一つの感情をどこに行かうか。落日は地平に低く環境は怒りに燃えてる。一切を憎惡し、粉砕し、叛逆し、嘲笑し、斬奸し、敵愾する、この一個の黒い影をマントにつつんで、ひとり寂しく陸橋を渡つて行く。この高い架空の橋を越えて、はるかの幻燈の市街にまで。」

これは『氷島』の世界に近い。萩原朔太郎は陸橋を偏愛していたようにみえる。

「94　ユダ宗派の耶蘇教徒へ」は一読に値する。

「イスカリオテのユダは、あまりに久しい間誤解されてゐた。あの美しいマリアが床に流した香膏を銀三百にかへて貧民にほどこさうと主張したユダ。それほどにも博愛の精神に富んでゐるユダが、主イエスを敵に賣つた銀貨をもつて、彼自身の私慾に費消したとは考へられない。またそれほどにも利己的な人物であるならば、何で物好きに耶蘇の弟子になることがあらうぞ。そしてまた耶蘇の方でも、何で彼を選抜して十二使徒の一人に加へることがあらう。彼が耶蘇を選び、耶蘇が彼を選んだのは、そこに一つの共通な感情——貧しきもの虐げられたものに對する博愛の感情——があつたからだ。けれどもユダは遂に耶蘇を捨ててしまつた。なぜといつて彼の人道主義は、耶蘇のやうに空想的なものでなく、もつと現實に觸れた物質的なものであつたから。彼が耶蘇を賣つた日に、彼の良心はかう叫んだ。「人は靈のみにて生くるものに非ず」。されば既に人々が永生の幻影を失ひ、天國での生活を信じなくなつてしまつた今日では、そして何よりも、靈よりも先づパンの救濟を急務とする今日の社會では、耶蘇の多くの弟子の中でユダ一人だけが——眞にユダ一人だけが——キリストの復活せる唯物主義の精神を傳へたものではなかつたか。そしてそこにこそ時代の求めてゐる「新しい宗教」と「新しい福音」とが建設されるのではなかつたか。げにさうではなかつたか。君ら基督教的社會主義の人々よ。」

私には萩原朔太郎がキリスト教的社会主義をどのように定義し、理解していたか、分らない。しかし、この文章から、彼が聖書に親しみ、「罪」を意識しながら、キリスト教徒とならなかった理由を知ることができるだろう。そしてまた、彼が先入観や既成の概念にとらわれることなく、自由に自己の考えで思想を構築できる人物であったことも知ることができるだろう。

「99　田園居住者から」は彼がくりかえし語り続けた田園嫌悪の文章の一例である。

「私にまで、また農夫らにまで、この田舍を愛せよと言ふのか。この質朴の人情、この澄んだ透明の空氣、この閑靜、この田園、この自然を愛せよと言ふのか。蟲の好い都會の人々よ。君らの書齋の幻影にまで、君らの環境を換へる遊山の氣分にまで、どんなに田園の生活が望ましく詩的に見えようとも、私にとつて、また農夫らにとつてそれが何であらうぞ。これらのじめじめした無趣味の生活、鈍感で强慾な人情、退屈で單調な自然、希望も、快樂も、觀物も、娯樂も、散策も、そして友人すらもない呪はれたる田舍の平和、それが何で我等にとつての麗はしい自然であらうぞ。されば都會からの旅行者よ、君らの田舍に於ける賞讃をつつしめ。すくなくとも我等の田園に立つては、我等の環境を羨望するらしき言葉をつつしめ。見よそこの畠の中で、そこの暗い家屋の中で、あれら多數の瞳孔――嫉妬と復讐に燃えてる多數の瞳孔――が、どんなに毒々しく君らの輕洒な都ぶりの姿を凝視して居ることぞ。注意せよ、君ら幸福なる「田園の氣分に浸つてゐる」人々よ。注意せよ、田舍に於ける身邊の危險に就いて。君らの讃嘆にみちた田園敍情詩が、我ら憐れなる田舍住ひの土人共にまで、いかに苦々しい侮辱の憤怨を感じさせるかを知らないか。なぜといつて君らは實際に都會に住んでゐる。あの都會！　近代生活のあらゆる享樂と、名譽と幸福の一切を確實にし得べき文化の中心地に住んでゐる。そして我等は、ああ我等不幸なる生活の落伍者は、君らの遊山に於ける物好きな風流によつてのみ、僅かに反對の價値を買はれねばならないほど、それほど文明の恩澤を遠く離れた、それほど生甲斐のない邊鄙な田舍にくすぶつて居るのではないか。さればげに君らの田園に於ける讃嘆の辭をつつしめ。その言葉ほどにも輕蔑の餘韻を感じさせるものはない。それこそは實にあの憐憫——强者が弱者に對してする輕蔑の一形式である憐憫——の餘情を感じさせるではないか。私にまで、またすべての自尊心ある田舍の住民にまで。」

田舎の住民を「生活の落伍者」という必要はあるまい。そういう定義そのものが間違っているが、それはともかくとして、この文章は萩原朔太郎の東京人に対する羨望の裏返しなのだが、彼は決して田園の生活者ではなかった。前橋という地方の小都市の生活者であった。だから、田園生活者のように、この文章で語っているのは、偽瞞も甚だしいのだが、彼には生来田園嫌い、自然嫌いという資質があったのではないか。そうでないと、この文章は理解できない。それなら、彼がどういう都会を求めたか。都会に彼の安住の地を発見しえたか、はまた別の問題である。

「102　涙ぐましい夕暮」は私の愛してやまない散文詩であり、『宿命』所収である。

「これらの夕暮は涙ぐましく、私の書齋に訪れてくる。思想は情調の影にぬれて、感じのよい溫雅の色合を帶びて見える。ああいかに今の私にまで、一つの惠まれた德はないか。何物の卑劣にすら、何物の虛僞にすら、あへて高貴の寛容を示し得るやうな、一つの穩やかにして閑雅なる德はないか。——私をして獨り寂しく、今日の夕暮の室に默思せしめよ。」

「105　宿酔の朝に」に萩原朔太郎の悔恨を聞く。

「泥酔の翌朝に於けるしらじらしい悔恨は、病んで舌をたれた犬のやうで、魂の最も傷々しいところに噛みついてくる。夜に於ての恥かしいこと、醜態を極めたこと、みさげはてたること、野卑と愚劣との外の何物でもないやうな記憶の再現は、砒素のやうな激烈さで骨の骨まで紫色に變色する。げに宿酔の朝に於ては、どんな酒にも嘔吐を催すばかりである。ふたたびもはや、我等は酒場を訪はないであらう、我等の生涯に於て、あれらの忌々しい悔恨を繰返さないやうに、斷じて私自身を警戒するであらう。と彼等は腹立たしく決心する。けれどもその日の夕刻がきて、薄暮のわびしい光線がちらばふ頃には、ある故しらぬ孤獨の寂しさが、彼等をして場末の巷に徘徊させ、また新しい別の酒場にまで、彼等の酔つた幸福を眺めさせる。思へそこでの電燈がどんなに明るく、そこでの世界がどんなに輝やいて見えることぞ。そこでこそ彼は眞に生甲斐のある、ただそればかりが眞理であるところの、唯一の新しい生活を知つたと感ずるであらう。しかもまたその翌朝に於ての悔恨が、いかに苦々しく腹立たしいものであるかを忘れて。げにかくの如きは、あの幸福な飲んだくれの生活ではない。それこそは我等の、我等「寂しき詩人」の不幸な生活である。ああ泥酔と悔恨と、悔恨と泥酔と。いかに惱ましき人生の雨景を蹈跟することよ。」

詩人は寂しい存在でなければならないか、そのために泥酔と悔恨を繰り返さなければならないか。私にはそうは思われないのだが、萩原朔太郎はそのように自己を弁解していたようである。

「109　幻像の都會」は萩原朔太郎の自然と文明的人工物のくみあわせが与へる幻像を語ってい

る文章である。

「深山の奥に於ける賑やかな溫泉場の燈火や、溪谷の底深く見える發電所の建築や、人氣のない山林に捨てられた工夫のシヤベルや、閑靜の田舍にみる停車場のシグナルや、樹蔭の深い山の遊歩地に置かれた新式のベンチや、すべてさうした幽邃の自然に於ける文明的の人工物は、我等にまで何かの幻想的な、しかも朝のやうに鮮新な氣分を感じさせる。この鮮新な氣分こそ、實に我等の「文化的感情」と呼ぶもの、よつて以て自然を人間の生活に反映させ、進んで自然を慴服しようとする、人間的の強い慾情から縹渺する幻想ではないか。さればこの幻想は、山が一層深く、森林が一層暗く、田舍が一層荒寥としてゐるとき、そして反對に、その自然の環中に於ける人工物が、一層新式で一層文明の匂ひを強く感じさせるとき、約言すれば、より原始的な自然に對して、より文明的な人生を對照し、そこに兩者の極めて鮮明な對色的反映を感じさせるとき、我等にまで最も芳烈な力強い情慾を呼び起させる。そこではたしかに人間の最も原始的な生活意志――あの荒寥たる大自然の中で、その怖るべき恐迫の中で、賴りのない孤獨に戰いてゐた我等の先祖を思へ。さらにまたけなげにも勇氣をふるつて、彼等の强敵（自然）に戰を挑んだ先祖の生活を思へ。そこに人間のけなげなる意志がある。ここに人類の文化的本能が遺傳された。それは自然を慴服することによつて、人間の勝利を意識することによつて、情緖のふしぎなる勇躍を感知するであらうところの。――を刺激するものがある。鮮新な、氣のはればれとする、一つの勇ましい、正に「開墾されて行く自然」の景中に立つて、あの新しい材木の匂ひを嗅ぐやうな、ふしぎなる朝の欲情と興奮とが感じられる。

げに自然の中にある人工物は、自然の重苦しい威壓を和らげ、あたりの沈鬱した空氣を適度に明るくする。ばかりでなく我等の生活感情にさへ、一つの快適な微笑をあたへるであらう。自然そのままの空氣は、人間の皮膚にとつてあまりに粗野で荒々しく、いくぶん暗鬱にすぎて重苦しすぎる。自然の深い沈默の中をさまよふとき、それらの山と山との暗い壓迫が、どんなに我等の氣分を重苦しく重壓するか。されば山巒の奥深く、終日小鳥の鳴聲を聽くところで、ふと見出した一脚の白いベンチは、どんなに我等の氣分を爽快にし、どんなに鮮新な感情を呼びさますことぞ。その一つの人工物は、沈鬱の影の深い自然の中で、いつも賑やかで明るい都會の幻像を夢みさせる。ああ都會！　都會！　それこそは我等人間の久しい戀人、夢にも忘れ得ぬ永遠の戀人ではないか。尚且つ今日、我等の靈魂がいかに孤獨であるか。あの頼りない野獸のやうに、我等は自然の中に慄へ戰いてゐる。――いかに久しい間、先祖の生活感情が遺傳されてゐることよ。――されば自然の環中にあつてすら、我等は幻像の都會を夢むであらう。あの翠巒の谷底深い發電所の建築から、山林の樹間に捨てられた工夫らのシヤベルから、人氣のない海岸の砂に埋れた、寂しい鑵詰の空鑵から。」

ここでも萩原朔太郎は都会への憧憬と自然に対する嫌悪を語っているのだが、温泉場に近いべンチ、渓谷の発電所などは、そのまま『猫町』の幻想につながっているようにみえる。

「110　だれが娘たちの情人であり得るか」は彼の女性観を知る上で、「12　空想家としての男性」と同様、あるいはそれ以上に重要な文章である。長文だがあえて全文を引用する。

「若い娘たちは、どんな散文的の人物をも好かないであらう。彼等はいつも詩的な人物をのみ好むやうに思はれる。あの逞ましい駿馬の上で、長い軍刀をひらめかしながら、彼の「國家の敵」へ、或は「民衆の敵」へ、或は「人道の敵」へ、或は「正義の敵」へ勇ましくも無鐵砲に切り込むやうな浪漫的英雄は、いつも娘たちにとつての崇拜の對象であるだらう。そしてまた彼等も、あの戀の神聖を高唱したり、自然の美を讚美したり、愛の福音を宣傳したり、運命の不遇に泣いて「やるせない胸の悶え」を訴へたりする彼等も、同じくまた娘たちにまで、高貴な理想を抱いた浪漫家として崇敬されるであらう。げに娘たちは、彼等自身の青春時に於ける感傷性からして、あまりに浪漫的な人物、あまりに詩人的な人物をのみ好むやうに思はれる。けれども結局、どんな浪漫主義の詩人が、彼女らにまで實際の戀人で有り得るぞ。恐らくはどんな實際の詩人も、娘たちにとつての望ましい情人ではなく、むしろ齒ぎれの惡い、愚圖で煮えきらない、そして要するに興味のない人物としか眺められないであらう。なぜといつて我等の知るごとき事實は、あまりに前の推察を裏切つてやしないか。みよあれらの若く美しい娘たちの側には、いつもどんな種類の青年が立つて居るか。そこにはどんな詩人肌の人物——理想にあこがれたり、主義のために熱狂したりするやうな浪漫家——も居やしない。そこにはむしろその正反對の人物、賤劣で、野卑で、實利的で、小才子で、そのくせ見榮坊でおしやれな人物が居るではないか。げに彼等の性格に於てすら、何の詩人的な本質もありはしない。むしろ彼等はその「詩人らしい見榮」と「詩人らしい趣味」とを餌にして女釣りの道具に使ふほど、それほどにも實利的な現實家ではないか。みよ娘たちにまで、彼等は何を語り、そして何を爲すか。我等はそこに一つの會話を聽くであらう。すべての若い娘たちの心を高翔させ、且つ感傷させるところの話題——道德や、人道や、愛や、理想や、平和の家庭や、音樂や、演劇や、星や、菫や、悶えや、あこがれや、——に就いて聽くであらう。しかもまたその一方に於て、あれらの最も醜劣な行爲——虛僞や、自己僞瞞や、不誠實や、奸計や、虛喝や、ごますりや、就中最も露骨で野卑な獸慾的な行爲や、——が何の羞恥もなく、大膽に實行されてゐるのを見るであらう。げにその一方での上品な會話すらが、どんなに娘たちを悅ばすことであらうぞ。なぜといつて婦人たちの眞實に希望するものは、むしろ全くそれらの俗惡で野卑な行爲、あの思ひきつて露骨な性的の誘惑にあるのだから、されば若い娘たちにまで、どんな本物の浪漫家も情人で有り得ないだらう。娘たちに接近すべく——そして一般に婦人たちに接近すべく——彼等はあまりに非現實の空想家でありすぎる。(いかに婦人の本性が現實的實利主義であるかを想像せよ。)娘たちの宴會に於ては、唯あれらの狡猾な浪漫的假裝を必要とする。そしてその極まりの惡い假裝を平氣でなし得るほどの鐵面皮と、それの影にかくれて卑劣な獸慾をあへて爲し得るほどの大膽さとを必要とする。だから見よ、あの劣賤で鐵面皮なるベラミーは、いつも如何にして婦人たちの「愛しい人」で有り得たか。その色男等に就いて之れを學べ。彼等はいつも二重の快樂をあたへることによつて、しかく婦人たちから歡迎されて居るではないか。卽ち愛の神聖や道德の勝利やを語ることによつて、感傷に耽る娘たちの美的生活を幸福にし、一方また野卑な獸的行爲を實現することによつて、彼女らの現實的性格にまで、最も望ましく感じられる肉慾の實感生活を滿足させる。」

女性が男性に真に求めるものは性欲の充足なのだという。萩原朔太郎は自身の「獸慾」を描いて、女性がその性欲を満足させるために媚態を示し、誘惑するのだ、と感じていた。こうした女性観は彼のいくつかの詩篇と無縁ではあるまい。また、プラトニックな純愛などというものがありえない以上、理想的な女性が非現実的になることは必然であったと思われる。

「116　荒寥たる地方での會話」も『宿命』所収の散文詩。萩原朔太郎好みの風景である。

「「くづれた廢墟の廊柱と、そして一望の禿山の外、ここには何も見るべきものがない。この荒寥たる地方の景致には耐へがたい。」「さらば早くここを立ち去らう。この寒空は健康に良ろしくない。」「まて！　沒風流の男よ。君はこの情趣を解さないか。この廢墟を吹きわたる蕭條たる風の音を。舊き景物はすべて頽れ、新しき市街は未だ起されない。いつさいの信仰は廢つて瘴煙は地に低く立ち迷つてゐる。ああここで情景はすべて私の心を傷ましめる。そしてそれ故に、げに私はこの情景を立ち去るにしのびない。」」

「120 良心! いみじき意匠」は萩原朔太郎のもっていた、ある面での思想の幼稚さ、未熟さを示すものである。

「良心は資本家の意匠である。我々をして「彼等の社會」に和調させ、且つ隷屬させるための、然り、絶對的心服を強ひるためのの。——げにそれはいみじき意匠である。」

5

「第四放射線」の冒頭、「136　豫感としての思想」は次のとおりである。

「歌劇の幕が正にあがらうとして、海潮のやうな管絃樂の響が場内に湧きあがるとき、または艶かしい逢引きの夜に、樹影に近づく戀人の足音をきいたとき、いつも我等の心の底には、あれらの樂しくいそいそとした、胸のときめくやうな豫感を味ふ。けれどもそれの最もなつかしい經驗は、正に生れようとする我等自身の思想の前に、いつも交響の序樂を奏するところの、一種のしきりにいそいそとした豫感である。それは暗示的に縹渺とした氣分であつて、霧のかかつた景色のやうに、情調の影深くたちこめた間から、森や、木立や、原や、牧場や、野道やのほのかな個々の幻影と、一つの朧げな全景とを感じさせる。比喩を釋いていへば、未だ系統ある個々の理論が抽象されない前の、一つの漠然たる思想――といふよりも實は氣分情調――が、夢のやうにはつきりと感じられる。されば我等はその夢のさめない内に、そのいそいそとした「思想の前奏」の終らぬ内に、早く早く我等の自然を描かうぢやないか。なぜといつて我等の風景の眺望から、朝の情趣ある霧が晴れてしまつたあとでは、そして木立や、牧場や、野道やの分景が明白に見えてしまつたあとでは、どんな午後の自然も我等にまで感興のない平凡の景色にすぎないではないか。げに我等の習慣では――ああいかにその習慣が風變りであることよ――東雲のまだ明けやらぬ情感の中でのみ、我等の薫郁たる眞理を描かうとする。」

霧につつまれた木立などが美しいように、予感の状態にあるときに真理がある、と萩原朔太郎はいうのだが、はたしてどうか。

「153　地球を跳躍して」で彼はこういう。

「たしかに私は、ある一つの獨特な天分を持つてゐる。けれどもそれが丁度あてはまるやうな、どんな特別な「仕事」も、今日の地球の上に有りはしない。むしろ私をして、地球を遠く圏外に跳躍せしめよ。」

彼は詩人として天分をもち、その他に天分をもたなかった。そのために親に寄食しなければならなかったし、肩身の狭い思いをしなければならなかった。これは彼の悲壮な願望である。

「159　靜物」は「愛憐詩篇」の「靜物」に比し、饒舌だが、別の感興がある。

「靜物の中にある情緒、靜物の影に漂よふ智慧は言ひ現はせない。そこには永遠の悲しげな音樂、時ののすたるぢやが流れてゐる。ある靜謐な、ひろがりのない建築がそびえてゐる。なにものかの幻想的な、觸手にふれがたい宇宙の景象が遠望される。されば一つの家具を、茶器を、花瓶を、書物を、果物を、椅子を、そこの適合するやはらかな光線の下に置け。恐らくは君の生涯の中での、最も奥床しき冥想が鑑賞されるであらう。詩でもなく、音樂でもなく、哲學でもなく、科學でもなく、むしろそれらの全景を含蓄する一つの最も叡智的な感情。――ああ人生の牧場に於ての、いかに「ひろびろした情景」が展望されることぞ。」

「愛憐詩篇」中の「静物」が緊迫し、凝縮した感情を、格調たかく造形していることも間違いない。

「166　AULD LANG SYNE !」は萩原朔太郎が好んだ主題である。『宿命』に収められている。

「波止場に於て、今や出帆しようとする船の上から、彼の合圖をする人に注意せよ。きけ、どんな悦ばしい告別が、どんな氣の利いた挨拶《あいさつ》が、彼の見送りの人々にまで語られるか。今や一つの精神は、海を越えて軟風の沖へ出帆する。されば健在であれ、親しき、懐かしき、また敵意ある、敵意なき、正に私から忘られようとしてゐる知己の人々よ。私は遠く行き、もはや君らと何の煩はしい交渉もないであらう。そして君らはまた、正に君らの陸地から立去らうとする帆影にまで、あのほつとした氣輕さの平和――すべての見送人が感じ得るところの、あの氣の輕々とした幸福――を感ずるであらう。もはやそこには何の鬱陶しい天氣もなく、來るべき航海日和のいかに晴々として麗らかに知覺せらるることぞ。おお今、碇をあげよ水夫ども。おーぼー。……聽け！　あの音樂は起る。見送る人、見送られる人の感情にまで、さばかり涙ぐましい「忘却の悦び」を感じさせるところの、あの古風なるスコットランドの旋律は！　Should auld acquaintance be forgot, and never brought to mind! Should auld acquaintance be forgot, and days of auld lang syne!」

　Auld lang syne はわが国では螢の光の歌詞を付されて愛唱されたスコットランド民謡。英文の意味は、旧い知己は忘れ去られねばならぬ、思いうかべてはならぬ、なつかしい昔の日々よ、といったことであろう。波止場における帆船による出航の別れは郷愁を感じさせるものがある。こうした別れには多くの劇が潜んでいる。かつての上野駅にはそうした風情があったが、いまはどの港にも、駅にも、飛行場にも、こうした情趣が失われたようである。

「169　けなげなる人格は叛逆する」は萩原朔太郎が人間通であることを示そうとしている。

「主人によつて憐憫されるよりも、むしろ主人によつて蹴られたり罵られたりするを悦ぶところの、いかに多くの傲岸な雇人がそこに居るか。みよ博徒らとその親分との關係を。牧場主と牧場勞働者との關係を、職工と職工長との關係を。そして就中、世の多くの女主人とその下婢たちとの關係を。おおいかに彼等の友情が親密であるか。下婢を口汚なく罵倒する女主人が、彼の子分を足蹴にする親分たちが、彼等の趣味に於てさへ、いかに配下とよく氣の合つた同類であるか。げに彼等は互に口論し、互に喧嘩し合ふほどにも、それほどにも仲のよい友だちであり、それほどにも互に理解し合つてゐるのである。されば彼等の配下は、彼等の眞の友情に於てさへ、どんなに深くその主人を敬愛してゐることぞ。見よ今日の朝、女主人によつて、あんなにも口汚なく罵倒された下婢は、其の翌日の書に於いて、あんなにも忠實な奉公ぶりを示してゐるではないか。そして尙且つ彼等主從が、近所の奧樣たちのお洒落や吝嗇やを非難することに於て、互に深い共鳴の趣味と友情とを感じてゐることは言ふ迄もなく。

まことに彼等「人格ある雇人」たちは、ただ彼等を眞に理解し、眞に彼等の趣味に共鳴するところの、それらの「友人としての主人」のみを尊敬する。そして全然彼等を理解せず、彼等の趣味に對して輕蔑以外の何の同感をも持ち得ないやうな、それらの「憐愍者としての主人」を要求しないのである。見よかの若い教育ある娘主人——彼女の母親と下婢たちの爭論に於て、常に苦々しい顏をするであらうところの、そして下婢たちの卑賤な趣味に對して、深い輕蔑の念を抱きながら、同時にまたそれを憐愍し、彼等の品性や境遇やを向上させてやりたいと願つてゐるところの、それらの女學校出の若い人道主義者——に對して、世間のどんな下婢たちが忠實であり得るか。氣位の高い、その「博愛の精神にみちた」若主人は、彼女が下婢たちを人格的に輕蔑する復讐として、いつも反對に下婢たちから輕蔑され、見くびられ、馬鹿にされ、嘲笑されるばかりであらう。けだし下婢たちは、そんな「人を蹈みつけた仕方」に於ての、どんな同情や憐憫をも望んで居ないのである。げに彼等の無教育な精神にも、尙一つの尊大な、嚴として犯すことのできない人格がある。そしてその人格は、彼等を「憐れむべき奴隷」と見るところの、それら一切の人道主義的感情に敵愾して、雄々しくも健氣《けなげ》にも叛逆の旗を飜へすのである。」

萩原朔太郎はつねに主人、雇用主の立場で見、被雇用者の眼で見ていないように思われる。主人に共鳴しているかにみえる「下婢」もたんに阿諛しているにすぎないかもしれない。萩原朔太郎のいう関係がもっとも適合するのは国定忠治とその配下の関係ではないか。

「183　海の見えるVISION」は短いが、奇妙な魅力をもつ散文詩である。

「浪は沖に鋭どく切斷され、砂は白く熱して輝やいてゐる。見よこの海岸にうづ高く重なる女の胴體を。月は白晝の空に浮び、硅質の水母は海に放射す。(思想の間隙に浮べる網膜の殘像として。)」

6

「第五放射線」に入る。

「194　夜汽車の窓で」も散文詩として読むにふさわしい。

「夜汽車の中での電燈は暗く、沈鬱した空氣の中で、人々は深い眠りに落ちてゐる。一人起きて窓をひらけば、夜風はつめたく肌にふれ、闇夜の暗黒な野原を飛ぶ。しきりに飛ぶ火蟲をみる。ああこの眞つ暗な恐ろしい景色を貫通する！　深夜の轟々といふ響の中で、いづこへ、いづこへ、私の汽車は行かうとするか。」

「愛憐詩篇」の「夜汽車」の抒情性は失われている。『氷島』の「歸郷」にみられるような悲愴感はない。しかし、ここには強烈な意志がある。

「205　肉體の寂寥」も愛すべき小品である。

「遠く沖の方から押しよせて來たリズムの浪が、しだいに高く盛りあがつて、今正に砕けようとする、その瞬間に於ての音樂ほど、それほど不可思議な情緒の陶酔を感じさせるものはない。

げにこの瞬間に於ての神祕な情感には、靈魂の溶けてゆくやうな深い悅びと、肉體のさびしくやるせない、何物かの實體に觸れることのできないやうな嘆息とがある。ふしぎな靈魂の驕樂から置いてきぼりを喰はされた、肉體の孤獨な寂寥が感じられる。」

私がもっとも注目するのは「209　極光地方から」である。『宿命』収録の作である。

「海豹《あざらし》のやうに、極光の見える氷の上で、ぼんやりと「自分を忘れて」坐つてゐたい。そこに時劫がすぎ去つて行く。晝夜のない極光地方の、いつも暮れ方のやうな光線が、鈍く悲しげに幽滅するところ、ああその遠い北極圈の氷の上でぼんやりと海豹のやうに坐つて居たい。永遠に、永遠に、自分を忘れて、思惟のほの暗い海に浮ぶ、一つの侘しい幻象を眺めて居たいのです。」

萩原朔太郎は田園を嫌悪し、自然を嫌悪し、都会を憧憬した。しかし、彼のあこがれた都会は現実の東京に存在しなかった。彼は安住できる場所を夢みることができなかった。この「極光地方から」はそうした心境から生れた、と私は考える。この幻想は『青猫』(以後)の詩境につらなっている、と私は考える。

「218　斷橋!」も『宿命』所収の作である。

「夜道を走る汽車まで、一つの燈火を示せよ。今そこに危險がある。斷橋! 斷橋! ああ悲鳴は風をつんざく。だれがそれを知るか。精神は闇の曠野をひた走る。急行し、急行し、急行し、彼の悲劇の終驛へと。」

萩原朔太郎はしばしば陸橋をうたった。その陸橋が途中で途切れていたらどうなるか。精神はひた走り、闇の中、突如、精神の旅行は悲劇的な終焉を迎える。彼はそうした精神の突然の終焉を想像し、恐怖していた。

「221　寂寥の川邊」も美しい抒情的散文詩とみてよい。やはり『宿命』所収である。

「古驛の、柳のある川の岸で、かれは何を釣らうとするのか。やがて生活の薄暮がくるまで、そんなにも長い間……。「否」その支那人が答へた。「魚の美しく走るを眺めよ、いかに君はこの靜謐を好まないか。この風景の中に於て寂寥の情感を。恐らくはむしろ私にまで、釣り得ないことの強い希望がここにある。されば日當りの好い情景の岸邊に坐して、どんな環境をも亂すなかれ。」」

魚を釣るよりも、むしろ寂寥にみちた情景の中に時を送れ、と支那人がさとすのは、功利主義批判に由来するだろう。

性欲は萩原朔太郎にとって、その青春期から中年期にかけて、最大の苦悩の原因であり、罪の意識の源泉であった。「227　救濟のない宗教」はそういう彼の信条告白とみてよい。

「「女を見て色情を起すものは既に姦淫したるなり」といふ耶蘇の前提は、彼の最初の誤解者であつた保羅《ぽーろ》や、爾後の教會派の僧侶らが一般に推察してゐる如き淺薄な結論、「故に汝等女をみて色情を起す勿れ」を要求してゐないだらう。けだし耶蘇の如き大心理學者が、そしてあまりによく人間の弱點を知つてゐた大智慧者が、こんな奇抜にして無理非道な注文――それは生理的に不可能な注文である――をあへて望む筈がないではないか。勿論、言ふまでもなく、耶蘇の眞意は次の全く別の結論にあつた。「故に汝等の中たれか罪なきものあらんや。」然り、然り、すべての宗教の題目がここにある。いかに釋迦が、親鸞が、マホメツトが、耶蘇が、彼のあらゆる言葉を盡して、我等にまで「罪」の意識を徹底させようと試みたか。なぜといつて我等が自ら「罪深きもの」であることを眞に自覺したとき、その時始めて救濟の扉は叩かれるであらう。自ら自分の罪を知らないものに、いかで救靈の要求があり得ようぞ。されば「善人成佛す況んや惡人をや」と言つた親鸞の福音が、いかに多くの惡人らにまで――否彼自らと惡人と感じてゐるところの人々にまで――歸依と感傷の熱い涙を流さしたかを見よ。

ああけれどもしかし、ここに一つの近代的魔障がありはしないか。今や我等は、既に一切の神話的傳說を失つてしまつた。あの神が人を罰するといふやうな言ひ傳へや、終りの日の裁判が永遠の生活に於ける天國と地獄を決定するといふやうな物語りや、靈魂の不死といふやうな迷信や、その他の神罰的な恐ろしいことなどは、遠い遠い昔の追憶として我等の耳に殘つてゐる。されば今日の我等にまで、もはやいかなる救靈への希望もないであらう。そもそも「罪」とは何であるか。現代の常識の解釋によればそれは一つの恥づべき「過失」に外ならない。若しくはまたあまりに人間的な、あまりに本能的な欲情であり、そして「習慣にはづれた行爲」に外ならぬ。尙その最も強い感情の場合ですらが、單に彼自身の「良心の苛責」にすぎないだらう。しかもその良心なるものは、彼自身に屬する觀念であつて、神の罰責とは全く關係がない。我々は我々の醜行に對して、我々自ら處罰者の地位に立つであらう。そしてこの法廷には、いつも神様がお留守である。然してまたかくの如きは、實に現代の人々の常識である。それが邪論であるか正論であるか、無神論であるか有神論であるかといふ議論でなしに、とにかくにも人々はかくの如く信じてゐるのである。あだかも昔の人々が、彼等の常識に於て、とにかくにも良心を神の聲と信じ、そして罪の意識を神罰の觀念と結びつけて信じてゐたやうに。

されば今日に於て、たとへ我等がいかに自ら「罪深きもの」であることを自覺したとはいへ、それを以ての故に何ら救靈への信仰を呼び起しはしない。女を見て色情を起すほどにも、それほどにも我等が罪深きものであるといふ教訓は、前もつて「姦淫は天國に於て罰さるべきもの」といふ先入見を豫想されてゐなければならぬ。あの慘忍酷薄な怒りの神エホバの信仰によつて、それほどにも神罰の恐怖に蒼ざめてゐた當時の人々の靈魂にとつてこそ、反對にすべての罪を許さうといふ耶蘇の福音が、いかにも涙ぐましい愛の音樂として有りがたく沁み渡つたことであらう。しかも既にエホバを信じてゐない我等、天國に於ての刑罰を信じて居ない我等、この大膽にして靈魂の恐怖を知らない現代の不逞漢共にとつて、そもそも何の十字架が、何の救靈が、何の「罪の許し」があらうぞ。げに許すも許さないもないぢやないか。我等は罰さるべき何の神罰的惡事をも働らいてゐない。ただ人間が人間に對しての惡事を、單に我等自身の法廷や良心によつてのみ罰さるべき――したがつてまたそれからのみ許さるべき――過失を犯したにすぎないのだ。と、かく今日の人々の常識は信じてゐる。

　明白に言へば、既に我等の時代に於ては、もはやあの「罪」といふ言葉、あの何がなし神祕的な暗い影を縹渺させる、何がなし地獄の侘しい光線を聯想させる「罪」といふ言葉が、既に現實味を失つた死語となつてしまつたのである。今日我等の字書にある「罪」の解義は、何らさうした神祕的の情感のあるものではなく、全く法律上の「犯罪」と同意義な者でさへある。みよ我等の學校に通ふ子供等にまで、あの「贖罪」といふやうな言葉が、いかに不可解な、古典的な雅語でさへもあるか。そしてまた我等自身にとつても同樣に、されば宗教は――罪の觀念を信仰の基調とする地上一切の宗教は――今日に於ては、もはや明白、存在の可能性を失つてゐる。我等のあまりに現實的な時代、あらゆる神話的敍事詩の幻滅した今日の時代に於ては、あの宗教の歴史に於ける最後の人親鸞――彼は宗教を心理學にしてしまつた――でさへも、既に時代の人心から遠く絶縁されてしまつてゐる。ああ宗教！　宗教！　この滅び行く過去の美しい幻影に對して、しばし追憶の情緒をひろげしめよ。」

　萩原朔太郎はもはや「淨罪詩篇」の世界から遠く去っている。宗教によることなく、罪は自己の良心の法廷によってのみ判断されるとすれば、私たちの良心はその重圧に耐えられるほど強いか。宗教から離れることはまた「愛」からも去ることである。すでに『月に吠える』の世界は終り、『青猫』の時代が始まろうとしている。ただし、そう早計に速断する前に私たちは『青猫』の世界を慎重に検討しなければならない。

第五章　『青猫』（初版）

1

私がはじめて萩原朔太郎の詩に接したのは改造社刊『現代日本文學全集』、いわゆる円本全集の第三七巻『現代日本詩集・現代日本漢詩集』所収の「萩原朔太郎集」であった。「かなしい遠景」にはじまり、「ありあけ」「くさつた蛤」「艶めかしい墓場」「野鼠」「ある風景の内殻から」などの傑作を含み、「猫の死骸」に至る二四篇を収めた、この選集の作品を一五歳前後だった私は充分鑑賞する能力をもっていなかった。その中で、私が惹きつけられたのは「かなしい遠景」であり、「夢にみる空家の庭の祕密」であった。いまだに私は「夢にみる空家の庭の祕密」をわが国口語自由詩の頂点をなす作品の一と考えている。『感情』一九一七(大正六)年六月号に発表されたこの作品は次のとおりである。

その空家の庭に生えこむものは松の木の類
びはの木　桃の木　まきの木　さざんか　さくらの類

さかんな樹木　あたりにひろがる樹木の枝
またそのむらがる枝の葉かげに　ぞくぞくと繁茂するところの植物
およそ　しだ　わらび　ぜんまい　もうせんごけの類
地べたいちめんに重なりあつて這ひまはる
それら青いものの生命《いのち》
それら青いもののさかんな生活
その空家の庭はいつも植物の日影になつて薄暗い
ただかすかにながれるものは一筋の小川のみづ
夜も晝もさよさよと悲しくひくくながれる水の音
またじめじめとした垣根のあたり
なめくぢ　へび　かへる　とかげ類のぬたぬたとして氣味わるいすがたをみる。
さうしてこの幽邃な世界のうへに
夜《よる》は青じろい月の光がてらしてゐる
月の光は前栽の植込からしつとりとながれこむ。
あはれにしめやかな　この深夜のふけてゆく思ひに心をかたむけ
わたしの心は垣根にもたれて横笛を吹きすさぶ

ああ　このいろいろのもののかくされた祕密の生活
かぎりなく美しい影と　不思議なすがたの重なりあふところの世界
月光の中にうかびいづる羊齒《しだ》　わらび　松の木の枝
なめくぢ　へび　とかげ類の無意味な生活
ああ　わたしの夢によくみる　このひと住まぬ空家の庭の祕密と
いつもその謎のとけやらぬおもむき深き幽邃のなつかしさよ。

稚い私の心を把えたのは、この作品のもつしっとりと静かな言葉の調べであった。それは「松の木の類」「さくらの類」「もうせんごけの類」といった語尾の「類」という言葉のくりかえし、「松の木」「びはの木　桃の木　まきの木」という「木」のくりかえし、「さかんな樹木」に続けて「あたりにひろがる樹木の枝」とうけ、この「枝」がさらに「またそのむらがる枝の葉かげに」に続きながら転調していく、言葉の構成の巧みさ。こうした巧みさが私たちに伝える調べの魅力。この詩をつらぬく、こうした言葉の構成の高度な技巧が、じつは読者に技巧を感じさせせぬほどに、自然に詩に溶けこみ、おそらく稚い私の心に沁みたのであろう。

また、稚い私を驚かせたのは、この作品の描いている空家の庭の風景には、およそ美しいもの、抒情的なものが存在しない、ということであった。樹木、植物、苔類などの繁茂する生命力、なめくじなど不気味な動物たちの旺盛な生活力、それらによって荒廃していくにちがいない空家の庭を低く流れる小川、その庭で吹く横笛の幻想。これを抒情詩というにはどこにも抒情性が発見できないように思ったが、それでもこれは抒情詩にちがいなかった。私はこのような抒情詩がありうることをこの詩から学んだ。

いま「夢にみる空家の庭」を文字通り、夢みた空家の庭の風物の幻想と考えることが間違いとは思わない。しかし、もしかすると、詩人の空虚な心を空家の庭に託しているのかもしれない、と考える。空虚な詩人の心を植物、動物ら、さまざまな生物が蝕《むしば》んでいる。詩人がたのみとするのは一筋の小川に似た詩心である。じつは解釈は、萩原朔太郎の作品のばあい、つねにその魅力をそこねる。私は試みに仮説を記したけれども、この詩の魅力は、この詩を朗読してみれば足りる、と私は考えている。

2

『青猫』は一九一七（大正六）年を中心として『感情』に発表した詩篇を前期の作とし、ほぼ五年の空白期を隔てた一九二二（大正一一）年を中心とする後期の作とみ、前後二期に分けて考察しなければならない。前期と後期とでは詩風をまったく異にするからである。この間、萩原朔太郎は一九一九年五月に上田稲子と結婚、翌年八月、長女葉子が生まれている。

『月に吠える』が刊行されたのは一九一七年二月であった。『月に吠える』は好評だったが、萩原朔太郎は依然悩んでいる。彼の悩みは相変らず性欲である。四月一七日、大手拓次に宛て、「あなたの詩を読むのは香水のにほひをかぐやうな氣もちがする」と書きはじめ、「お忙しい生活の間にも詩を捨てることのできないあなたの心もちをこの上もなく貴重なものに思ひます」と書きながら、続けて「私はいま性慾に苦しんでゐる。私は敍情詩といふものを人生のにほひだと思つてゐます。しかし私はあまりにいろいろなことに惱まされてゐる。それらの悩みが私の人格からこのにほひを消すことのないことを思ふ」と結んでいる。詩人としての交友はともかく、個人的にそう親しかったとは思われない大手拓次にどうしてこんな悩みをうちあける必要があったのか。五月中旬と推定される高橋元吉宛書簡には次の一節がある。

「あなたの私に對する觀察は私を恐縮させます。私は下等な人間です、思想家としてはとにかく、人間としては下劣な肉情主義者です、私の「人格」は罪で腐つてゐます、ここに罪といふのは先日お話したやうな意味の罪ではありません「下等な品性」といふ意味です。でも私が少しでも善い人間になることは私が終生の希望です。」

ここで後年、『新潮』一九三六（昭和一一）年六月号に発表し、同年五月刊の『廊下と室房』に収められた「青猫を書いた頃」を引用したい。雑誌発表と『廊下と室房』の刊行はほぼ同時であった。

「青猫の初版が出たのは、今から十三年前、即ち一九二三年であるが、中の詩は、その以前から、數年間に書き貯めたものであるから、つまり一九一七年頃から一九二三年へかけて書いたもので、今から約十七年も昔の作になるわけである。十年一昔といふが、十七年も昔のことは、蒼茫として夢の如く、概ね記憶の彼岸に薄らいで居る。

しかし青猫を書いた頃は、私の生活のいちばん陰鬱な梅雨時だつた。その頃私は、全く「生きる」といふことの欲情を無くしてしまつた。と言つて自殺を決行するほどの、烈しい意志的なパッションもなかつた。つまり無爲とアンニュイの生活であり、長椅子《ソファ》の上に身を投げ出して、梅雨の降り續く外の景色を、窓の硝子越しに眺めながら、どうにも仕方のない苦惱と倦怠とを、心にひとり忍び泣いてるやうな狀態だつた。

その頃私は、高等學校を中途で止め、田舍の父の家にごろごろして居た。三十五六歳にもなる男が、何もしないで父の家に寄食して居るといふことは、考へるだけでも淺ましく憂鬱なことである。食事の度毎に、毎日暗い顏をして兩親と見合つて居た。折角たのみにして居た一人息子が、學校も卒業できずに、廢人同樣の無能力者となつて、爲すこともなく家に轉つて居る姿を見るのは、父にとつて耐へられない苦痛であつた。父は私を見る毎に、世にも果敢なく情ない顏をして居た。私は私で、その父の顏を見るのが苦しく、自責の悲しみに耐へられなかつた。

かうした生活の中で、私は人生の意義を考へ詰めて居た。人は何のために生きるのか。幸福とは何ぞ。眞理とは何ぞ。道德とは何ぞ。死とは何ぞ。生とは何ぞや？　それから當然の歸趨として、すべての孤獨者が惑溺する阿片の瞑想——哲學が私を捉へてしまつた。ニイチェ、カント、ベルグソン、ゼームス、プラトン、ショウペンハウェルと。私は片つぱしから哲學書を亂讀した。或る時はニイチェを讀み、意氣軒昂たる跳躍を夢みたが、すぐ後からショウペンハウェルが來て、一切の意志と希望とを否定してしまつた。私は無限の懷疑の中を彷徨して居た。どこにも賴るものがなく、目的するものがなく、生きるといふことそれ自身が無意味であつた。

すべての生活苦惱の中で、しかし就中、性慾がいちばん私を苦しめた。既に結婚年齡に達して居た私にとつて、それは避けがたい生理的の問題だつた。私は女が欲しかつた。私は羞恥心を忍びながら、時々その謎を母にかけた。しかし何の學歴もなく、何の職業さへもなく、父の家に無爲徒食してゐるやうな半廢人の男の所へ、容易に妻に來るやうな女は無かつた。その上私自身がまた、女性に對して多くの夢とイリュージョンを持ちすぎて居た。結婚は容易に出來ない事情にあつた。私は東京へ行く毎に、町を行き交ふ美しい女たちを眺めながら、心の中に沁々と悲しみ嘆いた。世にはこれほど無數の美しい女が居るのに、その中の一人さへが、私の自由にならないとはどういふわけかと。

だがしかし、遂に結婚する時が來た。私の遠縁の伯父が、彼自身の全然知らない未知の女を、私の兩親に說いてすすめた。半ば自暴自棄になつて居た私は、一切を運に任せて、選定を親たちの意志にまかせた。そしてスペードの9が骨牌に出た。私の結婚は失敗だつた。

陰鬱な天氣が日々に續いた。私はいよいよ孤寂になり、懷疑的になり、虛無的な暗い人間になつて行つた。そしていよいよ深く、密室の中にかくれて瞑想して居た。私はもはや、どんな哲學書も讀まなくなつた。理智の考へた抽象物の思想なんか、何の意味もないことを知つたからだ。しかしショウペンハウェルだけが、時々影のやうに現はれて來て、自分の悲しみを慰めてくれた。概念の思想そのものではなく、彼の詩人的な精神が、春の夜に聽く横笛の音のやうに、惱ましいリリカルの思ひに充ちて、煩惱卽菩提の生の解脫と、寂滅爲樂のニヒルな心境を撫でてくれた。

あの孤獨の哲學者が、密室の中に獨りで坐つて、人間的な慾情に惱みながらも、終生女を罵り世を呪ひ、獨身生活に終つたといふことに、何よりも深い眞の哲學的意味があるのであつた。「宇宙は意志の現れであり、意志の本體は惱みである。」とショウペンハウェルが書いた後に、私は付け加へて「詩とは意志の解脱であり、その涅槃への思慕を歌ふ郷愁である。」と書いた。なぜならその頃、私は青猫の詩を書いて居たからである。」

こう書いて萩原朔太郎は「憂鬱の川邊」の一節を引用しているが、これは一九一八年四月号の『感情』に発表した詩であって、結婚前の作である。それ故、右の文章には一九一七年頃の心境と一九二二年頃の心境とが区別されることなく述べられていることは間違いない。しかし、萩原朔太郎が性欲に悩んでいたことだけは確実である。

一九一七年頃の萩原朔太郎の心境を探る上でもっとも重要なのは同年一一月中旬に書かれたと推定される高橋元吉宛書簡である。この書簡中、彼は次のとおり書いている。

「今日、夏目さんの「行人」をよみました。
以前に一度讀んだのですがまた讀みたくなつて古い本箱からひき出してきたのです。
あれは何といふ立派な小説でせう、日本人の書いた文學の中でこれほど深酷なものがあるでせうか。
もちろん深酷といふことは單に「地獄を畫題にしてかいた創作」といふ意味だけではないので

す。いくら地獄の繪を描いた所でそれが人間の實生活からきてゐるものでなければ駄目です、要するに私のいふ深酷といふ言葉は畫題を意味するものでなくて創作の內面にある人間性の深みを意味するものです、(この意味からも私は武者小路さんの作物を好みません、「ある靑年の夢」の如きをみても實に薄つぺらな感傷性以外の何物もありません、そこには恐ろしい畫題……たとへば道德とか人道とか愛とか殺人とか……がある、併しそれは畫題としての恐ろしさにすぎない、人間性の深みが全くない)

夏目さんの「行人」の深酷さは、ほんとの深酷です、我々の心に實感から響いてくる近代生活の恐ろしさです、かの漠然たる概念から發した人類的の愛とか、戰爭の恐怖とかいふやうな者とはちがひます、そんな非人間的なそして觀念的な文學は私にとつては三文の價値もないものです、然るに眞の文學はすべて人間としての實感から出發します、それは「愛」とか「人類」とかいふ言葉の上の觀念から出たものでなくして、眞に人としての「生活」そのものから出發したものでなければならないのです、

「時」が凡て證明するでせう、後世になつて殘るものはただ「眞實」の作物ばかりです、思ふに武者小路氏の如き今でこそ人氣があるが後世からは第二流以下の作家として忘れら〔れ〕る人でせう、之に反して夏目さんは後になるほど光つてくる人でせう。

話が餘事になりましたが、あの「行人」の中にある「塵勞」の長い手紙が語るものこそ、實に

あなたや私を始め近代に於ける日本人の青年の苦惱を語り盡したものではないでせうか、
「かうしては居られない、何かしなければならない、併し何をしてよいか分らない」
これです、この聲が我々にとつていちばん恐ろしい聲なのです、
明らさまに言ふと我々は理想も目的も持たないのです、
あなたも多分私と同じだらうと思ひます、
特に私はかうした近代病の苦惱のために世の何びとよりも烈しくやられて居るのです、私は中學を卒業するときから此の病氣にかかつたのです、
多くの友人たちが希望にかがやいて未來を語り合つて居るときに私一人は教室の隅で默つて陰氣な顔をして居ました、
「何でもいいから目的を立てろ」父はかう言つて絶えず私を責めました。
實際、私にはその目的が見つからなかつたのです、友人たちは私のために藝術家といふ見立てをしてくれました、
併し私の考では藝術は人間の目的ではなかつたのです、「人間として爲すべき仕事」（特に男子として）それを私は求めました、そして遂に何物をも發見することができませんでした、
その後、他から強ひられていやいやながら高等學校に入りましたが、私は全く學課を輕辱しました、何故かといふに私は特に文學を卑しんで居たからです、「文學は道樂にすぎない、それは

恥づべき職業である」當時に於ける私の考はかうでした、
そして今に至るまで私は何の理想も目的も見出すことができません、しかも目的なしに生きてゐることがどんなに辛いことだといふことはあなたも御推察になることと思ひます、」

萩原朔太郎が注目したのは「行人」の「塵労」三十一章の次の箇所であった。

「兄さんは書物を読んでも、理窟を考へても、飯を食つても、散歩をしても、二六時中何をしても、其処に安住する事ができないのださうです。何をしても、こんな事をしてはゐられないといふ気分に追ひ懸けられるのださうです。

「自分のしてゐる事が、自分の目的《エンド》になってゐない程苦しい事はない」と兄さんは云ひます。」

高橋元吉宛書簡はここまで引用しているが、『行人』の本文は次のとおり続く。

「「目的《エンド》がなくつても方便《ミインズ》になれば好《い》いぢやないか」と私が云ひます。

「それは結構である。ある目的《エンド》があればこそ、方便《ミインズ》が定められるのだから」と兄さんが答へます。

兄さんの苦しむのは、兄さんが何を何《ど》うしても、それが目的《エンド》にならない許《ばか》りでなく、方便《ミインズ》にもならないと思ふからです。たゞ不安なのです。従つて凝《ぢつ》としてゐられないのです。」（引用は一九九三年岩波書店刊『漱石全集』による。ただし、原則としてルビは削った。）

萩原朔太郎が一九一七年当時に抱えていた悩みは、このままじっとしてはいられない、しかも、何をしたらよいか分らない、ということであった。この心境はまた同じ漱石の『それから』における代助の「アンニュイ」にも通じるであろう。つまり、萩原朔太郎の苦悩は、漱石が描いた当時の知識人の社会に対する不安、不適合、不満につながるものであった。この心情が後にみる彼の性的欲求不満と結びついて、彼を「憂鬱」にした。『青猫』（初版）の前期の主調音をなす「憂鬱」はこうした心境、心情の産物であった。

すなわち、この高橋元吉宛書簡の末尾に近く、彼は次のとおり性的欲求を告白している。

「私は實に苦しいのです、たまらないことです、しかもその苦しみはあまりに長い年月の間を私につきまとひました、

今、私に殘されてゐる問題はただ「愛」の奇蹟と「死の幸福」についての祈禱ばかりです。異性の愛か然らずんば死です。

私が最後の手段として今、結婚を求めてゐることをあなたは御存じですか、

「結婚」それより外に私の行く道はないのです、それは空想的な宗教とはちがつて、もつと現實的に今の運命を生かすことでせう、」

「幻の寢臺」の章の「薄暮の部屋」「寢臺を求む」「強い腕に抱かる」、「その手は菓子である」などの一連は、「異性の愛」を求める萩原朔太郎のいじらしいほどの心情から生まれた。「その手は菓子である」を讀む。

そのじつにかはゆらしい　むつくりとした工合はどうだ
そのまるまるとして菓子のやうにふくらんだ工合はどうだ
指なんかはまことにほつそりとしてしながよく
まるでちひさな青い魚類のやうで
やさしくそよそよとうごいてゐる様子はたまらない
ああ　その手の上に接吻がしたい
そつくりと口にあてて喰べてしまひたい
なんといふすつきりとした指先のまるみだらう
指と指との谷間に咲く　このふしぎなる花の風情はどうだ
その匂ひは麝香のやうで　薄く汗ばんだ桃の花のやうにみえる
かくばかりも麗はしくみがきあげた女性の指
すつぽりとしたまつ白のほそながい指
ぴあのの鍵盤をたたく指
針をもて絹をぬふ仕事の指
愛をもとめて肩によりそひながら

わけても感じやすい皮膚のうへに
かるく爪先をふれ
かるく爪でひつかき
かるくしつかりと押へつけるやうにする指のはたらき
そのぶるぶるとみぶるひをする愛のよろこび　はげしく狡猾にくすぐる指
おすましで意地悪のひとさし指
卑怯で快活なこゆびのいたづら
親指の肥え太つたうつくしさと　その暴虐なる野蠻性
ああ　そのすべすべとみがきあげたいつぽんの指をおしいただき
すつぽりと口にふくんでしやぶつてゐたい　いつまでたつてもしやぶつてゐたい
その手の甲はわつぷるのふくらみで
その手の指は氷砂糖のつめたい食慾
ああ　この食慾
子供のやうに意地のきたない無恥の食慾。

まことに手放しの女性の肉体、ことに指の讃歌である。『感情』一九一七年六月号に発表したこの作品は、萩原朔太郎の官能的な夢想である。女性の指のエロティックな美しさを憧憬し、その美しさを描きつくしながらも、女性の精神や心、魂にふれることはない。ひたすら指、肉体に執着している。その表現はねっとりとしなやかで、いやしげでもなければ、セクシアルでもない。とはいえ、この作品には深みもなければ、痛切さもない。しかし、萩原朔太郎のすぐれた言語感覚を窺うに足る作品にちがいない。

『詩歌』同年一二月号に発表した「薄暮の部屋」の第二連を引く。

戀びとよ
お前はそこに坐つてゐる　私の寢臺のまくらべに
戀びとよ　お前はそこに坐つてゐる。
お前のほつそりした頸すぢ
お前のながくのばした髮の毛
ねえ　やさしい戀びとよ
私のみじめな運命をさすつておくれ
私はかなしむ
私は眺める

そこに苦しげなるひとつの感情
病みてひろがる風景の憂鬱を
ああ　さめざめたる部屋の隅から　つかれて床をさまよふ蠅の幽靈
ぶむ　ぶむ　ぶむ　ぶむ　ぶむ　ぶむ。

作者は母性を求めるように女性の愛を求めている。愛するよりも愛されることを求めている。「苦しげなるひとつの感情」も「病みてひろがる風景の憂鬱」も作者の性欲ではないか。性欲が蠅の羽音のように「ぶむ　ぶむ」と音を立てているのではないか。この作品の最終連を引く。

戀びとよ
この閑寂な室內の光線はうす紅く
そこにもまた力のない蠅のうたごゑ
ぶむ　ぶむ　ぶむ　ぶむ　ぶむ　ぶむ。
戀びとよ
わたしのいぢらしい心臟は　お前の手や胸にかじかまる子供のやうだ
戀びとよ

戀びとよ。

詩としてみるとき、「ぶむ　ぶむ　ぶむ」という蠅の羽音にかこまれながら、愛を求める心の憂愁をうたっているという意味で、愛情の微妙な陰翳を描きだしているという意味で、この作品は「その手は菓子である」よりもすぐれている。

『感情』同年四月号に発表した「強い腕に抱かる」も「薄暮の部屋」と同じように愛を求めている。冒頭一〇行だけを引く。

風にふかれる葦のやうに
私の心は弱弱しく　いつも恐れにふるへてゐる
女よ
おまへの美しい精悍の右腕で
私のからだをがつしりと抱いてくれ
このふるへる病氣の心を　しづかにしづかになだめてくれ
ただ抱きしめてくれ私のからだを
ひつたりと肩によりそひながら

私の弱弱しい心臓の上に
おまへのかはゆらしい　あたたかい手をおいてくれ

つねに萩原朔太郎が求める異性の愛は受動態である。それにしても、こうした異性の愛は夢想にすぎないし、彼の性欲が満たされることはない。彼は「憂鬱」に沈まざるをえない。彼の憂鬱な心情から生まれた、『青猫』前期を代表する作品を私は「恐ろしく憂鬱なる」であると考える。この作品は『感情』の同年五月号に発表されている。

こんもりとした森の木立のなかで
いちめんに白い蝶類が飛んでゐる
むらがる　むらがりて飛びめぐる
てふ　てふ　てふ　てふ　てふ　てふ　てふ
みどりの葉のあつぼつたい隙間から
ぴか　ぴか　ぴかと光る　そのちひさな鋭どい翼《つばさ》
いつぱいに群がつてとびめぐる　てふ　てふ　てふ　てふ　てふ　てふ　てふ　てふ　てふ
てふ　てふ　てふ

ああ　これはなんといふ憂鬱な幻だ
このおもたい手足　おもたい心臓
かぎりなくなやましい物質と物質との重なり
ああ　これはなんといふ美しい病氣だらう
つかれはてたる神經のなまめかしいたそがれどきに
私はみる　ここに女たちの投げ出したおもたい手足を
つかれはてた服や乳房のなまめかしい重たさに
その鮮血のやうなくちびるはここにかしこに
私の青ざめた屍體のくちびるに
額に　髮に　髮の毛に　服に　胯に　腋の下に　足くびに　足のうらに
みぎの腕にも　ひだりの腕にも　腹のうへにも押しあひて息ぐるしく重なりあふ
むらがりむらがる　物質と物質との淫猥なるかたまり
ここかしこに追ひみだれたる蝶のまつくろの集團
ああこの恐ろしい地上の陰影
このなまめかしいまぼろしの森の中に
しだいにひろがつてゆく憂鬱の日かげをみつめる

その私の心はばたばたと羽ばたきして
小鳥の死ぬるときの醜いすがたのやうだ
ああこのたへがたく悩ましい性の感覺
あまりに恐ろしく憂鬱なる。

これは性欲の幻想である。女性も私も情欲のはて屍体となっている。その周囲を無数の黒い蝶、白い蝶が飛びかい、血を探している。その幻覚から私は逃れることができない。ただ恐怖に慄えている。幻想の生々しさ、飛びかう蝶の集団の美しさと恐ろしさ。この作品はまさに萩原朔太郎の独自の個性的、天才的な幻覚の形象化である。

「憂鬱なる櫻」の章の第一作「憂鬱なる花見」も看過できない作品である。これも『感情』同年六月号に発表した作品である。途中から引用する。

いまひとびとは帽子をかぶつて外光の下を歩きにでる
さうして日光が遠くにかがやいてゐる
けれども私はこの暗い室内にひとりで坐つて
思ひをはるかなる櫻のはなの下によせ

野山にたはむれる青春の男女によせる
ああいかに幸福なる人生がそこにあるか
なんといふよろこびが輝やいてゐることか
いちめんに枝をひろげた櫻の花の下で
わかい娘たちは踊ををどる
娘たちの白くみがいた踊の手足
しなやかにおよげる衣裳
ああ　そこにもここにも　どんなにうつくしい曲線がもつれあつてゐることか
花見のうたごゑは横笛のやうにのどかで
かぎりなき憂鬱のひびきをもつてきこえる。
いま私の心は涙をもてぬぐはれ
閉ぢこめたる窓のほとりに力なくすすりなく
ああこのひとつのまづしい心はなにものの生命《いのち》をもとめ
なにものの影をみつめて泣いてゐるのか
ただいちめんに酢えくされたる美しい世界のはてで
遠く花見の憂鬱なる横笛のひびきをきく。

これは孤独を嘆いた作である。若い男女は桜の木の下で花見にうかれているのだが、作者には花見をともにする女性はいない。その心が「力なくすすりなく」、「ひとつのまづしい心」が「なにものの影をみつめて泣いてゐるのか」といった詩句は、あまりに感傷的にすぎるとみえるかもしれない。しかし、こうした心情の背景に前記のとおり、高橋元吉宛書簡で述べたような夏目漱石「行人」を引用して語った、何の理想も目的もなく生きている、という焦燥があったことを理解する必要がある。

「夢にみる空家の庭の秘密」は『感情』同年六月号に「憂鬱なる花見」と同時に発表された作品であり、これについてはすでに記したが、「憂鬱なる花見」にみられる孤独感、心の空虚、焦燥が、植物や生物の旺盛な生命力を想起させたのかもしれない。しかも、これが「空家」の庭の秘密であることに注意してよい。見捨てられ、放置された空家にも、生命力をもってはびこり、蝕むものがある。この「空家」は詩人の心の空虚を現しているという解釈に私は未練を覚える。

萩原朔太郎が「青猫を書いた頃」に彼があたかも結婚後の作品であるかのように「憂鬱の川邊」を引用したことを記したが、たしかにこれは作者の後年に連なる心境が認められる。

川邊で鳴つてゐる

蘆や葦のさやさやといふ音はさびしい
しぜんに生えてる
するどい　ちひさな植物、草本《さうほん》の莖の類はさびしい
私は眼を閉ぢて
なにかの草の根を嚙まうとする
なにかの草の汁をすふために　憂愁の苦い汁をすふために
げにそこにはなにごとの希望もない
生活はただ無意味な憂鬱の連なりだ
梅雨だ
じめじめとした雨の點滴のやうなものだ
しかし　ああ　また雨！　雨！　雨！
そこには生える不思議の草本
あまたの悲しい羽蟲の類
それは憂鬱に這ひまはる　岸邊にそうて這ひまはる
じめじめとした川の岸邊を行くものは
ああこの光るいのちの葬列か

光る精神の病靈か
物みなしぜんに腐れゆく岸邊の草むら
雨に光る木材質のはげしき匂ひ。

たしかに、この作品までくると、憂鬱が憂鬱にとどまらず、希望もなく、生命の葬列をみているようである。そういう意味で『青猫』後期の作品の先駆をなすものと解される。「佛の見たる幻想の世界」は『文章世界』一九一八年一月号に掲載された作品である。おそらく、「憂鬱」の心情から離脱していく過程で仏教に惹かれたことによる作品と思われるが、作品自体は評価に値するべきものではない。

3

『青猫』後期、一九二二、二三年頃の作品を読むこととする。後期と一括したが、後期も第一期と第二期とに分けるのが正確かもしれない。私たちは「青猫を書いた頃」から知られるとおりの稲子夫人との結婚破綻後の心情を重視しがちである。しかし、萩原朔太郎が結婚したのは一九一九（大正八）年五月、『青猫』が刊行されたのが一九二三（大正一二）年一月、離婚したのが一九二九（昭和四）年だから、終始、萩原朔太郎・稲子夫妻が不和であったとみるのは短絡的なのではないか。たとえば、一九二二年一月号の『日本詩人』に発表され、「艶めける靈魂」の章に収められた「春宵」はどうだろうか。

嫋《なま》めかしくも媚ある風情を
しつとりとした襦袢につつむ
くびれたごむの　跳ねかへす若い肉體《からだ》を

こんなに近く抱いてるうれしさ
あなたの胸は鼓動にたかまり
その手足は肌にふれ
ほのかにつめたく　やさしい感觸の匂ひをつたふ。

ああこの溶けてゆく春夜の灯かげに
厚くしつとりと化粧されたる
ひとつの白い額をみる
ちひさな可愛いくちびるをみる
まぼろしの夢に浮んだ顔をながめる。

春夜のただよふ靄の中で
わたしはあなたの思ひをかぐ
あなたの思ひは愛にめざめて
ぱつちりとひらいた黒い瞳《ひとみ》は
夢におどろき

みしらぬ歡樂をあやしむやうだ。
しづかな情緒のながれを通つて
ふたりの心にしみゆくもの
ああこのやすらかな　やすらかな
すべてを愛に　希望《のぞみ》にまかせた心はどうだ。

人生《らいふ》の春のまたたく灯かげに
嫋めかしくも媚ある肉體《からだ》を
こんなに近く抱いてるうれしさ
處女《をとめ》のやはらかな肌のにほひは
花園のそよげるばらのやうで
情慾のなやましい性のきざしは
櫻のはなの咲いたやうだ。

稲子夫人は、萩原朔太郎がそれまで接していた娼婦、芸者などと違い、結婚当時処女であった。この詩にははじめて処女と接する喜びがうたわれているのではないか。稲子夫人については一九一九（大正八）年四月一三日付多田不二宛書簡で「さて、僕もいよいよ決斷して結婚することにしました。多分、今年の中——しかも案外近い中に——式をあげることになるでせう。對手の女は、不美人です。併し醜といふほどでもないので、あまり氣は進まないながら、とにかく極めることにしました。要するに女は、醜婦でさへなければ何でもよいのです。十人竝の容貌さへあれば僕は満足します。（男から戀を感じられないやうな女は、よくよくの醜婦でせう。）」とあり、婉曲ながら、十人並の容貌、恋を感じていると告白している。その上で四月一七日付室生犀星宛の書簡では「肉體的關係は、結婚後、幾日目位に行はるべきものか。またそれについての必要なる生理的智識は何であるか。之れ皆僕にとつて不可解の難問である。是非大兄の御教示をまつ」と書いている。萩原朔太郎にとって処女と性交することは、よほどの喜びだったにちがいない。

一方、『文藝』一九三五（昭和一〇）年八月号に発表され、『絶望の逃走』に収められた「監視付の結婚」中、「障子の蔭にかくれながら、意地の惡い目が覗いて居る。夜の寝室に居る時さへも、鍵のない襖の隙から、絶えず監視されて居るのである。夜も、晝も、寝るも、起きるも、絶えず姑や小姑によつて嚴しく見張られ、愛の接吻一つだに出來ない日本の若い夫婦たちほど、不自由に氣の毒なものがあるだらうか」と書きはじめているが、萩原朔太郎夫婦は結婚後、数年間両親家族と同居していたから、こうした監視付の生活であったにちがいない。しかし、この文章に続けて、「姑や小姑等によつて、絶えず意地惡く監視されてるところの新妻は、彼の唯一のたのもしい保護者として、避けがたくその良人の溫かい手にすがるであらう。そしてこの場合男たちは、可憐な妻を保護せずには居られなくなる。たとへ心に滿たない女であつても、男の人道的なモラルからして、妻をその迫害者からかばひたくなる。普通に二人だけの場合であつたら、當然離縁さるべき筈の不滿の妻が、この場合には道德觀から結びつき、最後に眞の愛にまで完成される。常に至る所で監視される目を忍んで、ひそやかにこつそりと、夜の盜人のやうに忍び逢ひ、互に接吻して微笑し合ふ二人の男女は、おそらくこの世に於て、最も高い「幸福」の意味を知つてる男女である」と書いているのは、彼の結婚後の生活の実体験であり、夫妻は「愛」を育てたのではないか。この詩は決してすぐれた作品ではないが、こうした理解の下に、「艶めける靈魂」の章の表題を採られた詩を読むことにする。

そよげる
やはらかい草の影から
花やかに　いきいきと目をさましてくる情慾
燃えあがるやうに
たのしく
うれしく

こころ春めく春の感情。

つかれた生涯《らいふ》のあぢない書にも
孤獨の暗い部屋の中にも
しぜんとやはらかく　そよげる窓の光はきたる
いきほひたかぶる機能の昂進
そは世に艶めけるおもひのかぎりに
勇氣にあふれる希望のすべてだ。

ああこのわかやげる思ひこそは
春日にとける雪のやうだ
やさしく芽ぐみ
しぜんに感ずるぬくみのやうだ
たのしく
うれしく
こころときめく性の躍動。

とざせる思想の底を割つて
しづかにながれるいのちをかんずる
あまりに憂鬱のなやみふかい沼の底から
わづかに水のぬくめるやうに
さしぐみ
はぢらひ
ためらひきたれる春をかんずる。

萩原朔太郎の全詩作中のすぐれた作品とは比すべくもないが、そう悪い作品ではない。同じ章中の作「片戀」は『婦人公論』一九二二年五月号に掲載された作品だが、やはり稲子夫人に関する詩にちがいない。

市街を遠くはなれて行つて
僕等は山頂の草に坐つた

とはじまるこの詩の第三、四連は次のとおりである。

君よ　なぜ早く籠をひらいて
鶏肉の　腸詰の　砂糖煮の　乾酪《はむ》のご馳走をくれないのか
ぼくは飢ゑ
ぼくの情慾は身をもだえる。

君よ
君よ
疲れて草に投げ出してゐる
むつちりとした手足のあたり
ふらんねるをきた胸のあたり
ぼくの愛着は熱奮して　高潮して
ああこの苦しさ　壓迫にはたへられない。

第五、最終連の末尾三行は次のとおりである。

ああ　ぼくのみひとり焦燥して
この青青とした草原の上
かなしい願望に身をもだえる。

この詩も駄作という外ないが、高原の草地に坐った作者が夫人に性交を迫り、夫人がこの願望に応じない、作者の焦燥をうたった作品である。性慾がどれほど強いかにもよるかもしれないが、野外での性交を拒否する女性は決して珍しくはないだろう。こうしたことから、萩原朔太郎はその夫人との夫婦関係に失望をふかめていったのではないか。

ちなみに『令女界』一九二六（大正一五）年七月号に寄稿した「紓情詩物語」には次の一節がある。

「六月の照りつけた日が、沼のやうに田舎の空氣を沈鬱させた。私と妻とは、默つて日向の畔道を歩いてゐた。日は路傍に輝やき、あたりはひつそりとして、烟の土くさい臭ひがひろがつてゐた。

『何の行樂だらう！』

私は心にそつとつぶやいた。田舎の生活の單調から、せめては半日の行樂をしようとしたのに、暑苦しい田畑の眺めは、單調からよけいに心を重たくする。畔道には馬秣が積まれ、埃によごれた雜草の叢に蠅が飛んでゐた。

話すこともなく、默つて二人は道ばたの畔に坐つてゐた。私たちは疲れてゐた。互に重苦しい氣分を感じながら、言ふことのできない心の空虛を見つめ合つた。女は默つて、洋傘の先で土を掘つくり返してゐた。土は乾からび、田の畔にはしなびた菫が咲いてゐた。そこには小さな青蛙が、白い腹をあふむけにし、天日に照らされて横たはつてゐた。黑く、みすぼらしく、木乃伊《ミイラ》のやうになつて死んでゐた。ずつと久しい以前から、いつまでもいつまでも死んでゐたのだ。

何といふ退屈だらう！　充たされない人生だらう！　どうしてこの生活の空虛をふさげば好いのだ。遊戯も、冗談も、行樂も、もはや私たちには必要がない。いつさいの戲れを捨ててしまへ。生活は既に失はれた。何物も既に失はれた。」

右のように書いた上で、『蝶を夢む』に収められた、『現代詩人選集』一九二一年二月刊に掲載された「まづしき展望」を引用している。

まづしき田舍に行きしが
かわける馬秣《まぐさ》を積みたり
雜草の道に生えて

道に蠅のむらがり
くるしき埃のにほひを感ず。
ひねもす疲れて畔《あぜ》に居しに
君はきやしやなる洋傘《かさ》の先もて
死にたる蛙を畔に指せり。
げにけふの思ひは惱みに暗く
そはおもたく沼地に渴きて苦痛なり
いづこに空虛のみつべきありや
風なき野道に遊戲をすてよ
われらの生活は失踪せり。

萩原朔太郎の結婚生活は稲子夫人が若い男性と駈落ちしたことで破綻したが、私は夫人だけを責めることが妥当とは思わない。右のような文章を『令女界』のような婦人誌に寄稿されれば、ふつう夫人が読むにちがいないし、夫人が傷つくのは分りきっている。

この「敍情詩物語」は次の興味ふかい回想記に続いている。

「遠い記憶の夢の中で、私は美しい町に住んでた。そこは海に近い別荘地帯で、小ぢんまりした洋風の家々が、町の區劃にしたがつて規則正しく竝んでゐた。私は學生帽子をかぶつて、町をはづれた海岸の方へ遊びに行つた。その海岸にはホテルがあり、新しい球突場の招牌《かんばん》などが、人氣のない松林の中でちらちらしてゐた。

日曜日に、私はひとりでその松林の中へ歩いて行つた。そこにはきれいに手入れの屆いた、しつとりとした林間の道があり、無限に奥深く、どこまでもどこまでも續いてゐた。私は空想に耽りながら、靜寂とした林の中へ、次第に深く迷ひこんだ。空には薄い雲がながれて、鳥が方々で囀つてゐる。自然は實にひつそりしてゐて、閑靜な空氣が松の梢にただよつてゐた。

ふと林の木蔭に、白堊の夢のやうな家屋をみた。それは木造の田舍びた西洋館で、まだ新しく、ペンキや材木の匂ひがさはやかだつた。私は道をわけながら近づいて行つた。さうしてRestaurant の招牌《かんばん》を二階の露臺の窓口に見た。

そこの入口から、廣いベランダにつづいてゐて、庭にはコスモスの花が咲き亂れてゐた。いくつかの夏らしい籐椅子を竝べて、涼しい食堂のやうに出來て居た。空の白雲の動く下で、遠く林の向うに見える海の青さを感じながら、しづかに私はナイフとフオークを動かしてゐた。人氣もなく、夢のやうに閑靜な林間の料理屋である。

日曜日に、いつも私はそこを訪ねた。何よりもその食慾が、私を力強く誘惑した。おいしく、甘く、クリームでどろどろに溶かされてゐる鳥肉や卵の味が、どうしても私の味覺から忘れられなかつた。これほどにもおいしい洋食が、世の中にあることを知らなかつた。しかし皿の中には、たつた一口ほどの肉しか盛られて居なかつた。だから私の食慾は満足せず、いつも殘りの皿やナイフを意地きたなく嘗めまはした。私の學生の財布としては、たいへんに高價すぎる上等の料理だから。

さうして！　ああ私はあの娘を忘れない。何といふのおぶるで、典雅で、美しく、情熱にみちた娘であつたらう。白晝の、人氣のない、林間料理店のベランダで、涼しい籐椅子にもたれながら、彼女は私の側に雜誌を讀んでゐた。

私は彼女を「海」と呼んだ。なぜならば、本當に海のやうに晴々しく、澄んだ大きな眼をもつてゐて、青空の地平の向うへ、遠いあこがれを夢みるやうな娘だつたから。何よりも彼女は高貴であつた。貴婦人のやうに高貴であつた。彼女がセリー酒の盃をもつて近づくとき、私はろべりやの花のほんのりした匂ひをかいだ。その花は庭の花園で、露臺から見える所にも咲き匂つてゐた。」

長文の引用をしたのは、この回想が『青猫』の一章をなす「閑雅な食慾」の表題作の素材をなしているからであり、あきらかに「海」と名づけた娘を稲子夫人と対照的に描いているからである。

松林の中を歩いて
あかるい氣分の珈琲店《かふえ》をみた。
遠く市街を離れたところで
だれも訪づれてくるひとさへなく
林間の　かくされた　追憶の夢の中の珈琲店《かふえ》である。
をとめは戀戀の羞をふくんで
あけぼののやうに爽快な　別製の皿を運んでくる仕組
私はゆつたりとふほふくを取つて
おむれつ　ふらいの類を喰べた。
空には白い雲が浮んで
たいそう閑雅な食慾である。

この作品は『日本詩人』一九二二年一二月号に発表されている。「春宵」が同誌に掲載されたのは、その翌月である。ついでながら、『朱欒』一九一三年五月号に萩原咲二の名で投稿した短歌四首中に

きのふけふ心ひとつに咲くばかりろべりやばかりかなしきはなし

の作があることは以前記している。
「閑雅な食慾」の章中、表題作の次に収められているのは、「馬車の中で」と題する作品であり、これは『東京朝日新聞』一九二二年四月八日付に発表されている。

馬車の中で
私はすやすやと眠つてしまつた。
きれいな婦人よ
私をゆり起してくださるな
明るい街燈の巷《ちまた》をはしり
すずしい緑蔭の田舎をすぎ
いつしか海の匂ひも行手にちかくそよいでゐる。
ああ蹄《ひづめ》の音もかつかつとして
私はうつつにうつつを追ふ
きれいな婦人よ
旅館の花ざかりなる軒にくるまで
私をゆり起してくださるな。

「しづかにきしれ四輪馬車」とはじまる『月に吠える』所収「天景」を思わせるような、典雅で軽妙な作であり、「閑雅な食慾」とともに「愛憐詩篇」につらなる系譜の作品と思われる。
私見によれば、『青猫』中、一九二二年作を主とする作品には、上記した作品以外に重要な作品はないと思われる。ただし、「閑雅な食慾」の章の冒頭に収められている「怠惰の暦」は、初出誌が不明なので制作時期は不明だが、注目すべき作品である。

いくつかの季節はすぎ
もう憂鬱の櫻も白つぽく腐れてしまつた
馬車はごろごろと遠くをはしり
海も　田舍も　ひつそりとした空氣の中に眠つてゐる
なんといふ怠惰な日だらう
運命はあとからあとからかげつてゆき
さびしい病鬱は柳の葉かげにけむつてゐる
もう暦もない　記憶もない
わたしは燕のやうに巣立ちをし　さうしてふしぎな風景のはてを翔つてゆかう。

むかしの戀よ　愛する猫よ
わたしはひとつの歌を知つてる
さうして遠い海草の焚けてる空から　爛れるやうな接吻《きす》を投げよう
ああ　このかなしい情熱の外　どんな言葉も知りはしない。

この作品を私はこれから検討したいと思う一九二二年の諸作と同時期か、あるいはその先駆をなす作品と考える。
もう「憂鬱」の季節が終っている。未来をみるための暦もなければ、過去の記憶も失われている。どこかへ旅立っていくのだが、その行方を知るわけでもない。寂寥感のつよい詩である。これからさらに寂寥感のつよい作品を読むこととなる。

4

『青猫』後期の傑作はほとんど一九二三（大正一二）年に集中的に書かれている。「さびしい青猫」の章の冒頭「みじめな街燈」は次のとおりである。

雨のひどくふつてる中で
道路の街燈はびしよびしよぬれ
やくざな建築は坂に傾斜し　へしつぶされて歪んでゐる
はうはうぼうぼうとした烟霧の中を
あるひとの運命は白くさまよふ
そのひとは大外套に身をくるんで
まづしく　みすぼらしい鳶《とんび》のやうだ
とある建築の窓に生えて

風雨にふるへる　ずつくりぬれた青樹をながめる
その青樹の葉つぱがかれを手招き
かなしい雨の景色の中で
厭やらしく　靈魂《たましひ》のぞつとするものを感じさせた。
さうしてびしよびしよに濡れてしまつた。
影も　からだも　生活も　悲哀でびしよびしよに濡れてしまつた。

『月に吠える』の「青樹の梢をあふぎて」では、末尾四行は次のとおりであった。

愛をもとめる心は、かなしい孤獨の長い長いつかれの後にきたる、
それはなつかしい、おほきな海のやうな感情である。
道ばたのやせ地に生えた青樹の梢で、
ちつぽけな葉つぱがひらひらと風にひるがへつてゐた。

ここでは青樹の葉っぱがひるがえるのは愛を求める、海のような感情である。「みじめな街燈」の青樹の葉っぱは悲しく厭やらしく貧しい生を象徴している。「みじめな街燈」には憂鬱は

ない。むしろ絶望がある。

『詩聖』同年六月号に発表した「艶めかしい墓場」はじつに感銘ふかい作である。

風は柳を吹いてゐます
どこにこんな薄暗い墓地の景色があるのだらう。
なめくぢは垣根を這ひあがり
みはらしの方から生《なま》あつたかい潮みづがにほつてくる。
どうして貴女《あなた》はここに來たの
やさしい　青ざめた　草のやうにふしぎな影よ
貴女は貝でもない　雉でもない　猫でもない
さうしてさびしげなる亡靈よ
貴女のさまよふからだの影から
まづしい漁村の裏通りで　魚《さかな》のくさつた臭ひがする
その腸《はらわた》は日にとけてどろどろと生臭く
かなしく　せつなく　ほんとにたへがたい哀傷のにほひである。

ああ　この春夜のやうになまぬるく
べにいろのあでやかな着物をきてさまよふひとよ
妹のやうにやさしいひとよ
それは墓場の月でもない　燐でもない　影でもない　眞理でもない
さうしてただなんといふ悲しさだらう
かうして私の生命《いのち》や肉體《からだ》はくさつてゆき
「虚無」のおぼろな景色のかげで
艶めかしくも　ねばねばとしなだれて居るのですよ。

この女性は「沼澤地方」「猫の死骸」の「浦」の原型にちがいない。作者の生命も肉体も腐敗し、すでに「虚無」の墓場にいる。その屍にたちあらわれる女性の幻を詩人は夢みている。続く「くづれる肉體」は「艶めかしい墓場」ほどイメージ豊かでないが、凄絶の感においてまさっている。

蝙蝠のむらがつてゐる野原の中で
わたしはくづれてゆく肉體の柱《はしら》をながめた

それは宵闇にさびしくふるへて
影にそよぐ死《しに》びと草《ぐさ》のやうになまぐさく
ぞろぞろと蛆蟲の這ふ腐肉のやうに醜くかつた
ああこの影を曳く景色のなかで
わたしの靈魂はむずかゆい恐怖をつかむ
それは港からきた船のやうに　遠く亡靈のゐる島島を渡つてきた
それは風でもない　雨でもない
そのすべては愛欲のなやみにまつはる暗い恐れだ
さうして蛇つかひの吹く鈍い音色に
わたしのくづれてゆく影がさびしく泣いた

愛欲の苦悩のはて、肉体は崩れ、亡霊となって私はさまよっている。それが萩原朔太郎が憂鬱の結果として見いだした彼自身であった。

「寄生蟹のうた」も悲しく切ない。

潮みづのつめたくながれて

貝の齒はいたみに齲ばみ酢のやうに溶けてしまつた
ああここにはもはや友だちもない　戀もない
渚にぬれて亡靈のやうな草を見てゐる
その草の根はけむりのなかに白くかすんで
春夜のなまぬるい戀びとの吐息のやうです。
おぼろにみえる沖の方から
船人はふしぎな航海の歌をうたつて　拍子も高く楫の音がきこえてくる。
あやしくもここの磯邊にむらがつて
むらむらとうづ高くもりあがり　また影のやうに這ひまはる
それは雲のやうなひとつの心像　さびしい寄生蟹《やどかり》の幽靈ですよ。

いうまでもなく詩人は寄生蟹に自らを託している。
「かなしい囚人」「猫柳」もすぐれた作品だが、何としても「野鼠」こそが『青猫』後期の代表作と考える。

どこに私らの幸福があるのだらう

泥土《でいど》の砂を掘れば掘るほど
悲しみはいよいよふかく湧いてくるではないか。
春は幔幕のかげにゆらゆらとして
遠く俥にゆすられながら行つてしまつた。
どこに私らの戀人があるのだらう
ばうばうとした野原に立つて口笛を吹いてみても
もう永遠に空想の娘らは來やしない。
なみだによごれためるとんのづぼんをはいて
私は日傭人《ひようとり》のやうに歩いてゐる
ああもう希望もない　名譽もない　未來もない。
さうしてとりかへしのつかない悔恨ばかりが
野鼠のやうに走つて行つた。

寂寥の感銘が心に沁みるが、ことに末行二行が胸に迫る。「青猫を書いた頃」中、萩原朔太郎はこの詩について次のとおり注釈している。
「それほど私の悔恨は痛ましかつた。そして一切の不幸は、誤つた結婚生活に原因して居た。

理解もなく、愛もなく、感受性のデリカシイもなく、單に肉慾だけで結ばれてる男女が、古い家族制度の家の中で同棲して居た。そして尚、その上にも子供が生れた。私は長椅子《ソファ》の上に身を投げ出して、昔の戀人のことばかり夢に見て居た。」

「敍情詩物語」では次のように記している。

「結婚！　何といふ人生の寂しさだらう。家族等のつながる鎖、みじめな世帶、すべての空想と夢の墓場！　ともあれ人々のするやうに私もまたしなければならなかつた。さうして田舍の藁葺の家の中で、母と子と、親と妻と、家族と家族との結ばれてる、薄暗く陰氣な燈火の影で、古い日本の傳統してゐる、さまざまな暗い思ひを感じつくした。」

「野鼠」は『日本詩集』第五冊一九二三年五月刊に発表された。この詩については萩原朔太郎は他にも二、三の文章を殘していることからみて、よほど愛着もふかく自信もあったのであろう。同じ「さびしい青猫」の章に収められている、『日本詩人』一九二二年七月号に発表した「輪廻と轉生」、同誌の同年六月号に発表した「さびしい來歷」もすぐれた作品だが、「野鼠」には及ばないと思うので、省略する。

他に論じるべき作品もあるかもしれないが『青猫』（初版）についてはここで筆を擱く。

第六章　『詩の原理』

萩原朔太郎が一八二八（昭和三）年一二月に刊行した『詩の原理』は「内容論」一五章と「形式論」一三章、結論の三部から成るので、その順序にしたがい、考えることとする。

Ⅰ　内容論

1

萩原朔太郎が『詩の原理』の内容論で唱えたことは、結局、詩の本質とは「現在《ザイン》」しないものへの憧憬である、ということに尽きる。第九章の末尾に近く、彼は「詩が本質する精神は、その感情の意味によつて訴へられたる、現在《ザイン》しないものへの憧憬である」と書いている。その前後の文章を引用すれば次のとおりである。

「かく空想や聯想の自由を有して、主觀の夢を呼び起すすべてのものは、本質に於て皆「詩」と考へられる。反對に空想の自由がなく、夢が感じられないすべてのものは、本質に於ての散文であり、プロゼックのものと考へられる。故に詩の本質とするすべてのものは、所詮「夢」といふ言語の意味に、一切盡きてゐる如く思はれる。しかしながら吾人の仕事はこの「夢」といふ言語の意味が、實に何を概念するかを考へるのである。

　夢とは何だらうか？　夢とは「現在《ザイン》しないもの」へのあこがれであり、理智の因果によつて法則されない、自由な世界への飛翔である。故に夢の世界は悟性の先驗的範疇に屬してないで、それとはちがつた自由の理法、卽ち「感性の意味」に屬してゐる。そして詩が本質する精神は、この感情の意味によつて訴へられたる、現在《ザイン》しないものへの憧憬である。されば此處に至つて、始めて詩の何物たるかが分明して來た。詩とは何ぞや？　詩とは實に主觀的態度によつて認識されたる、宇宙の一切の存在である。若し生活にイデヤを有し、且つ感情に於て世界を見れば、何物にもあれ、詩を感じさせない對象は一もない。逆にまた、かかる主觀的精神に觸れてくるすべてのものは、何物にもあれ、それ自體に於ての詩である。」

　この文章で萩原朔太郎がいう「詩が本質する精神は、この感情の意味によつて訴へられたる」とは、詩の本質をなす精神は、知性、理性によって把えられない、感性の自由な飛翔によってのみ把えられる、という意味に解する。感性の自由な飛翔とは現実に知覚しないものへの憧憬をいう。そうした現在しないものへのあこがれこそが詩の本質であると萩原朔太郎は説いている。それなら、何故詩とは實に主観的態度によって認識されたる、宇宙の一切の存在でありうるのか。しばらく彼の論理を追ってみたい。

2

内容論の第一章「主観と客觀」において萩原朔太郎は次のとおり述べている。

「かく「自我」と「感情」とは、心理上において同字義に解釋される。ゆゑに主觀的なるものは、必然に皆感情的である。たとへば前の例において、西行の歌やユーゴーの小說やが、外界の自然や、社會を題材としたものであるにかかはらず、それの批判が、いつも主觀的と評するのは、表現の態度が感情的で、作家の情緒や道德感やで、世界を情味ぶかく見てゐるからである。之れに反して、自然派等の小說が、作家の私生活を書いてゐながら、一般に客觀的と評されてゐるのは、その描寫の態度が冷靜であり、知的な沒情感の觀照をしてゐるからである。そこで藝術上の主觀主義とは、感情や意志を强調する態度を言ひ、客觀主義とは情意を排し、冷靜な知的の態度によつて、世界を、無關心に觀照する態度を言ふ。」

要約すれば、主観主義＝感情的、客観主義＝知的、観照的ということであろう。

第二章「音樂と美術」では、「音樂は卽ち時間に屬し、美術は卽ち空間に屬してゐる」といい、

「音樂は人の心に洒精を投じ烈風の中に點火するやうなものである」、「音樂の魅力は酩酊であり、陶酔であり、感傷である」が、「美術の本質は、對象の本質に突入し、物如の實相を把握しようとする所の、直覺的認識主義の極致である。それは智慧の瞳を鋭くし、客觀の觀照に澄み渡つて行く。故に繪畫の鑑賞には、常に靜かな秋空があり、澄み切つた直觀があり、物に動ぜぬ靜觀心と、叡智の行き渡つた眼光がある。それは見る人の心に、或る冷徹した、つめたい水の美を感じさせる。卽ちこの關係で、音楽は正に「火の美」であり、美術は正に「水の美」である。一方は燃えることによつて美しく、一方は澄むことによつて美しい。そして繪畫のみでなく、またもちろん、すべての造形美術がさうである」といい、「詩に於ても、やはりこの同じ二派の對照がある。例へば西洋の詩で、抒情詩と敍事詩の關係がさうである。」「日本の詩について見れば、和歌と俳句の關係が、主觀主義と客觀主義を對照してゐる。詩の內容の點からみても、音律の點からみても、和歌の特色が音樂的であるに反して、俳句は著るしく靜觀的で、美術の客觀主義と共通してゐる」という。

詩の原理を解明しようとして、萩原朔太郎は美術と音楽の性質の違いを説明したのだが、そして彼は詩は主観主義の文学であることを証明したいために、音楽や美術にまで言及したのだが、あらゆる芸術が主観主義と客観主義に分類できるはずもないし、あらゆる芸術形式の内部で様々の思潮が時代の変化とともに成立しているから、彼の考える二元論に普遍化することはできない。

萩原朔太郎の論理は破綻している。

内容論の第三章「浪漫主義と現實主義」において萩原朔太郎が論じていることを図式化して要約すれば、次のとおりであると思われる。

知性的＝客観主義＝現実主義＝実在の認識

感情的＝主観主義＝浪漫主義＝実在しないものへのあこがれ

右の図式化の妥当性は第三章の末尾の次の一節によって確認されるであろう。

「要するに客觀主義は、この現實する世界に於て、すべての「現存《ザイン》するもの」を認め、そこに生活の意義と滿足とを見出さうとするところの、レアリスチツクな現實的人生觀に立脚してゐる。客觀主義の哲學は、それ自ら現實主義《レアリズム》に外ならない。之れに反して主觀主義は、現實する世界に不滿し、すべての「現存《ザイン》しないもの」を欲情する。彼等は現實の彼岸に於て、絶えず生活の掲げる夢を求め、夢を追ひかけることに熱情してゐる。故に主觀主義の人生觀は、それ自ら浪漫主義《ロマンチシズム》に外ならない。」

現実の世界に不満をもつ者が、つねに現存しないものを欲情し、現実の彼岸に夢を求めるか、どうかは疑わしい。しかし、萩原朔太郎は右のように考えていた。

3

第四章「抽象觀念と具象觀念」において萩原朔太郎は次のとおり説いている。

「吾人の生活上で、常に感じてること、思つてること、惱んでゐることは、それ自身としていつも具體的のものである。即ちそれは環境や、思想や、健康や、氣分やの、種々雜多な條件から成立してゐる。然るに人間の言語は、すべて抽象上の概念であり、事物の定義にすぎない故に、言語が概念として――即ち説明や記述として――使用される限りは、到底かかる實の思ひを言ひ現はせない。かかる具體的の思ひを現はすには、ただ繪具や、色彩や、音律や、描寫や、文學やがあるのみだ。さうして之れを吾人は「表現」と呼んでる。表現は即ち藝術である。

すべての藝術家等が、人生に對して持つてるイデヤは、この種の生活感から欲情される眞の具體的のものである。故にそれは主義者の持つてるそれの如く、議論されたり、説明されたり、概念されたりし得るものでない。主義としてのイデヤは、それ自ら抽象上の觀念であり、人爲的に區劃された戸棚をもち、見出し附のカードをもつた思想であるから、いつでも反省に照らし出され、自由に辨證され、定義上に説明することも可能であるが、藝術家の有するイデヤは、かかる無機物の概念でなく、實には分析によつて捕捉されない有機的の生命感である故に、全く説明もできず、議論もできず、單に氣分上の意味として、意識に情念されてゐるのみである。」

「故に藝術、及び藝術家に於けるイデヤは、「觀念」といふ言語の文字感に適切しない。觀念といふ文字は、何かしら一の概念を暗示して居り、それ自ら抽象觀を指示してゐる。然るに藝術のイデヤは、眞の具象的のものであるから、かうした言語感に適切せずして、むしろVISIONとか「思ひ」とかいふ語に當つてゐる。そして尚一層適切には、「夢」といふ言語が當つてゐる。そこで觀念といふ文字の代りに、夢といふ文字にイデヤの假名をつけ「夢《イデヤ》」として考へると、この場合の實體する意味がはつきりと解つてくる。卽ち藝術家の生活は「觀念を掲げる生活」でなくして、「夢を持つ生活」なのだ。もしそれが前者だつたら、藝術家でなくして主義者になつてしまふであらう。

多くの生命感ある藝術品は、すべて表現の上に於て、かうした具體的イデヤを語つてゐる。例へばトルストイや、ドストイエフスキイや、ストリンドベルヒやの小説は、各〻の作家の立場に於て、何かしらの或るイデヤを、人生に對して熱情してゐる。吾人は彼等の作を通して、さうしたイデヤの熱情に觸れ、そこに或る意味を直感する。しかも之れを言語に移して、定義的に説明することが不可能である。なぜならばそれは主義でなく、理想といふべきものでもなく、ただ具體的の思ひとして、非概念的に直感されるものであるから。そして藝術に於ける批評家の爲すべき仕事は、かかる具體的イデヤを分析して、之れを抽象上に見ることから、或はトルストイについて人道主義を發見し、ストリンドベルヒについて厭世觀を發見したりするのである。」

こう記した上で、萩原朔太郎は議論を詩に移して次のようにいう。

「同樣のイデヤは、繪畫についても、音樂についても、詩についても發見され、すべて本質は同じである。しかし就中、詩は文學の中の最も主觀的なものである故、詩と詩人に於てのほど、イデヤが眞に高調され、感じ深く現はれてゐるものはない。詩人の生活に於けるイデヤは、純粹に具體的のものであつて、觀念によつて全く說明し得ないもの、純一に氣分としてのみ感じられる意味である。芭蕉はこのイデヤに對する思慕を指して「そぞろなる思ひ」と言つた。彼はそれによつて旅情を追ひ、奥の細道三千里の旅を歩いた。西行も同じであり、或る充たされない人生の孤獨感から、常に蕭條とした山家をさまよひ、何物かのイデヤを追ひ求めた。思ふに彼等の求めたものは、いかなる現實に於ても充足される望みのない、或るプラトン的イデヤ——魂の永遠な故郷——へのかいすたるぢやで、思慕の夢みる實在であつたらう。」

萩原朔太郎が、芭蕉が求め、西行が求めたものは、実在しないものへの憧憬であった、というのは我田引水に近い。引用を続ける。

「思ふにかうしたイデヤは、多くの詩人に共通する本質のもの、詩的靈魂の本源のものであるか知れない。なぜならば古來多くの詩人が歌つたところは、究極に於ては或る一つの、いかにしても欲情の充たされない、生《ライフ》の胸底に響く孤獨感を訴へるから。實に啄木は歌つて言ふ。「生命なき砂の悲しさよさらさらと握れば指の間より落つ」「高きより飛び下りる如き心もてこの一生を終るすべなきか」と。彼の求めたものは何だらうか——おそらくそれは啄木自身も知らなかつた。ただどこかに、或る時、何等か、燃えあがるやうな生活の意義をたづね、蛾群の燈火に飛び込むやうに、全主觀の一切を投げ出さうとする、不斷の苛立たしき心のあこがれ、實在のイデヤを追ふ熱情だつた。されば彼の生涯は、藝術によつても滿足されず、社會運動によつても滿足されず、絶えず人生の旅情を追つた思慕の生活、「何處にかある如し」「遂に何處にか我が仕事ある如し」の傷心深き生活だつた。」

石川啄木に萩原朔太郎が指摘したような一面があったことは間違いない。啄木にこうした思慕、焦燥、悲嘆があったことは事実であり、西行、芭蕉はともかく、石川啄木をたしかに実在しないものへの憧憬をうたった詩人とみることは正しいと思われる。

第五章「生活のための藝術・藝術のための藝術」は次の文章に始まる。

「藝術家の範疇には二つある。主觀的な藝術家と、客觀的な藝術家である。そして前者が常に觀念《イデヤ》を追ひ、人生に對して「意欲する」態度をとるに反し、後者が常に靜觀を持し、存在に對して「觀照する」態度をとるのは、前に既に述べた通りだ。

處で、この前のもの、卽ち主觀的な藝術家等は、人生に對して欲情し、より善き生活を夢想する處から、常に「ある所の世界」に不滿し、「あるべき所の世界」を憧憬してゐる。そしてこの「あるべき所の世界」こそ、彼等の藝術に現はれたVISIONであり、主觀に掲げられた觀念《イデヤ》である。さればこの種の藝術家等は、何よりも觀念《イデヤ》に於て生活し、觀念《イデヤ》に於て實現することを望んでゐる。」

「然るに客觀的の藝術家は、一方で之れと別の態度で、表現の意義を考へてゐる。彼等は主觀によつて世界を見ずして、對象について觀察してゐる。彼等の態度は、世界を自分の方に引きつけるのでなく、ある所の現實からして、意義と價値とを見ようとする。故に生活の目的は、彼等にとつて價値の認識、卽ち眞や美の觀照である。然るに藝術にあつては、觀照がそれ自ら表現である故に、藝術と生活とは、彼等にとつて全く同一義のものになつてくる。」

主觀的な芸術家が「ある所の世界」に不満をもち、「あるべき所の世界」を憧憬するのに反し、客観的な芸術家はつねに「ある所の現實」を静観し、観照する、とはかねてから萩原朔太郎の持論であった。

「日本の過去の文壇では、この「生活のための藝術」といふ命題を、單に「生活を描く藝術」として解釋した。これがため所謂生活派と稱する一派の文學が、僭越にも自ら「生活のための藝術」と名乘つたりした。」

「過去の日本文壇では、この「生活」といふ語が狹義に解され、主として衣食のための實生活、もしくは起臥茶飯の日常生活を意味してゐた。それで所謂「生活を描く」といふ意味は、米鹽のための所帶暮しや、日常茶飯の身邊記事を題材とするといふ意味であつて、それが卽ち所謂「生活派」の文藝だつた。だが「生活のための藝術」といふことは、本質に於てさうした文藝とちがつてゐる。」

「眞の意味で「生活のための藝術」と言はれるものは（中略）主觀の生活イデヤを追ふ文學であり、それより外には全く解說がないのである。故に例へば、ゲーテや、芭蕉や、トルストイやは、典型的なる「生活のための藝術家である。かの異端的快樂主義に惑溺したワイルドの如きも、やはりこの仲間の文學者で「生活のための藝術家」である。」

萩原朔太郎のいう「生活のための藝術」の「生活」とは、いかにして米塩の資を得るか、という意味での生活を意味していなかったし、もちろん家常茶飯の生活を意味していなかった。また、通常考えられる社会的生活も意味していなかった。萩原朔太郎のいう「生活のための文學」とは主観の生活イデヤを追う文学の意であり、芸術家のイデヤとはヴィジョンとか「思ひ」と言いかえられてもよい。感情＝主観が生活のヴィジョンの追求を意味し、ヴィジョンは具象的であり、かつ、実在しないものへの思いであり、憧憬である。本章で彼が説いているところは、日本の文壇における生活派ないし人生派と関連して、これまで述べてきたことを若干敷衍したにすぎないと言っても間違いではあるまい。

私の理解するかぎり、萩原朔太郎にとって「生活」とはいかに生きるか、いかに生を燃焼させるか、といった意味のきわめて抽象的概念であった。

第六章から第八章までの論旨を整理すれば、第六章では、表現は観照なしにありえない、と言い、第七章では、主観主義の芸術家、たとえば西行のような詩人は、自然の風物それ自体を観照するのではなく、主観の感情を高調し、感情の中に自然を融かし込んで観照する点で、知的に冷徹した客観主義の認識、観照とは異なると論じ、第八章では、主観主義者の観照は、常に感情と共に働き、感情の中に融化した、温い情趣をもつ、と説いている、と私は解する。

そこで、第九章の「詩が本質する精神は、感情の意味によつて訴へられる、現在《ザイン》しないものへの憧憬である」という定義と、「詩とは實に主觀的態度によつて認識されたる、宇宙の一切の存在である」という定義は、同じことを語っているのか、どういう関係にあるのか、そもそもこのような定義が正しいのか、を検討しなければならない。

第九章「詩の本質」において、結論に先立って萩原朔太郎は次のとおり記している。

「およそ詩的に感じられるすべてのものは、何等か珍しいもの、異常のもの、心の平地に浪を呼び起すところのものであつて、現在のありふれた環境に無いもの、卽ち「現在《ザイン》してないもの」である。故に吾人はすべて外國に對して詩情を感じ、未知の事物にあこがれ、歴史の過去に詩を思ひ、そして現に環境してゐる自國や、よく知られてるものや、歴史の現代に對して詩を感じない。すべて此等の「現在《ザイン》してゐるもの」は、その現實感の故にプロゼツクである。」

すでに指摘したとおり、萩原朔太郎は「詩とは實に主觀的態度によつて認識されたる、宇宙の一切の存在である」という文章に続けて、「若し生活にイデヤを有し、且つ感情に於て世界を見れば、何物にもあれ、詩を感じさせない對象は一もない。逆にまた、かかる主觀的精神に觸れてくるすべてのものは、何物にもあれ、それ自體に於ての詩である」と書いている。

『詩の原理』の「内容論」において、「イデヤ」こそキーワードなのだが、その言葉の定義は一定していない。第三章でプラトンに関して、「形而上の觀念界《イデヤ》」といい、あるいは、「主觀とは「觀念《イデヤ》」であつて、自我の情意が欲求する最高のもの、それのみが眞實であり實體である所の、眞の規範されたる自我《エゴ》である」といい、第四章では、「藝術のイデヤは、眞の具象的のものであるから、かうした言語感に適切せずして、むしろVISIONとか「思ひ」とかいふ語が當つてゐる」というように、主題により、文脈により、様々に表現している。

いったい、萩原朔太郎は「およそ詩的に感じられるすべてのものは、何等か珍しいもの、異常のもの、心の平地に浪を呼び起すところのものであつて、現在のありふれた環境に無いもの、即ち「現在《ザイン》してないもの」である」というけれども、そのように断定できるだろうか。異常のもの、未知のものに接するとき、生じる心情はじつに様々である。「現在してないもの」に憧憬を感じることもありうるであろうが、恐怖や不安といった感情を抱くかもしれないし、現在しなくても過去の歴史上の事実であれば懐古的感情に駆られるかもしれない。

だから、右の表現は充分とは言えない。「若し生活にイデヤを有し、且つ感情に於て世界を見れば、何物にもあれ、詩を感じさせない對象は一もない」という言葉を、もし生きることに何らかの「思ひ」を秘め、主観的ないし感情的に、いいかえれば観照的に、静的にでなく動的に、世界を見るときは、私たちは詩を発見するであろう。ただ、そのばあい、どのような「思ひ」、どのようなヴィジョンをもって宇宙の一切を見るかによって、必ずしも詩を発見することはないであろう。

「詩とは實に主觀的態度によつて認識されたる、宇宙の一切の存在である」というばあいも、ある「思ひ」あるヴィジョンをもって主観的、感情的に宇宙をみれば、宇宙の一切の存在に私たちは詩を見いだすことができるといいかえれば、それなりに理解できないわけではない。

詩の本質が「現在《ザイン》」しないものへの憧憬である、という定義は、定義として不充分であり、説得力をもつ論証がなされていない、と私は考える。しかし、もっと重要なことは、萩原朔太郎が「詩」をそういうものと考えていたという事実である。私見によれば『青猫』の後期から『青猫』(以後)の詩作にさいして、萩原朔太郎はこうした思想にもとづいて詩作をした、と考えている。

もっと私が強調したいことは、『詩の原理』の「内容論」だけをとっても、後世の者が指摘できるような欠点がかりにあるとしても、これだけ壮大に詩の原理を体系づけた人は萩原朔太郎以外にはいないし、このような試みに挑んだということだけでも、私は萩原朔太郎にふかい敬意を覚える。

「内容論」は第十章「人生に於ける詩の概観」、第十一章「藝術に於ける詩の概観」、第十二章「特殊なる日本の文學」、第十三章「詩人と藝術家」と続いているが、第九章で「詩の本質」を論じた後の付記の如きものと考えるので、これらについてはふれないこととする。

Ⅱ　形式論

1

萩原朔太郎は形式論の第一章「韻文と散文」で次のとおり書いている。

「詩が他の文學と異なる、根本の相違點は何だらうか？　言ふ迄もなく、それが「音律を本位とする表現」であることにある。すべての詩は、必ずしも規約されたる形式韻文ではないけれども、しかもすべての詩は——自由詩でも定律詩でも——本質上に於て音律を重要視し、それに表現の生命的意義を置いてゐる。」

第二章「詩と非詩との識域」において、萩原朔太郎は次のとおり記している。

「何が詩的であるかは、全く個人の趣味によつて決定する。そこで昔の日本詩人は、季節の變化や自然の風物を詩的と感じた。だが今日の詩人たちは、社會や人生の多方面から、無限に變つた詩的のものを發見してゐる。例へば或る社會的な詩人たちは酒場や、淫賣窟や、銀行や、工場や、機械や、ギロチンや、軍隊や、暴動やから、彼等の詩的な興奮を經驗して、そこに新しい詩材を求めてゐる。そして他のより冥想的な詩人たちは、人生や宇宙の意義について、特殊な詩的なものを哲學的に觀念してゐる。

されば詩的の本質は、個人の側にあつて物の側に存しない。もし見る人が見るならば、宇宙に於ける一切の事物や現象やは、悉く皆詩的なものと感じられさうでないものは一も無からう。實に詩人の爲すべきことは、人の無趣味とし、殺風景とし、俗惡とし、プロゼツクとするものに就いてさへ、新しき詩美を發見し、詩の世界を豐富にして行くことに存するのである。」

「されば詩的表現の特色は、要するに言語が「知性の意味」で使用されず、主として「感情の意味」で訴へられてゐるといふことの、根本の原理に盡されてゐる。詩が音律を必要とする所以のものも、畢竟この原理に存するので、決して韻律のために韻律の形式を求めるのではない。」

ここまでの叙述はかなりに常識的であり、啓蒙的である。第五章は「描寫と情象」と題されている。「情象」とは国語辞書に見当らない言葉だが、萩原朔太郎によれば「感情の意味の表象」の意である。彼はここで次の対照表を示している。

表現	**情象**・音樂・詩・舞踊・歌劇
	描寫・美術・小說・科白劇・寫實劇

彼はこう説明する。「詩は音樂と同じく、實に情象する藝術である。詩には「描寫」といふことは全くない。たとひ外界の風物を書く時でも、やはり主觀の氣分に訴へ、感情の意味として「情象」するのだ。」

「內容論」の讀者としては目新しい論說ではないはずである。

第四章「敍事詩と抒情詩」は用語解說の域を出ない。萩原朔太郎の言いたいことは末尾の「眞に純一の詩といふものは、かうした敍事詩の類でなくして、主觀の感情それ自體を、直ちに率直に歌ふものでなければならないだらう。なぜならば詩の本質は、その自ら主觀の表現にあるからだ」の句にあるからである。

第五章「象徵」において、萩原朔太郎は「單に多くの人々は、象徵を以て一種の「比喩」「暗示」「寓意」の類と解してゐる。もちろんこの解說は、必ずしも誤つてゐるわけではない。だが極めて淺薄であり、少しも象徵藝術の本質に觸れてゐない。そして一層滑稽なのは、象徵を以て曖昧朦朧とさへ解釋してゐる。（實に佛蘭西の象徵派がさうであつた。）かかる見當ちがひの妄見や、皮相な上ツつらの辭書的俗解を一掃して、吾人は此處に「象徵そのもの」の本質觀を、だれにも解りよく、判然明白に解說しようと考へてゐる」と述べて、以下で解說している。

「西洋に於て、始めて象徵主義が意識的に自覺されたのは、最近十九世紀末葉のことであつた。

しかも同時に前後して、藝術の二つの群から主張された。卽ち一は詩壇に於けるマラルメ等の象徵派で、一は美術界に於ける後期印象派の運動である。この後の者について言へば、彼等の美學は明らかに日本の浮世繪から啓示されてる。それは物の形體を見ずして本質を見、部分のデテールを描寫しないで、直ちに物それ自體の實有相を表現する。特にこの派の巨匠の中、セザンヌは觀照に於て最もよく徹底してゐる。彼は物質の本有する形態感、重量感、觸覺感等のものを、繪畫によつて三次元的の空間に描かうとした。吾人は彼の描いた一つの椅子から、すべての物質に普遍する本有の實在を直覺する。セザンヌは一の哲學（形而上學）である。

これに對して、一方詩壇に掲げられた「象徵」の觀念は、極めて曖昧朦朧とし、意識の漠然たる謎で充たされてゐた。彼等は強ひて詩語を晦澁にし、意味を不分明の中に失はせて、自ら象徵だと信じてゐた。けだし彼等にあつては、詩操の宗教感について言はれる象徵と、表現の觀照について言はれる象徵とが、認識不足の漠然たる霧の中で、曖昧に混同してゐた爲である。しかしながらとにかく、彼等は近代詩に象徵の自覺をあたへ、爾後の詩派に感化と暗示をあたへたことで、永く記念さるべき功績を殘してゐる。故に彼等の「象徵派」は亡びても、象徵主義そのものが不易であること、あだかも「浪漫派」と浪漫主義の關係と同じである。」

萩原朔太郎の象徵派理解、象徵主義理解がどこまで正しいか、浅学な私は判断を保留する。しかし、セザンヌ論は私には興味ふかいものであった。

第六章「形式主義と自由主義」において次のとおりに記している。

「敍事詩も抒情詩も、昔にあつては共にひとしく定形詩で、詩學の定める法則を遵守してゐたにかかはらず、概して敍事詩は形式主義の韻文で、押韻の法則が特別に嚴重だつた。そして反對に抒情詩は、この點が寛大であり、比較上での自由主義に精神してゐた。

また近代の詩壇にあつても、既に自由詩以前に於て、この同じ精神が對立してゐた。たとへば浪漫派や象徴派の詩人等は、概して自由主義の立場に居り、詩學上の煩瑣な拘束を嫌つてゐた。反對に高蹈派の詩人等は、典型的な形式主義の韻文を尊重してゐた。」

『詩の原理』は元来「自由詩の原理」として構想されたという。行分け散文ではないかと非難され、批判される、わが国の口語自由詩が何故「詩」であるのか、が萩原朔太郎の問題意識だったはずだが、「日本に於ける最近詩壇は、後に他の章で詳說する如き事情によつて、一も定律詩が存在せず、すべて皆自由詩のみであるけれども、そこにはまた比較上での形式主義と自由主義とが對立し、同じ自由詩の中で別れてゐる」というにとどまる。

2

第七章「情緒と權力感情」において、萩原朔太郎はまず、吾人が普通に「感情」と言っているものには、二つの別趣のものが包括されており、「一つは所謂「情緒《センチメント》」であつて、優雅に涙もろく、女性的な愛情に充ちたもの」であり、「他の一つは、男性的な氣概に充ち、どこかに勇氣を感じさせ、或る高翔感的な興奮を伴ふもので、普通に「意志的感情」若くは「權力感情」と呼ぶもの」であるという。

この二つの感情から、叙事詩と抒情詩、クラシズムとロマンチシズム、自由詩と定律詩が分かれ、「平民的な情操を有する詩人は、多く皆自由詩に行き、貴族的な權力感を有する詩人は、概して皆定律詩に據つてゐる。けだし貴族的な精神は、本質的にクラシズムで、骨骼のがつしりした美を求めるからだ。彼等の趣味に取つてみれば、自由詩は軟體動物のやうなもので、どこにもしつかりした骨組みがなく、柔軟でぐにやぐにやしてゐるところの、一の醜劣な蠕蟲類にすぎないだらう。反對に一方の眼でみれば、定律詩は形式的で生氣がなく、時代の流動感を欠いてゐるやうに思はれる」と書いている。

いかにも萩原朔太郎好みの二分法であり、それなりに感興がないわけではないが、詩論としては、その当否は別として啓蒙的意図以上のものではない。

第八章は「浪漫派から高蹈派へ」と題されている。ここで萩原朔太郎は「浪漫派の運動は、貴族主義に對する平民主義の主張であり、形式主義に對する自由主義の絶叫だつた」といい、その反動として自然主義がおこったが、その文学主張は「主觀を否定した主觀主義」であり、「高蹈派の詩人たちは、その詩派の名目が示す如く、常に高蹈的な超俗の態度を取り、デモクラチックの思想を輕蔑して、時流の外に高く持すことを誇つてゐた」とする。

このようなフランス文学史の見取図が、正確であるかどうかは別として、『詩の原理』を説くのに必要な叙述であったとは思われない。

第九章「象徴派から最近詩派へ」では、ヨーロッパにおける「最近詩派の本質は、一言にして言へば「象徴派への反動」である。卽ち彼等は情緒を排して、或る種の抑壓されたる、逆說的な意志による權力感情を高調してゐる」といい、立体派、未来派、表現派等を説明している。こうした記述は萩原朔太郎の学習の成果にちがいないのだが、私には『詩の原理』とは関係ないとしか思われない。

第十章「詩に於ける主觀派と客觀派」において、「詩の本質は「主觀」であり、實に主觀以外の何物でもない」という持論を述べた上で「第一に問題なのは、詩に於ける客觀派とは何ぞやと言ふことである」と問いかけ、通俗の見解は「俳句は主として自然の風物を詠ずる故に客觀的で、和歌は戀愛等を歌ふ故に主觀的だと言ふ」が、「藝術に於ける題材は、それが外界の「物」にあらうと、或は內界の「心」にあらうと、さらに本質上に於て異なるところは少しもない。なぜならば表現の根本は、作者の物を見る態度に存して、對象それ自體の性質に存しないから」「客觀主義の詩といふものは考へられない」と結論する。さらに、和歌と俳句について議論を進め、「和歌と俳句の相違は、詩に於ける音樂と美術の對照であり、また浪漫派と寫實派の對照」だが、「俳句の本質は和歌と同じく、純一に主觀的のものでありながら、その詩情に於ける色合や氣分やが、特殊の靜觀的なものを有するために、この點の特色からみて、假りに客觀的と呼ぶ」のであり、「俳句の觀照は、常に必ず主觀の感情によつて事物を見、對象について對象を眺めてゐない。換言すれば、俳句の表現は「情象」であつて、實の客觀の「描寫」でない」と解説する。

こうして「和歌と俳句とは、その外觀の著るしい差別的對照にかかはらず、本質上に於て全く同じ抒情詩であることが解るだらう」と結論している。

第十一章「詩に於ける逆說精神」では、まず「藝術に於て、內容は主觀に屬し、形式は客觀に屬する。故に客觀をどこまでも進めて行けば、最後に純粹の形式主義、卽ちクラシズムに達してしまふ。實にクラシズムの精神は、藝術の達し得べき最も寒冷の北極である。そこでは主觀に屬する一切の溫熱感が、內容と共に逐ひ出される。そして純粋に形式美であるところの、氷結した理智だけが結晶する。卽ちクラシズムの方程式は、均齊、對比、平衡、調和の數學的比例であつて、この冷酷なる沒人情の氷山では、どんな人間的なる血液も凍つてしまふ。」という。萩原朔太郎の好む二元論が導く極論というべきだろう。

そこで彼は

「かかる種類の文學を、實に詩と言ふことができるだらうか。確かに或は、それは一種の美であり得るだらう。だがすくなくとも詩ではない。」とし、「そもそも詩の本質感は何だらうか。詩は「現在《ザイン》しないもの」への欲情である」という「內容論」の見解に戻る。そして、「詩に於ける權力感は、常に非所有のもの、自由の得られないものに對する、弱者の人間的な羽ばたきである」といい、「されば詩に於けるクラシズムは、あまりに情熱的な詩人の血が、北極の氷結した吹雪の中で、意志の壓迫されることに痛快する、一種の逆說的詩學に外ならない」とし、「詩の詩たる本質は、所詮どんなクラシズムの形に於ても、主觀に於ける感情の燃燒であり、生活的イデヤの痛切な訴へでなければならぬ。故に詩の本質は、常に必ず「生活のための藝術」であつて、眞の藝術至上主義には所屬できない」という「內容論」と同じ思想を語り、「詩の中の純詩と言ふべきものは、ポオの名言した如く抒情詩の外にない」、「此處に至つて詩の正統派は、遂に浪漫派に歸してしまふ」という結論に至る。「逆說精神」と題した所以である。

第十二章「日本詩歌の特色」において、萩原朔太郎は「日本語は」「音律に强弱がなくアクセントがない」といい、「日本語には平仄もなくアクセントもない。故に日本語の音律的骨骼は、語の音數を組み合す外にないのであつて、所謂五七調や七五調やの定形律が、すべてこれに基づいてゐる。然るにこの語數律は、韻文として最も單調のものであり、千篇一律なる同韻の反復にすぎない」ので、「日本にあつては、短歌だけが不朽の生命を有してゐる」といい、「吾人の悩みは、いかにもして日本語の音律から、より長篇の詩が作りたいと言ふことにある」とし、「五七や七五の代りに、他の六四、八五等の別な音律形式を代用」してみても「却つて七五音より不自然だけが劣つてゐる」ので、「最後に考へられることは、一つの詩形の中に於て、五七を始め、六四、八六、三四等の、種々の變つた音律を採用し、色々混用したらどうだらう」という試みは、「詩の音律價値を高めるために、逆に詩を散文に導く——すくなくとも散文に近くする——というふ、不思議な矛盾した結論に歸着してゐる」という。

本章の末尾に萩原朔太郎は次のように語っている。

「かくの如く日本語は、韻文として成立することができないほど、音律的に平板單調であるが、他方に於て之れを補ふところの、別の或る長所を有してゐる。卽ち語意の含蓄する氣分や餘情の豐富であつて、この點遙かに外國語に優つてゐる。かの俳句等のものが、十七字の小詩形に深遠な詩情を語り得るのは、實にこの日本語の特色のためであつて、僅か一語の意味にさへも、含蓄の深いニユアンスを匂はせてゐる。」

萩原朔太郎が『青猫』により確立した日本語の美しく妖しい新鮮な魅力が、俳句にみられるような含蓄や余情であるとは思われない。それだけに彼のこうした発言は私を失望させる。そこで最終の第十三章「日本詩壇の現状」を読むことにする。彼はこういう。

「形式上の區別からみて、自由詩は明らかに散文に屬してゐるのだ。けれども內容の上から見れば、自由詩は決して所謂散文（卽ち小說や感想の類）と同じでない。また形式上から考へても、此等の普通の散文と自由詩とは、どこかの或る本質點でちがつてゐる。そしてこのちがふ所は、一方が「描寫本位――または記述本位――の文學」であるに對して、自由詩が音律美を重視する「音律本位の文」であるといふことである。

そこで韻文といふ言語の意義を、辭書的の形式觀によつて解釋せずして、より一義的な本質觀によつて解釋すれば、自由詩は正しく韻文の一種であつて、散文と言はるべきものでなくなつてくる。つまり言へば自由詩は、不規則な散文律によつて音樂的な魅力をあたへるところの、一種の有機的構成の韻文である。」

次いで萩原朔太郎は「最近の日本詩壇は、實に自由詩の洪水である」が、「此等の詩に、自由詩の必須とすべき有機的の音律美（SHIRABE）が、實に果して有るだらうか？」と問い、「現にある口語詩の大部分は、殆ど何等の音律的魅力を持つてゐない」といい、日本語にいう文語、萩原朔太郎のいう文章語が「變則の發達をして、全く日常語と異別するやうになつてしまった」ために、「表現するすべての人が文章語のみを使用する故、一方の俗語は全く藝術から除外され、爾後は全然實用語としてのみ、專門に使用されるやうになつてしまつた」ので、口語表現が発達しなかったのだ、と説明している。

最後に、「最近の詩は、この音律美によつて失ふものを、他の手段によつて代用させ」ているといい、「春が馬車に乘つて通つて行つた」「彼女はバラ色の食慾で貪り食つた」という類の「詩感」が「語意の印象的表象に存する」ものがその例であり、これらは詩の一種ではあるが、「この種の魅力は、皮膚の表面を引つ搔くやうな、輕い機智的のものに止まり、眞に全感的に響いてゐる、詩としての強い陶醉感や高翔感やを、決して感じさせることがない」といって却けている。

最後に、萩原朔太郎は「故に今日の問題は、何よりも先づ「國語」の新しき創造である。國語にして救はれなければ、詩も小說も有りはしない」といい、「然り！　詩の時代は未だ至らず。今日は正に散文前期の時代である」と結んでいる。

『青猫』において創造された新しい日本語の音楽の構造が明らかにされることを期待して読んできた読者としては、その言語の美とは「不規則な散文律によつて音樂的な魅力をあたへるところの、一種の有機的構成」に由来するというだけでは、ふかい失望を感じざるをえない。

Ⅲ　結論

「結論」は「島國日本か？　世界日本か？」といふ『詩の原理』からは離れた、萩原朔太郎のかなりに壮士風の文章である。その末尾を引用する。

「「詩人」といふ言葉は、我々の混沌たる過渡期にあつては、實の藝術家を指示しないで、むしろ文明の先導に立つ、時代の勇敢なる水先案内――航海への冒險者――を指示してゐる。新體詩の當初以來、すべての詩壇が一貫してきた道はさうであつた。彼等は夢と希望に充ち、異國にあこがれ、所有しないものへの欲情から、無限の好奇心によつて進出して來た。彼等は太平洋の岸邊に立つて、大陸からの潮風が吹き送る新日本の文明を、いつも時代の尖鋭に於て觸覺してゐた。そしてこの島國をあの大陸へ、潮流に乘つて導かうと考へてゐたところの、眞の夢幻的なる、青春に充ちたロマンチストの一群であつた。

しかしながらこのロマンチストは、我々のあまりに現實主義的なる、あまりに夢を持たない俗物の文壇から、常に冷笑の眼で眺められ、一々侮辱されねばならなかつた。實に新體詩の昔から、我々はこれを忍んできた。そして恐らく、今後も尙忍ばねばならないだらう。けれども時がくる時、いつか文壇にもイデヤが生れ、さすがに現實家なる日本人も、何かの夢を欲情する日が來るであらう。我々はその日を待たう。そしてこの新しい希望の故に、尙且つ我々の未熟な詩を書いてゐるのだ。もしさうでなかつたら、今日のやうな國語による、西洋まがひの無理な自由詩など作らないで、藝術としてずつと遙かに完成されたる、傳統詩形の和歌や俳句を作るだらう。我々はだれも、今日の詩が藝術としての完成さで和歌俳句に及ばないことを知り切つてゐる。しかし我々の求めるものは、美の完成でなくして創造であり、そして實に「藝術」よりも「詩」なのである。

詩！　我々はこの言葉の中に響く、無限に人間的な意味を知つてゐる。そこには情熱の渴《かはき》があり、遠く音樂のやうに聽えてくる、或る倫理感への陶醉がある。然り、詩は人間性の命令者で、情慾の底に燃えてるヒユーマニチイだ。我々はそれを欲しないでも、意志によつて驅り立てられ、何かに突進せねばならなくなる。詩が導いて行くところへ直行しよう。」

日本の近代詩史の理解としても同感できないが、それはともかくとして、独断的で悲壯、しかし内容空疎で、『詩の原理』の最後に至って、こういう文章に接するのは悲しく寂しい。

IV 補足

1

『詩の原理』以後も、萩原朔太郎は多くの詩論、自由詩の音楽性に関する評論を発表しているが、ほとんど『詩の原理』に述べたところを出ていない。しかし、最晩年に近く、『中央公論』一九三七年六月号に発表し、『無からの抗争』に収められた「日本詩歌の韻律に關する原理」は確実に彼の論説に新しい局面を開いた文章であった。このことを彼は「最近、偶然の機會で藤原俊成の歌論をよみ、併せて兼常清佐博士の或る音樂論をよんで、從來漠然と考へて居たことが、充分の理論的根據を自信し得るやうになつたので、改めてこの一文を草することにした」と記しているが、音響理学者兼常清佐の説に負うところが多いようである。

萩原朔太郎は、いくつか例示しているが、

「巻向の檜原もいまだ雲去ねば小松が末《うれ》ゆ沫雪ながる」

について、「順序として萬葉集の歌から始める」と書き始めている。巻向はふつう纏向と表記され、最近、その遺跡は古代王朝の所在地に比定されることが多く、高い関心を集めているが、それはともかくとして、萩原朔太郎は次のとおり説いている。

「三十一音から成つてるこのセンテンスには、各〻の一語一語に高低強弱の節奏があり、それ自ら抑揚の判然とした韻文を構成してゐる。これを解り易くするため、全文を平假名にして書いてみよう。

まきむくのひばらもいまだくもいねばこまつがうれゆあはゆきながる

傍點のある所は強音部であつて、それの無い所は弱音部である。前に詳説した通り、日本語の強弱や高低やは、外國語のやうに純聽覺的の物理現象でなくして、心理上の表象によるイマヂスチックのものであるから、もし嚴重な科學的立場から見る場合には、かうした強音や弱音やの關係が、讀者の錯覺的な心的イメーヂにすぎないかも知れないのである。しかもまたその故に、日本の詩は世界に類なき幽玄象徴の詩美をもつので、外國詩の如き單なる聽覺上の感覺美でなく、もつと心理的に餘韻の深い、イメーヂとしての暗示美、象徴美をもち得るのである。昔の歌人が、この幽玄な韻律の祕密を指して、「しらべ」「すがた」「風情」等の語で言つたことは、外國語に飜譯ができないほど、まことに含蓄の深い意味をもつてるのである。」

また、島崎藤村の「小諸なる古城のほとり」の冒頭の二行を引用し

　小諸なる古城のほとり
　くもしろく遊子かなしむ

について、「以上の實例でわかるやうに、大體に於て日本詩歌の韻律法は、支那、西洋のそれと基本的に同じである。ただその音韻部の規約が外國の如く純機械的、純數理的でなく、多少の不規律を自由に許可することだけでちがつて居るが、これとても大體に於ては同じく、洋詩の—(—(——(——や漢字の平仄法に準じて、日本詩の場合

のやうに波狀で表示し得るものである。」

私はこの評論で萩原朔太郎が和歌、現代詩においても、その言葉に音の強弱高低があることに注目し、日本詩の音楽性の原因を見出したことは卓見であると考える。

2

しかし、私は強音の個所について萩原朔太郎と意見を異にする。また、日本語のばあい、アクセントは強弱よりも高低の違いとして発音されると考えるので、アクセントが置かれる個所は強弱高低の区別なく、一応、強く、あるいは高く発音される個所を指すものとして、左のように◎印と○印を付した個所に強音ないし高音が発音されると考える。

まきむくのひばらもいまだくもいねばこまつがうれゆあはゆきながる

私は名詞、副詞の冒頭音は強く、または高く発音され、ついで動詞、形容詞が強く、または高く発音され、助詞、助動詞、冒頭音でない名詞等は、冒頭音の名詞等に吸収され、もっとも弱く、低く発音される、と考え、これによって日本語の抑揚の一部が形成されると考える。

さらに、私は萩原朔太郎はフレーズ中の休止を見落していると考える。たとえば、「夢にみる

空家の庭の祕密」に

「びはの木　桃の木　まきの木　さざんか　さくらの類」

と樹木と樹木の間に一字空きを設けたのは、一樹ごとに休止をおいて読むよう読者に望んだからにちがいない。この休止が調べの一要素をなすことを萩原朔太郎は見落していた。

たとえば、短歌のばあいでも、近代詩のばあいでも五七調、七五調といわれる音数律がある。万葉集のばあい、五七、五七のくりかえしの最後を七七で結ぶ長歌に対する反歌として和歌が成立したから、当然、五七調であり、二句切れ、五句切れに休止がおかれた。

前述した「巻向の」の歌に小休止を／で、中休止を／／で、大休止を／／／で示し、平仮名書きで、最強高音に◎印を、次強高音に○印を付すと次のとおりとなる。

まきむくの／ひばらもいまだ／／くもいねば／／／こまつがうれゆ／／あはゆきながる／／／

近代短歌では、万葉集の後期にはじまり、新古今集で確立した七五調の短歌が少くない。このばあい、一句切れ、三句切れ、五句切れとなる。萩原朔太郎が愛読した石川啄木『一握の砂』所収の作に例をとると、

やはらかに／柳あをめる／／
北上の岸辺目に見ゆ／／
泣けとごとくに／／／

かにかくに／澁民村は／恋しかり／／
おもひでの山／／
おもひでの川／／

のような休止をとって朗読するのが自然となる。つまり、「やはらかに」は五七調、「かにかくに」は七五調であると考える。これに前述した◎印、○印を記し、平仮名書きすると次のとおりとなる。

やはらかに／やなぎあをめる／／きたかみの／きしべめにみゆ／なけとごとくに／／／
かにかくに／／しぶたみむらは／こひしかり／／おもひでのやま／／おもひでのかは／／

このようにして、短歌の調べは、強弱高低と休止の長短によって生れると考える。

こころみに「夢にみる空家の庭の秘密」を平仮名書きし、◎印、○印を付し、休止符を入れて示すと、次のとおりとなる。

そのあきやの／にはにはえこむものは／まつのきのるい〃
びはのき〃もものき〃まきのき〃さざんか〃さくらのるい〃
さかんな／じゆもく〃あたりに／ひろがる／じゆもくのえだ〃
またそのむらがる／えだのはかげに〃ぞくぞくと／はんもするところのしよくぶつ〃
およそ／しだ〃わらび〃ぜんまい〃もうせんごけのるい〃

いうまでもなく、この詩では強弱高低、休止の長短による抑揚に加え、「類」の脚韻、「さざんか」「さくら」「さかんな」などの頭韻、しかも第二行のほとんどの樹木が四音にととのえられている、といった工夫が施され、これらが調べの美しさに大いに寄与していることは間違いない。口語自由詩の音楽的美しさは、こうした要素から成り立つという考えを、私は萩原朔太郎の『詩の原理』に補足したい。

第七章　「郷土望景詩」

『純情小曲集』の自序に萩原朔太郎は次のとおり書いている。

「「郷土望景詩」一〇篇は、比較的に最近の作である。私のながく住んでゐる田舎の小都邑と、その附近の風物を詠じ、あはせて私自身の主觀をうたひこんだ。この詩風に文語體を試みたのは、いささか心に激するところがあつて、語調の烈しきを欲したのと、一にはそれが、詠嘆的の純情詩であつたからである。ともあれこの詩篇の内容とスタイルとは、私にしては分離できない事情である。」

「郷土望景詩」の第一作は「中學の校庭」である。

　われの中學にありたる日は
　艶めく情熱になやみたり
　いかりて書物をなげすて
　ひとり校庭の草に寝ころび居しが
　なにものの哀傷ぞ

はるかに青きを飛びさり
天日《てんじつ》直射して熱く帽子に照りぬ。

詩情は石川啄木の『一握の砂』中「煙」所収の

教室の窓より遁げて
ただ一人
かの城址に寝に行きしかな

不来方《こずかた》のお城の草に寝ころびて
空に吸はれし
十五の心

と似ているが、石川啄木の作が懐旧の思いに尽きているのに比し、萩原朔太郎のこの作には憤怒があり、悔恨がある。「艶めく情熱」に悩む少年は、少女への恋情に学業を怠けるのだが、それでいて悲哀をふかくしている。

この作品について萩原朔太郎は『令女界』一九二七年四月号に発表した「敍情詩物語」に次のとおり解説している。

「「教育とは何だ。教育の必要がどこにある?」

生意氣にも私は、怠惰にしてこんな理窟を考へた。私は學校が厭ひであった。私は教室の硝子窓から、森や木立の遠く見える、野外の青空を眺めてゐた。さうして代數の授業の時間を、夢のやうな詩の空想に耽つてゐた。私はその遠い森の中で、約束した娘と逢ひ、熱情のこもった接吻をした。

何よりも、情慾の烈しい衝動が耐へがたかつた。電光のやうに、ちらとかすめた一瞬の表象すらが、肉體全身に飛びあがらせた。太陽も、地球も、自然も、いつさいが一團の火になつて、鉛のやうにくるめいてゐた。私は齒を食ひしめ、必死の戰《いくさ》をしようとして、いつも猛獸のやうに怒つてゐた。

何故に人間は、かうした欲情に苦しむのか? 人がそれに對して、こんなにも戰はねばならないといふのは、何といふ理不盡なことだらう! この陰鬱な疑ひが、少年の私を苦しくした。私は人にかくれ、友を避け、次第に森や林の孤獨を愛するやうになつてきた。「自然」と、そして「人間」に對する、或る理由なき憎惡感が、早くから心の影に浸み出してきた。

課業の間も、私は常に友をさけて、一人で校庭の草に寢ころんでゐた。そこには苜蓿《うまごやし》が一面に生え地ならしに使ふ鐵のロールが、赤く錆びついて轉がつてゐた。私は仰向けに寝ころんで、涯もなくひろがる青空の穹窿《きゅうりゅう》を見た。雲もなく、無限に高い空の上を、矢のやうに鳥が飛んで行つて、遙かの地平線に消えて行つた。ふといつしか、私の學帽の疵の下で、涙が瀧のやうに流れてゐた。或る底知れない悲しみが、一時に強く、胸の奥から込みあげて來たのである。」

「遠い森の中で、約束した娘と逢ひ、熱情のこもつた接吻をした」というのは、夢のように耽っていた空想の中での出来事であろう。「なにものの哀傷ぞ／はるかに靑きを飛びさり」とは、この解説からみて、矢のように飛び去る鳥を見やって、彼自身の悲哀と感傷が飛び去りえないことを嘆いたのである。

それにしても、ここで彼が悩んでいたのは「艶《なま》めく情熱」といった思春期にありがちな苦悩ではなかった。旧制中学時代における、「情慾の烈しい衝動」であり、そのために猛獣のように憤怒をたぎらせた性欲であった。そういう意味で、石川啄木の感傷とはまったく異質であった。

最終行の「天日」は太陽の意だが、太陽と言いかえることはできない。日常語よりも硬質の漢語を用いているのは、日常語の素朴さ、やさしさを嫌っているからである。それだけ、心に激する思いが「天日直射して熱く帽子に照りぬ」という表現になったのである。

これは『氷島』に通じる問題だが、私には、この点でも石川啄木にみられない、萩原朔太郎の作としての魅力がある、と思われる。

「郷土望景詩」の第二作は「波宜亭」である。

少年の日は物に感ぜしや
われは波宜亭《はぎてい》の二階によりて
かなしき情歡の思ひにしづめり。
その亭の庭にも草木《さうもく》茂み
風ふき渡りてばうばうたれども
かのふるき待たれびとありやなしや。
いにしへの日には鉛筆もて
欄干《おばしき》にさへ記せし名なり。

「郷土望景詩」には「郷土望景詩の後に」と題する自注が付されている。「波宜亭」の自注に「波宜亭、萩亭ともいふ。先年まで前橋公園前にありき。庭に秋草茂り、軒傾きて古雅に床しき旗亭なりしが、今はいづこへ行きしか、跡方さへもなし。」とある。失われたのは旗亭だけではない。失われたのは少年の日の愛であった。この詩はそうした愛への哀惜の作である。

「少年の日は物に感ぜしや」の起句は、いうまでもなく、「少年の日は物に感ぜし日なりしかな」という詠嘆を疑問形に表現して、含意をもたせたものである。

われは波宜亭《はぎてい》の二階によりて
かなしき情歡の思ひにしづめり。

の承句によって少年の日の純愛を思い出し、

その亭の庭にも草木《さうもく》茂み
風ふき渡りてばうばうたれども
かのふるき待たれびとはありやなしや。

の転句となる。待たれびとは、彼に待たれていた恋人であり、洗礼名エレナで知られる女性と考えてもよいだろう。「待たれびとはありやなしや」と問いかけているけれども、エレナの死はとうに知っている。「かのふるき待たれびとは逝いて去りぬ」とでもいう直接的表現を避けて、ことさら「ありやなしや」としたのも含蓄、暗示に富む表現にしたいと考えたからにちがいない。

こうして

いにしへの日には鉛筆もて
欄干《おばしま》にさへ記せし名なり。

の結句には万感がこもっている。
「波宜亭」は首尾整い、技巧の限りをつくした、情感豊かな作品である。
第三作「二子山附近」は次のとおりである。（なお、全集初版には、『日本詩集』第八冊一九二六（大正一五）年五月刊に発表された作品とあるが、全集補訂版ではこの記述は削られているので、初版の記載は誤記と思われる。）

われの悔恨は酢えたり
さびしく蒲公英《たんぽぽ》の莖を嚙まんや。
ひとり畝道をあるき
つかれて野中の丘に坐すれば
なにごとの眺望かゆいて消えざるなし。

たちまち遠景を汽車のはしりて
われの心境は動擾せり。

『月に吠える』所収の「すえたる菊」に「その菊は醋え」の句がある。「われの悔恨は酢えたり」の「酢え」るとはふつうは飲食物が腐って酸っぱくなることをいう。「われの悔恨は酢えたり」の酢えたりも、腐った状態を意味すること、「菊は醋え」の「醋え」とも同義であろう。腐蝕するほどに私の悔恨は私の心を蝕んでいる、といった意に解する。

そのために寂しくタンポポの莖をかむほどのことしかできない。「噛まんや」の一見反語とみえる表現は、萩原朔太郎の用法では、噛もうか、噛まない、という意になるのではなく、「噛まん」を強調したものと解すべきだろう。

畝道を歩き、疲れて野中の丘に坐し、「なにごとの眺望かゆいて消えざるなし」と感じる。視界に眺望は失われている、という。かつての眺望が消え去った後、遠く汽車の走るのに気づく。悔恨に倦いた心を動揺させるのは遠く走り去る汽車だけなのだ、という。

措辞に難が多いけれども、孤独感、倦怠感が胸をうつ作と思われる。

第四作「才川町」は「十二月下旬」と付注されており、『現代詩人選集』一九二一（大正一〇）年二月刊に収録された作である。「郷土望景詩」一〇篇中唯一の口語詩である。

空に光つた山脈《やまなみ》
それに白く雪風
このごろは道も惡く
道も雪解けにぬかつてゐる。
わたしの暗い故郷の都會
ならべる町家の家竝のうへに
かの火見櫓をのぞめるごとく
はや松飾りせる軒をこえて
才川町こえて赤城をみる。
この北に向へる場末の窓窓
そは黑く煤にとざせよ
日はや霜にくれて
荷車巷路に多く通る。

これは見るべきところのない駄作である。場末の町の家並を描いているが、こうした貧しい家並に対する作者の貴族趣味に由来する嫌悪感さえ感じられる。それら家並の北に向かう窓を黒く「煤にとざせよ」というのも余計である。貧しい人々にはそれなりの工夫もあり智恵もある。一二月下旬、早くも雪解けのぬかるみ、というのも不自然であり、作品全体として記述を出る詩情がない。

第五作「小出新道」は『日本詩人』一九二五（大正一四）年六月号に発表された作品である。

ここに道路の新開せるは
直《ちよく》として市街に通ずるならん。
われこの新道の交路に立てど
さびしき四方《よも》の地平をきはめず
陰鬱なる日かな
天日家竝の軒に低くして
林の雜木まばらに伐られたり。
いかんぞ　いかんぞ思惟をかへさん
われの叛きて行かざる道に
新しき樹木みな伐られたり。

「小出松林」について次のとおりの自注がある。

「小出の林は前橋の北部、赤城山の遠き麓にあり。我れ少年の時より、學校を厭ひて林を好み、常に一人行きて瞑想に耽りたる所なりしが、今その林皆伐られ、楢、樫、橅の類、むざんに白日の下に倒されたり。新しき道路ここに敷かれ、直として利根川の岸に通ずる如きも、我れその遠き行方を知らず。」

この自注に「林皆伐られ」とあるのと、詩の中に「林の雑木まばらに伐られたり」とあるのとは矛盾する。「直として市街に通ずる」のか「直として利根川の岸に通ずる」のかは、市街地と利根川の岸とを「直として」通じるのであれば、どちらの方角から見ているかの違いだ、といえばそれまでだが、「直として市街に通ずるならん」と読めば、詩人は利根川の岸の方向から市街地に向かっていると読むのが正しいようにみえる。しかし、そうした解釈はおそらく誤りである。「通ずるならん」といえば、通常は、通じるであろう、と推量の意に解するが、萩原朔太郎の用法では、通じるのだ、という断定の意である。

この詩に関連して萩原朔太郎は『近代風景』一九二七年六月号に発表した「或る詩人の生活記録」中、かさねて次のとおりの注釈を加えている。

「市街は八方に手をのばして、次第に郊外の自然を征服してきた。田や畠や、空地や野原やが、ぐんぐんと市區の中に編入され、日増しに新しい市街が出來てきた。昔から、私が唯一の慰安地帶であり、孤獨な散歩を好んだ所の、郊外の楢林や櫟林の一帶が、工夫の鶴嘴《つるはし》によつて慘酷に伐り倒され、トロツコの軌道が木立の中を貫通してゐた。七月初旬、烈々たる夏の光の中で、生白い肌を露出した樹木の切口が、そこにも此所にも痛々しく光つてゐた。

「何といふ慘酷な印象だらう！」

私は心に傷ましい疵を感じた。何物も、一切が、私のために肯定されない所の、宿命の悲痛なる道を感じた。

「むしろ一切を伐つてしまへ！」

私は心に聲をあげて、遠く居る工夫の群に叫ばうとした。私が、かつて、何のために、どうしてこの環境を忍ばねばならなかつたか。長い年月の間、どうした必然の理由が、自分を避けがたい鬱屈に閉ぢ込めたか？「方則」とは何だ。「必然」とは何だ。そもそもまた、ああ人生とは何だ！これが人生《ライフ》であるならば、一切は道ばたの馬に食はれてしまへ！

この鬱屈の長い間、さまざまの「新思潮」や「流行」やが、私の周圍を渦卷のやうに流れて行つた。先づ自然主義が、人道主義が、次に民衆主義が、そして最後に社會主義が。あらゆるジヤーナリズムが、來りまた風のやうに過ぎて行つた。一切に向つて、私は反抗し、敵愾し、否定しつくし、いつも一人、悄然として時流の外に牙を嚙んでゐた。何物も、何物も、私の飢ゑた欲情を充たすことができなかつた。おお概念よ！　いかに汝は空虚なるかな。人の或る實在する生活が、どうして概念によつて充實されよう。

いかんぞいかんぞ　思惟をかへさん
われの叛きて行かざる道に
新しき樹木みな伐られたり。

私は伐り倒された林の中から、遠く夕陽の落ちる市街を見た。そこには低い家竝があり、まつすぐの道路を越えて、過去の生活における様々の感情が、悲しく海のやうに漂つて居た。」

「新しき樹木みな伐られたり」は伐られたばかりの樹木の切口が生白い肌を露出している、という意であることはこの文章からも知られる。

かつて孤独に冥想に耽った林が伐採され、真っ直《すぐ》な道路が造られようとしている。彼の過去はいま失われようとしている。ふりかえってみれば、彼の過去はつねに叛逆であった。叛逆の志をもって生きていくとき、その道程は、やはり彼の孤独感を癒し、彼の志を励ますものではないだろう。しかし、だからといって、「いかんぞいかんぞ　思惟をかへさん」、どうして思想をひるがえすことができようか、という詩意であろう。かなり言葉足らずだが、作者の心情に共感できると考える。
第六作「新前橋驛」は『日本詩人』一九二五年六月号に発表された作品であり、「郷土望景詩」中の佳作の一である。

野に新しき停車場は建てられたり
便所の扉《とびら》風にふかれ
ペンキの匂ひ草いきれの中に強しや。
烈烈たる日かな
われこの停車場に來りて口の渇きにたへず、
いづこに氷を喰《は》まむとして賣る店を見ず
ばうばうたる麥の遠きに連なりながれたり。
いかなればわれの望めるものはあらざるか
憂愁の暦は酢え
心はげしき苦痛にたへずして旅に出でんとす。
ああこの古びたる鞄をさげてよろめけども
われは瘠犬のごとくして憫れむ人もあらじや。

いま日は構外の野景に高く
農夫らの鋤に蒲公英の莖は刈られ倒されたり。
われひとり寂しき歩廊《ほうむ》の上に立てば
ああはるかなる所よりして
かの海のごとく轟ろき　感情の軋《きし》りつつ來るを知れり。

自注にいう。「朝、東京を出でて澁川に行く人は、晝の十二時頃、新前橋の驛を過ぐべし。畠の中に建ちて、そのシグナルも風に吹かれ、荒寥たる田舎の小驛なり。」

畑の中に建ったばかりの安普請の駅舎。氷を売る店もない侘びしい駅前。畑では農夫がタンポポを刈りとり、麥畠が遠くつらなっている。そういう風景と憂愁に倦いた作者は、瘠犬のように、やはり佗びしい心地で旅立とうとしている。その対比のみごとさ。そして、作者が聞く、轟々たる感情の軋り、とは迫りくる列車の轟音にちがいないのだが、その汽車の音こそが、この侘びしい風景と心情とから、脱出しようとする作者の望みの象徴なのである。

風景と心情の対比、作者の憂愁と「海のごとき轟ろき」との対比によって、この作品は読者の心をうつ。しいて難をいえば、作者が自身をあまりに苦痛に耐える者として描いている、ナルシシズムにある。

第七作は「郷土望景詩」一〇篇の中で最高の作と私が目する「大渡橋」である。この作品は「新前橋驛」と同じ号の『日本詩人』に発表されている。

ここに長き橋の架したるは
かのさびしき惣社の村より　直《ちょく》として前橋の町に通ずるならん。
われここを渡りて荒寥たる情緒の過ぐるを知れり
往くものは荷物を積み車に馬を曳きたり
あわただしき自轉車かな
われこの長き橋を渡るときに
薄暮の飢ゑたる感情は苦しくせり。

ああ故郷にありてゆかず
鹽のごとくにしみる憂患の痛みをつくせり
すでに孤獨の中に老いんとす
いかなれば今日の烈しき痛恨の怒りを語らん
いまわがまづしき書物を破り

過ぎゆく利根川の水にいつさいのものを捨てんとす。
われは狼のごとく飢ゑたり
しきりに欄干《らんかん》にすがりて齒を噛めども
せんかたなしや　涙のごときもの溢れ出で
頰《ほ》につたひ流れてやまず
ああ我れはもと卑陋なり。
往《ゆ》くものは荷物を積みて馬を曳き
このすべて寒き日の　平野の空は暮れんとす。

自注には「大渡橋《おほわたりばし》は前橋の北部、利根川の上流に架したり。鐵橋にして長さ半哩にもわたるべし。前橋より橋を渡りて、群馬郡のさびしき村落に出づ。目をやればその盡くる果を知らず。冬の日空に輝やきて、無限にかなしき橋なり」という。

私が興趣を惹かれるのは

往くものは荷物を積み車に馬を曳きたり

の一行である。馬が車を曳くのであって、車が馬を曳くわけではないし、車に荷物を積んでいるのであって、荷物に車が積まれているわけではない。おそらく、荷物を積む車を馬が曳きたり、というのが文法的に正しい表現であろう。しかし、萩原朔太郎の眼に「往くもの」として映じたのは、まず荷物であり、ついで車であり、その車を馬が曳いている、という順序であった。そうした馬車の脇を慌しく自転車が通りすぎてゆく。薄暮の人生が、この大渡橋で、その光景を現出させている。その厳粛な光景に萩原朔太郎は息苦しいほどに感情の高まりを感じる。彼は故郷に在りながら、なじまず、孤独の中に老いようとして、自ら満足すべき著述もない、卑陋な人格だ、と反省し、涙する。

彼のそれまでの業績を考えれば、言葉が過ぎ、卑下が過ぎるようだが、彼の詩作や評論で生活がなりたたないこと、親に寄食していたことを思えば、そうした苛責を覚えたとしてもふしぎではない。大渡橋上の光景と情緒、その人生のはかない実相が彼に涙させたのであった。

格調の高さ、想念の痛切さにおいて、私は「大渡橋」を萩原朔太郎の生涯の代表作の一として挙げることを躊躇しない。

第八作は「廣瀬川」である。

廣瀬川白く流れたり

時されればみな幻想は消えゆかん。
われの生涯《らいふ》を釣らんとして
過去の日川邊に糸をたれしが
ああかの幸福は遠きにすぎさり
ちひさき魚は眼《め》にもとまらず。

これはあまりに貧しいので、言うべき言葉がない。
第九作「利根の松原」は次のとおりである。

日曜日の書
わが愉快たる諧謔《かいぎゃく》は草にあふれたり。
芽はまだ萌えざれども
少年の情緒は赤く木の間を焚《や》き
友等みな異性のあたたかき腕をおもへるなり。
ああこの追憶の古き林にきて
ひとり蒼天の高きに眺め入らんとす

いづこぞ憂愁ににたるものきて
ひそかにわれの背中を觸れゆく日かな。
いま風景は秋晩くすでに枯れたり
われは燒石を口にあてて
しきりにこの熱する　唾《つばき》のごときものをのまんとす。

第三行に「芽はまだ萌えざれども」とあるので、早春かと思えば、「いま風景は秋晩く」とあり、晩秋であることを知る。「友等みな異性のあたたかき腕をおもへる」過去を追憶して、「ひとり蒼天の高きに眺め入らんとす」るのでは詩想がまことにとりとめない。この作品の魅力は

いづこぞ憂愁ににたるものきて
ひそかにわれの背中を觸れゆく日かな。

の二行にある。どこからか憂愁に似たものが私に近づいてきて、背に触れ、そして、去ってゆく。私は憂愁をとらえられない。一瞬だけ、過去の追憶から憂愁めいたものを感じるにとどまる。こうした微妙な感覚をとらえたことに私は萩原朔太郎の無類の才能をみるのだが、最後の二行をふ

くめ、とりとめない作であるという他ない。

第一〇作は『上州新報』一九一四年（大正一三年）一月一日付に発表された「公園の椅子」であり、「新前橋驛」「大渡橋」は同年六月号の『日本詩人』に発表された作品である。これらの三作はいずれも「心に激するところ」がある作品である。

人氣なき公園の椅子にもたれて
われの思ふことはけふもまた烈しきなり。
いかなれば故郷《こきやう》のひとのわれに辛《つら》く
かなしきすももの核《たね》を噛まむとするぞ。
遠き越後の山に雪の光りて
麥もまたひとの怒りにふるへをののくか。
われを嘲けりわらふ聲は野山にみち
苦しみの叫びは心臟を破裂せり。
かくばかり
つれなきものへの執着をされ。
ああ生れたる故郷の土《つち》を蹈み去れよ。

われは指にするどく研げるナイフをもち
葉櫻のころ
さびしき椅子に「復讐」の文字を刻みたり。

自注には「前橋公園」について次のとおり記している。

「前橋公園は、早く室生犀星の詩によりて世に知らる。利根川の河原に望みて、堤防に櫻を多く植ゑたり。常には散策する人もなく、さびしき芝生の日だまりに、紙屑など散らばり居るのみ。所所に悲しげなるベンチを据ゑたり。我れ故鄉にある時、ふところ手して此所に來り、いつも人氣なき椅子にもたれて、鴉の如く坐り居るを常とせり。」

「悲しげなるベンチを据ゑたり」も可笑しいし、「鴉の如く」も可笑しい。この詩は萩原朔太郎の、親に養われている生活にもとづく劣等感による、故郷の人々の彼を見る眼を僻んだ作であり、「われを嘲けりわらふ聲は野山にみち」といった大仰な表現に接すると、彼の被害妄想もいい加減にしてもらいたいという感をつよくする。

しかし、こういうアンビヴァレントな故郷前橋に対する心情が「郷土望景詩」一〇篇を創作させたことは間違いない。

ちなみに、室生犀星『抒情小曲集』中の「前橋公園」は次のとおりである。

すゐすゐたる櫻なり
伸びて四月をゆめむ櫻なり
すべては水のひびきなり
四阿屋の枯れ芝は哀しかれども
花園になんの種子なりしぞ
しきりに芽吹き
きそよりもなほ萠えづるげ
街のおとめの素足光らし
風に砥がれて光るさくらなり

愛誦するに足る小品にちがいないが、萩原朔太郎の作にみられるような苦《にが》み、切なさがこの作品にはない。

これで「郷土望景詩」一〇篇の鑑賞を終えるにあたって、萩原朔太郎に「郷土望景詩」を書かせたモチーフにふれておきたい。萩原朔太郎が『新潮』一九二五年五月号に発表した「田舎から都會へ」という文章がある。『日本詩人』一九二五年六月号に「小出新道」「大渡橋」「新前橋驛」を発表した翌月だから、「郷土望景詩」の主要な作品を発表した当時の彼の心情を語っているものと見てよいであろう。

この文章で萩原朔太郎は「都會と田舎と、何れの生活が好いかといふことは、その人々の趣味や氣質によつて異なる。且つ境遇にもよるのである」と書きおこし、「私の性格は、田舎の環境と全く適合しなかつた。誹謗と、嘲笑と、孤獨とは、田舎の鄕黨が私にあたへた一切のものであつた」と彼の僻みをまじえた感想を記し、「およそ田舎の生活とは、かういつた窮屈千萬のものである」、「田舎の生活は、かくの如く自由が無い上に、娯樂もなく、遊行もなく、藝術もなく、友人も無い」、「日常の生活行事と言へば、來る日も來る日も單調で無意味の仕事の連續である」、「この特殊な「田舎風の空氣」がいかに重苦しく不快に耐へがたいものであるかは、田舎生活の經驗を有する人にとつて、痛切にすぎるほど解つてゐる」、「それ故に田舎では、自分が周圍の空氣と同化し、自身が「田舎風の人物」とならない限り、平和も幸福も得られない」などと書いた上で、次のとおり記している。

「さて私の感情が、こんなにも田舎を罵倒し盡したことは、しかしながら私自身を悲しくする。なぜといつて私は、實際の所を告白すると、世のだれにもまさつて田舎を愛し、田舎生活にまで、非常に強い執着を感じてゐる。（でないならば、どうして三十餘年も田舎に住んで居られよう。）」

萩原朔太郎は前橋という地方の小都邑をかぎりなく嫌悪し、憎悪し、人々の冷い眼にさらされていると感じながら、他方、非常な愛着を有していた。そうしたアンビヴァレントな感情が「郷土望景詩」のモチーフであった。だからこそ、これらの作品には、彼の憤怒と郷愁がないまぜになった、高揚した心情がうたわれたのであった。

第八章　『青猫』（以後）

1

第一書房版『萩原朔太郎詩集』（一九二八年三月刊）の「凡例」に萩原朔太郎は次のとおり記している。

「「青猫」出版後に作つた最近の詩が約三十篇ほどもある。この中、郷土望景詩篇に屬するもの十篇は、最近「純情小曲集」の一部に入れて刊行したが、他の二十篇ほどの詩は、時時の雜誌に載せたのみで、未だまとまつた書物としては出してゐなかつた。よつてこの全集の刊行を機會として、集中の後篇「青猫以後」の部に編入した。」

この『青猫』以後の作二〇篇に私はとくに愛着をもち、ことに「猫の死骸」「沼澤地方」の二篇は萩原朔太郎の全詩作中の頂点をなすと考えてきた。いわば、これら二〇篇が私の本稿の中核をなす。

二〇篇の作中、冒頭の「桃李の道」にはじまる一六篇はすべてかなりに幻想的な作品であり、最終の四篇は一転してきわめて現實主義的な作品である。『青猫』以後の作品を考えるさい、私は第一七番目に配された「大井町」が重要な意味をもつと考える。

2

『婦人之友』一九二五（大正一四）年九月号に発表された「大井町」は次のとおりである。

おれは泥靴を曳きずりながら
ネギや　ハキダメのごたごたする
運命の露路をよろけあるいた。
ああ　奥さん！　長屋の上品な嬶《かかあ》ども
そこのきたない煉瓦の窓から
乞食のうす黒いしやつぽの上に
鼠の尻尾でも投げつけてやれ。
それから構内の石炭がらを運んできて
部屋中いつぱい　やけに煤煙でくすぼらせろ。

そろそろ夕景が薄《せま》つてきて
あつちこつちの屋根の上に
亭主のしやべるが光り出した。
へんに紙屑がぺらぺらして
かなしい日光のさしてるところへ
餓鬼共のヒネびた聲がするではないか。
おれは空腹になりきつちやつて
そいつがバカに悲しくきこえ
大井町織物工場の暗い軒から
わあッと言つて飛び出しちやつた。

一読したところ、工場地帯の陋巷に対する嫌悪感を表現した作品のようにみえるし、この現實感にあふれた叙述の力量が尋常でないことは、ただちに理解できるが、萩原朔太郎の「大井町」に寄せる思いは、はるかに複雑なものであった。彼の心情を理解するためには、『詩と随筆集』一九二八年五月号に掲載された散文詩「大井町」を通読しなければならない。長い文章だが、全文を引用する。

「人生はふしぎなもので、無限の悲しい思ひやあこがれにみたされてゐる。人はさうした心境から、自分のすがたを自然に映《うつ》して、或は現實の環境に、或は幻想する思ひの中に、それぞれの望ましい地方を求めて、自分の居る景色の中に住んでるものだ。たとへてみれば、或る人は平和な田園に住家を求めて、牧場や農場のある景色の中を歩いてゐる。そして或る人は荒寥とした極光地方で、孤獨のぺんぎん鳥のやうにして暮してゐるし、或る人は都會の家竝の混《こ》んでる中で、賭博場や、洗濯屋や、きたない酒場や理髪店のごちやごちやしてゐる路地を求めて、毎日用もないのにぶらぶらしてゐる。或る人たちは、郊外の明るい林を好んで、若い木の芽や材木の匂ひを嗅いでゐるのに、或る人は閑靜の古雅を愛して、物寂びた古池に魚の死體が浮いてるやうな、芭蕉庵の苔むした庭にたたずみ、いつもその侘しい日影を見つめて居る。

げに人生はふしぎなもので、無限のかなしい思ひやあこがれにみたされてゐる。人はその心境をもとめるために、現實にも夢の中にも、はてなき自然の地方を徘徊する。さうして港の波止場に訪ねくるとき、汽船のおーぼーといふ叫びを聞き、檣のにぎやかな林の向うに、青い空の光るのを見てゐると、しぜんと人間の心のかげに、憂愁のさびしい涙がながれてくる。

私が大井町へ越して來たのは、冬の寒い眞中であつた。私は手に引つ越しの荷物をさげ、古ぼけた家具の類や、きたないバケツや、箒、炭取りの類をかかへ込んで、冬のぬかるみの街を歩き廻つた。空は煤煙でくろずみ、街の兩側には、無限の煉瓦の工場が竝んでゐた。冬の日は鈍くかすんで、煙突から熊のやうな煙を吹き出してゐた。
貧しいすがたをしたおかみさんが、子供を半てんおんぶで背負ひこみながら、天日のさす道を歩いてゐる。それが私のかみさんであり、その後からやくざな男が、バケツや荷をいつぱい抱へて、痩犬のやうについて行つた。

大井町!

かうして冬の寒い盛りに、私共の家族が引つ越しをした。裏町のきたない長屋に、貧乏と病氣でふるへてゐた。ごみためのやうな庭の隅に、まいにち腰巻やおしめを干してゐた。それに少しばかりの日があたり、小旗のやうにひらひらしてゐた。

大井町!

むげんにさびしい工場がならんでゐる。煤煙で黑ずんだ煉瓦の街を、大ぜいの勞働者がぞろぞろと群がつてゐる。夕方は皆が食ひ物のことを考へて、きたない料理屋のごてごてしてゐる、工場裏の町通りを歩いてゐる。家家の窓は煤でくもり、硝子が小さくはめられてゐる。それに日ざしが反射して、黒くかなしげに光つてゐる。

大井町！

まづしい人人の群で混雑する、あの三叉《みつまた》の狹い通りは、ふしぎに私の空想を呼び起す。みじめな郵便局の前には、大ぜいの女工が群がつてゐる。どこへ手紙を出すのだらう。さうして黄色い貯金帳から、むやみに小錢をひき出してる。

空にはいつも煤煙がある。屋臺は屋臺の上に重なり、泥濘のひどい道を、幌馬車の列がつながつてゆく。

大井町！

鐵道工廠の住宅地域！ 二階建ての長屋の窓から、工夫のおかみさんが怒鳴つてゐる。亭主は驛の構內に働らいてゐて、眞黑の石炭がらを積みあげてゐる。日ぐれになると、そのシヤベルが遠くで悲しく光つてみえる。

長屋の硝子窓に蠅がとまつて、いつでもぶむぶむとうなつてゐる。どこかの長屋で餓鬼が泣いてゐる。嬶が破れるやうに怒鳴つてるので、亭主もかなしい思ひを感じてゐる。そのしやつぽを被つた勞働者は、やけに石炭を運びながら、生活の沒落を感じてゐる。どうせ嬶を叩き出して、宿場の女郎でも引きずり込みたいと思つてゐる。

勞働者のかなしいシヤベルが、遠くの構內で光つてゐる。

人生はふしぎなもので、無限のかなしい思ひやあこがれにみたされてゐる。人は自分の思ひを自然に映して、それぞれの景色の中に居住してゐる。


大井町！

煙突と工場と、さうして勞働者の群がつてゐる、あの賑やかでさびしい街に、私は私の住居を見つけた。私の泥長靴をひきずりながら、まいにちあの景色の中を歩いてゐた。何といふ好い町だらう。私は工場裏の路地を歩いて、とある長屋の二階窓から、鼠の死骸を投げつけられた。意地の惡い土方の嬶等が、いつせいに窓から顏を突き出し、ひひひひひと言つて笑つた。何といふうれしい出來事でせう。私はかういふ人生の風物からどんな哲學でも考へうるのだ。

どうせ私のやうな放浪者には、東京中を探したつて、大井町より好い所はありはしない。冬の日の空に煤煙！　さうして電車を降《お》りた人人が、みんな煉瓦の建物に吸ひこまれて行く。やたら凸凹《でこぼこ》した、狭くきたない混雑の町通り。路地は幌馬車でいつもいつぱい。それで私共の家族といへば、いつも貧乏にくらしてゐるのだ。」

全集年譜によれば、一九一九（大正八）年五月、上田稲子と結婚した萩原朔太郎は、前橋の両親の許に生活、翌一九二〇年九月、長女葉子誕生、一九二二（大正一一）年九月、次女明子《あきらこ》誕生、一九二五（大正一四）年二月中旬、妻子三人をともなって上京。東京府下荏原郡大井町六一七〇番地（現在の品川区西大井五丁目）の借家に住む、とあり、「大井町は結婚後初めての東京居住で、その上京に際して父密蔵は、椀、小皿その他の臺所用品一式から風邪藥にいたるまでを持たせた。家は敷金百圓。」と付記されている。

年譜にも一部が引用されているが、大井町の生活について萩原朔太郎は『蠟人形』一九三四（昭和九）年六月号に発表した「ゴム長靴」に当時の生活について回想している。

「ゴム長靴といふものは、何といふ憂鬱のものだらう。雨の降つてる日に、ゴム長靴をはいて郊外の泥濘を歩いて居る人たちは、それの背後にみじめな生活の影を曳きずつて居る。

私が初めて、東京の大井町へ移住して來た時、ひどい貧乏を經驗した。田舎の父から、月々六十圓宛もらふ外、私自身に職業がなく、他に一錢の收入もなかつた。その頃は物價の高い頂點なので、六十圓が今の二十圓位にしか使へなかつた。それで妻と私と、子供二人が生活するのは容易でなかつた。私は賣れない原稿を手に抱へて、毎日省線電車に乘り、××社や××社を訪ね歩いた。田舍に居る時から、ひそかに準備しておいた原稿——それを賣つて月々の生活費にしようとした——は、行李の中でカビが生え、不遇の運命を悲しんで居た。

大井町織物工場の煙突からは、いつも煤煙が噴き出して居た。驛には工夫のシヤベルが光り、構內の職工長屋では、靑桐のある井戶の側で、おかみさん達がしやべつて居た。私の子供たちは子供たちで、毎日熱病のやうに泣き叫んで居た。

「やかましいツ。默らないか。」

と、私の妻は妻でわめきながら、餓鬼どもの尻をひつぱたいて居た。家の壁は隙間だらけで、絕えず家內中の者が風邪をひいて居た。

伊藤博文の墓地のほとりは、陰鬱な暗い日影になつて居て、幾日も幾日も、雪解けの道が乾かなかつた。私は十錢銀貨を握つて、毎日ネギと豚肉を買ひに出かけた。何といふ道路だらう。それは道路といふよりも、むしろ沼に近いほどの泥濘だつた。步く每に、足駄が沼の底まで沈沒して、再度拔き出すことができなかつた。仕方がなく、いつもしまひには裸足になり、鼻緖の切れた泥下駄を片手にさげて、片手にネギの包みを抱へて歸るのだつた。

「ああ長靴がほしい！」

と、私は毎日口癖になり、歌のやうに節をつけて嘆息した。その一番安いゴム長靴が、その頃の物價で五圓もした。

「家へ言つてやつて、金を送らせたら好いでせう。」

と妻が言つた。だが無心の度毎に、澁面つくつた父の暗い手紙を見ることは、とても私に耐へられなかつた。私はつくづく自分の無能に腹が立つた。そして賣れない原稿を抱へながら、牛込××社の門を出て神樂坂を徘徊しながら、

我れの持たざるものは一切なり
いかんぞ窮乏を忍ばざらんや。

といふ激越の調子の詩を書いたりした。家の中は荒みきつて居た。疊の上には埃がたまり、座敷中いちめんに子供のおしめが取り亂れて居た。朝から晩まで、妻は大聲でわめき立て、子供は泣き叫び、臺所では鍋や皿がガラガラと鳴り響いて居た。それは丁度「アリスの不思議國廻り」に出る、あの豚の子の泣き騒ぐ、騒々しい伯爵夫人の家庭にそつくりだつた。

それでもたうとう、やつとゴム長靴を買ふ金が出來た。雜誌「日本詩人」に詩を持つて行つたら、編輯者の福田正夫君が居て、即座に金十圓也を渡してくれた。歸途の電車の中で、私はゴム

長靴の幻影ばかりを考へて居た。それを買つて來た夜は、子供のやうに嬉しく、枕許に置いて眠つた。あのピカピカ光つたゴム長靴が、私にとつては人生の光明のやうに思はれた。これさへあれば、もう恐ろしいものは一つもないのだ。明日からは泥濘を克服し、大威張でネギと牛肉が買《ママ》ひに行ける。」

戦後に育った人々には、萩原朔太郎の体験を実感できないかもしれない。たしか敗戦後間もなく、東京近郊の国道を視察した占領軍の軍人が、これは道路予定地ではないのか、と言ったという話がある。それにしても彼が住んでいた大井町はかなり低湿地だったにはちがいない。そのことは別として、この文章は、哀感に加え、ユーモアにあふれている。おそらく筆者は読者を笑いに誘うようなつもりはまったくもっていないのだが、自己を客観視しているので、自ら笑いがこみあげてくるのであろう。

『値段の明治・大正・昭和風俗史』（週刊朝日編、一九八七年刊）によると、一九二〇（大正九）年の巡査の初任給が四五円、同年の小学校教員の初任給が四五円から五五円、とあるから、月六〇円の仕送りで一家四人が生活するのは、かなりつましくしなければならなかったろう。そういう意味で贅沢三昧に育った萩原朔太郎にとって、大井町の生活は辛く悲しいものだったにちがいない。

私がこれらの詩、散文詩、回想記を引用したのは、萩原朔太郎がいかに大井町で苦労したかを説くためではない。一九二七（昭和二）年六月一四日から一七日まで萩原朔太郎は『都新聞』に「移住日記」という随筆を寄稿しているが、その第一回で次のとおり書いている。

「田舎から始めて出て、あの工場町の大井に住んだ時は、一ばん印象が深かつた。省線電車の停車場を出て、煉石の工場區域に吸ひ込まれて行く、あの大井町の氣分ほど、不思議にのゝゝすたるぢやのものはない。三股の繁華な通りには、工女や職工の群がむらがつて、空には煤煙がただよつてゐる。

さびしいではないですか

お嬢さん！

私の「青猫」といふ詩集で、悲げに幻想してゐたことは、丁度そゝくり大井町の景色に現れてゐた。そこの裏町には、空地のさびしい草むらがあり、古く懷れかかつた印刷工場などが、青ペンキのはげた窓を竝べてゐた。路を行く時も考へてる時も、頭の上では常に機械が廻轉し、汽罐や、蒸氣や、革帶《ベルト》やの、轟々といふ音が鳴つてゐた。職工や工女の群は、いつも郵便局の窓口にあつまつて、貧しい貯金を取らうとしてゐた。空には無數の煙突や水槽《タンク》があり、冬の日ざしの中で黑ずんでゐた。

大井町！　いかにしても私はその記憶を忘れない。丁度私が此所に來た時、私は自分の前から幻想した、詩の中の景色を現實に見る氣がした。私の詩集「青猫」で歌はうとしたのすたるぢやが、丁度そこの工場町で、幻燈のやうに映されて居るではないか。私はすつかり大井町が好きになつた。恐らく永久に、私は此所に住まうとさへ決心した。

いろいろな事情が、しかしながら私の轉居を餘儀なくした。何よりも、室生犀星君の強い誘惑が、私を田端に移轉させた。私は大井町と別れることを、愛人と別れるやうに悲んだ。けれども室生君の近所に住み、このなつかしい古い友と往復し、日常會話したり散歩したりする幸福を考へると、遂にこの好きな町を去らうとする、最後の決心に到達した。」

この文章を読むと、詩「大井町」は嫌悪した町の回想でなく、愛着の反語的表現と解しなくてはならないし、この愛着に照らして『青猫』を読み直さなければならないのではないか、という反省を強いられる。ちなみに、「大井町」では女工が郵便局で貯金帳から小銭をひきだす、と書き、ここでは女工や職工が郵便局に来るのは「貯金を取」るためと萩原朔太郎は理解していたが、むしろ、貯金し、あるいは郷里に送金するためだったにちがいない。萩原朔太郎にとっては郵便局は送金を受けとる場所だったのである。

大井町に関連して、「田端に居た頃」という文章の一節にふれておきたい。これは『驢馬』一九二六（大正一五）年五月号に発表した文章であり、室生犀星が「一國者《いっこくもの》で、何でも自分の主觀で人のことまで押し通して、それが意の如くならないといつて腹を立てる。成程、田端の情趣が彼の俳句的風流生活と一致してゐることを、後になつて私は悟つた」と記し、次のように続けているのである。

「しかし私の趣味としては、もつと空氣の明るく近代的で、工場や、煙突やが林立し、一方に生産的市場が活動しつつ、一方に赤瓦の洋風家屋などの散見する情趣、卽ち大都會の郊外にみる近代的生活の空氣がすきなのだ。だから以前に居た大井町などは、所としては殆んど理想的に氣に入つてゐた。尤も私の住んでゐた附近は、文字通りにひどい所で二度と歸る氣はしないが。」

萩原朔太郎一家が室生犀星の勧めにしたがい田端に移転したのは一九二五（大正一四）年四月上旬だから、大井町の生活は僅か二カ月足らずであった。

なお、「移住日記」には、室生犀星の大井町観が次のとおり記されている。

「室生君が始めて大井町の家を訪ねてきた時、彼は例のズバズバした調子で言つた。

「こんな所に人間が住めるか。」

あの工場町の煤烟にも、赤煉瓦の建物にも、工女や職工の悲い群にも、冬空にそびえる水槽《タンク》にも、彼が何の詩を感じなかつたといふことを、私はその一言によつて直感した。そして私の詩集「青猫」をクソミソに非難する彼の平常の美學を考へ、この久しい年月の推移が、いかに我々の間に避けがたいものを作つたかを知つた。」

萩原朔太郎は田端から鎌倉に転居し、鎌倉材木座の「孤寂な一年間に、私は哲學者のやうな冥想生活」を続けた後、ふたたび転居することとなる。

「再度、東京へ歸る機緣がきた。郊外の新居について、家族の間に議論が出た。私はもちろん、第一に大井町を主張した。田端に居る間も、幾度か大井町へ復歸しようと思つたけれども、流石に室生君へ氣がねして、はつきり決斷する勇氣がなかつた。室生君があれほどにも非難する大井町へ、再度私が移轉することは、友情を裏切る感なしに、どうしても斷行できなかつた。もし私があへてするならば、あの生一本で怒り易い友は、絶交的にまで腹を立てるにちがひない。さうしたことから生ずる友情の食ひちがひは、取り返しがつかないほど寂しいものである。私は友情を犧牲にしてまで、住居を變へようとは思はなかつた。

しかし今では、既に事情がちがつてゐる。今なら友人への氣がねなしに、自分の好きな所へ歸れるわけだ。そこで私は、第一に大井町への移轉を主張した。しかし私の主張は、家族や兩親やによつて手きびしく反對された。女共や、それから特に鄕里の親たちは、氣質的に大井町が嫌ひであつた。あの工場や、煤烟や、職工や、勞働者や、薄ぎたない裏街の雜閙やが何よりも甚だしく、彼等の趣味を不快にするのだ。紳士らしく、上品らしくない、どんな詩味についても、決して女共は理解しない。(すべての女共は、先天的の成金趣味者だ。)」

萩原朔太郎がいかに大井町に執着したか。これらの文章から私たちは知ることができる。彼の青春期の貴族趣味からは理解ができないが、彼が大井町の赤煉瓦の工場、煤烟、職工、労働者などを近代的な生産的な場所と考え、『青猫』をその地域の家々の屋根にみるにふさわしい場所と考えていたことも間違いない。だが、同時に、それらの地域には「赤瓦の洋風家屋などの散見する情趣」をも彼は求めていたし、「田端に居た頃」に「大井町などは、所としては殆んど理想的に氣に入つてゐた」と書きながらも、「尤も私が住んでゐた附近は、文字通りにひどい所で二度と歸る氣はしない」と書いたのも彼の本音であった。彼の住む場所は「赤瓦の洋風家屋」が散見されていなければならなかった。大井町は、彼の理想に近い地域であったが、そういう意味で、充分に満足できる地域ではなかった。

その後、彼は馬込に移転し、自然への愛を感じ、明るく青々とした風物、洋風家屋、風景をロマンチックに見せる、多くの坂などにふれているが、馬込には彼の理想とした近代的な生産環境もなかったし、労働者もいなかった。萩原朔太郎が理想とした住居環境など、じつは存在しえない。萩原朔太郎は東京の生活によって、『青猫』の中の景色が実在しないことを、彼が夢みていたものは幻想にすぎなかったことを、実感したにちがいない。

3

若い萩原朔太郎が都会にどのような憧憬をいだいていたかは、『文章世界』一九一七（大正六）年六月号に発表した「都會と田舍」から明らかであろう。長篇詩だが、あえて全文を引用する。

ひとり私のかんがへてゐることは、
もえあがるやうな大東京の夜景です、
かかるすばらしい都會に住んでゐる人たちは、
さかんなもりあがる群集をして、
いつも磨かれたる大街道で押しあひ、
入りこみたる建築と建築との家竝のあひだにすべりこむ、
そこにはさびしい裏町の通りがあり、
ゆがんだ酒場《バアー》の軒がごたごたと混みあつてゐる、

だぶだぶとながれる不潔な堀割、
煤煙ですすぼけたその附近の悲しい空氣、
そしてせまくるしい往來では、
いつも醉つぱらつた勞働者の群が混雜してゐる、
また一方には立派な大市街、
ぴかぴか光る會社の眞鍮扉錠《ドアハンドル》、
紳士のステツキ、磨いた靴、石の敷石、步道の竝木、
窓、窓、窓、窓、中央停車場《ステーシヨン》ホテルの窓、
また一方はにぎやかな大通、
むらがる花のやうな美人の群、疾行するもの、
馬車、自動車、人力車、無數の電車、
淺草公園雷門、カフエ、劇場、音樂、理髮師、淫賣、家主、學生、大人に子供、
ああ、愉快なるメリイゴーラウンド、廻轉木馬の上の東京大幻想樂《フアンタジイ》。
すべてこれらの愉快なもの、運動するもの、酒をのむところ、きたないところ、さびしいところ、混雜したところ、深酷なもの、入りくんだもの、不思議なもの、日のあたるところのもの、日のあたらないところのもの、あかるくしてたのしいもの、くらくして悲しみに

たへがたいもの、
ありとあらゆる官能のよろこびとそのなやみと、
ありとあらゆる近代の思想とその感情と、
およそありとあらゆる『人間的なるもの』のいつさいはこの都會の中心にある。
けれどもここにはなにがあるか、
遠く都會をはなれたここの田舍には何があるか、
ああ、ここには風がある、
はてしもなくひろがつた大空がある、
たかく盛りあがつた土壤がある。
森がある、
畑がある、
村落がある、
そして農人たちの眠つたい生活がある、
ああ、私のゐるこの田舍のさびしさにはたへられない、
みよ、あの遠い山脈には夕ぐれの野火がふるへてゐる、
ここのもろこし畑はひからびて風にざわざわ鳴る、

ここには人氣のないまつすぐの國道がある、
みじめな古ぼけた市街がある、
その市街はがらんどうで夜なんかはまつくらです、
ここの女たちはきめがあらくて色がくろい、
ここには文明がない、
ここには人間的なるものはなにもない。

ここには自然がある。
おそろしく大きな手もつけられない自然がある、
田舎のすべてのものの上におほひかぶさつてゐる重くるしい陰鬱な自然である、
ああ、自然、
なんといふ冷酷な意地のわるい言葉であらう、
ああまたなんといふ恐ろしさで、
この自然が私の心にのりかかつてくることであらう、
私のたましひはその重みにくろずみ、
くるしくたへがたく土壌の下にすすりなきをするむぐらもちのやうだ、

そのいきづまるやうな陰氣なたましひ、
ひろびろとした曠野の中にふるへてゐるひとつの病みたるこころね、
こゑをかぎりにさけびをあげるひとつの生命、
ひとつの高き樹木のうへにひろがる無限の空、
無限にひろがりゆく青ざめたるひとつの感情、
ああ、じつになんといふ恐ろしさで、
この陰鬱な自然が私にのりかかつてくることか、
みよ、みよ、その鐵板のやうな重たさが、
私のいのちをまつかうから押しつぶし、
か弱い神經の纖維をがりがりとかじりつめる、
ああはやこの恐ろしい自然は私のいのちの骨までもがりがりと食ひ盡す、
食ひ殺す。

私はかなしい瞳をあげて、ときどき遠方の空を思ふのです、
かしこに晴れたる青空があり、
その下には無數の建築、無數の家根、

遠く大東京の雜閙はおほなみのやうな快よいひびきをたてて居るではないか、
ああ心よいまはかがやく青空のかなたにのがれいでよ、
そしてやすらかに安住の道をもとめてあるけよ、
見知らぬ人間の群と入り混みたる建築の日影をもとめて、
いつもその群集の保護の下にあれよ、
ああ、わがこころはなになればかくもみじめな恐れにふるへ、
いつも脱獄をしてきた囚徒のやうに、
見も知らぬ群集の列をもとめてまぎれ歩かうとするのか、
このふるへる、みすぼらしい鴉のやうな心よ、
しきりに田舍の自然をおそれる青ざめたそのひとつの感情よ、
いまも私のかんがへてゐることは、
盛りあがるやうな大東京の雜閙と、そのあてもなき群集のながれゆくひとつの悲しき方角です。

『虚妄の正義』には「田舍と都會」という箴言が収められている。

「あの人情に厚い田舎の生活――そこでは隣人と隣人とが親類であり、一個人の不幸や、幸運

や、行爲やが、たちまち郷黨全體の話題となり、物議となり、そしてまた同情となり、祝福となり、非難となる。――は、我等の如く孤獨を愛するものにまで、しばしば耐へがたい煩瑣の惱みである。我等はむしろ都會の生活を望むであらう。そこでは隣人と隣人とが互に知らず、個人の行爲は自由であつて、何等周圍の監視を蒙らない。げに都會の生活は非人情であり、そしてそれ故に、遙かに奧寂しい高貴の道德に適つてゐる。」

この萩原朔太郎の都会の人間関係の見方は都会生活を知らぬ者の無智による、一種の憧憬といってよい。

『映畫藝術』一九二五（大正一四）年四月二九日号ではすでに「浅草」と題して浅草について幻滅を語っている。

「田舍に居るとき、私は淺草といふ所をずつと面白い所に想像してゐた。淺草は日本のモンマルトルだといふことを、しばしば多くの人からきいた。新聞紙をよむと、不良少年と犯罪との巢窟であり、都會生活の暗黑面たる性慾の下水道のやうに書かれてゐる。

然るに實際の淺草へ來て、事のあまりに豫想と異なるに驚いてしまつた。第一、盛り場の特色たるべき淫賣婦と醉ひどれとが、淺草には殆んど見えない。」

とはじまり、次のようにいう。

「要するに淺草は、眞面目な活動寫眞を、眞面目くさつて見に行く所、ただそれだけの所にすぎない。その外では、普通の賑やかな公園と少しも變つた所がなく、盛り場でもなく、歡樂郷でもなく、民衆的の娯樂場でもなく、また文明都市の下水道でもありはしない。思へば「淺草」といふ概念が、ずゐぶん久しい間、我々の田舍者を欺いてゐたものだ。」

萩原朔太郎は浅草に幻滅を感じたと同じく、東京という都会にも幻滅を感じたにちがいない。東京において人間関係の煩わしさは田舎と変りがあるわけではない。彼が東京に失望し、また、東京に住む場所を発見できなかったことは「大井町」他の詩、散文で検討してきた。いわば、萩原朔太郎は真に安住する土地をもたない放浪者であった。

4

『虚妄の正義』は一九二九（昭和四）年一〇月に刊行されたエッセイ集だが、同書中、「婦人を愛するには」と題する文章がある。「中世紀の騎士のやうに、婦人を全くの音樂的幻想として、近づくことのできない、また近づいてはならないものとして――騎士たちは、二つの寢臺の間に劍を横たへた。――遠くから匂ひを嗅いでゐるか、も一つは、我々のだれもがするやうに、ずつと粹な仕方で彼等を慣らし、無邪氣な愛らしい家畜として戲れるかである。前の仕方によれば、吾人は永久に女神への思慕と奉公とをつくし得る。その遠くから匂つてくる白粉や肌の香は、いつも我々を夢みるやうに、幸福に導いてくれるであらう。もし後の仕方によれば、同じやうにまた我々は幸福である。なぜといつて我々は人間であり、彼等は人間でないもの――可愛らしい家畜――である。そしてどんな人々も、仔犬のいたづらや、愚かさや、嫉妬深さや、無自覺や、エゴイズムや、野卑や、下劣さやに腹を立てない。のみならず犬が犬らしくあるほど、それが益々可愛らしく、愛嬌ありげに見えるのである。

かくの如く、我々はしなければいけない。卽ち我々の頭の上に、遠く天上界にまで彼等を置くか、でなければ反對に、彼等と我々の寢臺の下に、ずつと低い地位に見るかである。しかしながら我々は、兩者の中間を避けねばならない。女神でもなく、家畜でもなく、我々の同じ種屬として、人間として婦人を愛したり、取扱つたりするのは、決して絕對に避けねばならない。それは婦人に對する禮儀でなく、また親切の仕方でもない。なぜならば彼等は、それによつて耐へがたいものになつてくるから。あまつさへ我々は、愛によつて惠まれる筈の、特別の幸福を無くしてしまふ。」

萩原朔太郎の結婚生活はどうであったか。『時事新報』一九二九年一月二六日から三〇日までの間に連載した「或る孤獨者の手記」に次のとおり書いている。

「僕は家庭を持つてるけれども、此の家庭生活からも、僕は依然として孤獨である。「妻」とか「子供」とかいふ觀念が、どうしても僕にははつきりしない。愛がないといふわけではないけれど、何だか家庭生活そのものが、僕には少しも意義がなく、單に荷やつかいの重荷として、不快な重壓を感ずるばかりだ。（もつとも僕のやうな人間は、始めから家庭を持つのが誤謬であつた。）僕は家庭の中に居ながら、いつも氷山に居ると同じく、永遠に凍りついてる孤獨を持つてる。かつて北原白秋氏は、よく僕の家庭生活を觀察して、萩原は細君や子供の前で、いつもおづおづと耻しがつてると冷かされたが、實際さういふ所があるかも知れない。あへて耻しがつてるわけではないが、妻とか子供とかいふ存在が、僕にとつては空漠とした觀念であり、一も家庭的なはつきりした意味を感知し得ないからだ。」

『虛妄の正義』の「結婚と女性」の章の冒頭に、次の箴言が載せられている。

「情慾は判斷を暗くする。それの性急な要求がない時に、靜かに熟考して妻を選べ！　然るに人々は、生涯の最も惡い時期に結婚する。」

じっさい、萩原朔太郎のばあい、その性欲のために結婚した、あるいは結婚を急いだことは間違いない。右の箴言は自省の言にちがいない。

萩原朔太郎が稲子夫人と離別したのは一九二九年七月だが、右に引用したいくつかの文章を発表した当時すでに家庭生活は破綻していた。

はるか後年、一九三六（昭和一一）年一二月三一日付で丸山薫に送った書簡で、萩原朔太郎は次のとおり書いている。

「君の今の心境は、僕の青猫をかいた頃とよく似てゐると思ひます。あの頃は夢の中でよく死んだ女に逢つた。女は白い經かたびらをきて、美しい幽靈のやうな姿をしてゐた。時には夢の中で遂情もした。しかし目が醒めてから無やみに悲しく、涙で枕をめちやくちやに濡らしてしまつた。（夢の中で遂情したのは、たしかに強度の神經衰弱になってた證據だ。）書間は終日ぼんやりして、あの挿繪にあるやうな荒寥地方をイメージしながら、爲すこともなく茫然として暮してゐました。ほんとにあの頃は悲しかつた。」

この書簡に「青猫をかいた頃」とあるのは「荒寥地方をイメージしながら」とあることからみても、『青猫』の後期から、『青猫』(以後)の時期を指すにちがいない。

定住すべき場所をもたない放浪者、家庭はすでに破綻した孤独な詩人が書いた作品が『青猫』(以後)二〇篇であった。

5

『青猫』(以後)は『詩聖』一九二三(大正一二)年一月号に発表した「桃李の道――老子の幻想から」にはじまる。ただし『青猫』後期の傑作であり、『青猫』所収の作品中最後に発表された「野鼠」は『日本詩集』同年五月刊に掲載されているから、発表時に関するかぎり、「野鼠」より早い。

聖人よ　あなたの道を教へてくれ
繁華な村落はまだ遠く
鷄《とり》や犢《こうし》の聲さへも霞の中にきこえる。
聖人よ　あなたの眞理をきかせてくれ。
杏の花のどんよりとした季節のころに
ああ　私は家を出で　なにの學問を學んできたか

むなしく青春はうしなはれて
戀も　名譽も　空想も　みんな楊柳の牆《かき》に涸れてしまつた。
聖人よ
日は田舍の野路にまだ高く
村村の娘が唱ふ機歌《はたうた》の聲も遠くきこえる。
聖人よ　どうして道を語らないか
あなたは默し　さうして桃や李やの咲いてる夢幻の鄕《さと》で
ことばの解き得ぬ認識の玄義を追ふか。
ああ　この道德の人を知らない
晝頃になつて村に行き
あなたは農家の庖廚に坐るでせう。
さびしい路上の聖人よ
わたしは別れ　もはや遠くあなたの沓音《くつおと》を聽かないだらう。
悲しみしのびがたい時でさへも
ああ　師よ！　私はまだ死なないでせう。

「むなしく青春はうしなはれて／戀も　名譽も　空想も　みんな楊柳の牆《かき》に涸れてしまつた」という発想は、「野鼠」の「ああもう希望もない　名譽もない　未來もない」という悔恨、絶望に近い。しかし、ここで、詩人は老子、幻想の老子に問いかけている。「あなたの道を教へてくれ」と。

『老子』第二一章には「道の物為《ものた》る、唯《た》だ恍《こう》唯《た》だ惚《こつ》。忽《こつ》たり恍《こう》たり」とある。「道というものは、おぼろげでなんとも奥深い」という意という（蜂屋邦夫訳注・岩波文庫版による）。そのおぼろげでなんとも奥深い中に、なにか実体があり、なにか純粋な気があり、その中に確かな働きがある、という。

詩人はまた尋ねる。「あなたの眞理をきかせてくれ」と。おそらく『老子』第四八章にいうとおり、学を為す者は、結局において、無為に至る、無為にして而も為さざるはなし、といった、「無」の哲学であらう。第一章に戻れば、「道の道とす可きは、常の道に非ず」「名無きは天地の始め」といったことに立ち帰り、詩人は老子に別れを告げることになるのではないか。

この詩で萩原朔太郎が幻想した老子から何を学び、どうして別れることにしたというのか、私には解し難いけれども、恋も、名誉も、空想も、何もかも失われたと感じている詩人は、老子の「無」の哲学からも訣別することを語ったのだ、と解している。

同誌に同時に発表された「風船乗りの夢」では、孤独に虚無の宇宙を漂う自己を凝視しているかにみえる。切実とはいえないが、寂寥感にあふれた作である。

夏草のしげる叢《くさむら》から
ふはりふはりと天上さして昇りゆく風船よ
籠には舊暦の暦をのせ
はるか地球の子午線を越えて吹かれ行かうよ。
ばうばうとした虚無の中を
雲はさびしげにながれて行き
草地も見えず　記憶の時計もぜんまいがとまつてしまつた。
どこをめあてに翔けるのだらう
さうして酒瓶の底は空しくなり
醉ひどれの見る美麗な幻覺《まぼろし》も消えてしまつた。
しだいに下界の陸地をはなれ
愁ひや雲やに吹きながされて
知覺もおよばぬ眞空圏内にまぎれ行かうよ。
この瓦斯體もてふくらんだ氣球のやうに

ふしぎにさびしい宇宙のはてを
友だちもなく　ふはりふはりと昇つて行からよ。

『文章世界』の同年同月号には「古風な博覧會」「まどろすの歌」の二篇を発表している。「古風な博覧會」は感興ふかい作品だが、「まどろすの歌」の方が感銘がつよい。

愚かな海鳥のやうな姿《すがた》をして
瓦や敷石のごろごろとする港の市街區を通つて行かう。
こはれた幌馬車が列をつくつて
むやみやたらに圓錐形の混雑がやつてくるではないか。
家臺は家臺の上に積み重なつて
なんといふ人畜のきたなく混雑する往來だらう
見れば大時計の古ぼけた指盤の向うで
冬のさびしい海景が泣いて居るではないか。
涙を路ばたの石にながしながら
私の辨髪を背中にたれて　支那人みたやうに歩いてゐよう。

かうした暗い光線はどこからくるのか
あるいは理髪師《とこや》や裁縫師《したてや》の軒《のき》に *Artist* の招牌《かんばん》をかけ
野菜料理や木造旅館の貧しい出窓が傾いて居る。
どうしてこんな貧しい「時」の寫眞を映すのだらう
どこへもう　外の行くところさへありはしない
はやく石垣のある波止場を曲り
遠く沖にある帆船へかへつて行かう
さうして忘却の錨を解き記録のだんだんと消えさる港を尋ねて行かう。

もう何処へ行くこともできない。過去も忘れ去るより他はない。上海あたりの石版画の路地裏にまぎれこんで、うつろな眼差で徘徊する自己を見ているかの感がある。涙ぐみたいほどの寂しさが心に沁みる作である。

掲載順でいえば「まどろすの歌」と『日本詩人』一九二三年二月号所掲の「佛陀」との間に挿入されている「荒寥地方」は雑誌に発表されたことはなかったようだが、掲載順からみて、このころの作にちがいない。

散歩者のうろうろと歩いてゐる
十八世紀頃の物さびしい裏街の通りがあるではないか
青や緑や赤やの旗がぴらぴらして
むかしの出窓に鐵葉《ぶりき》の帽子が飾つてある。
どうしてこんな情感のふかい市街があるのだらう
日時計の時刻にとまり
どこに買物をする店や市場もありはしない。
古い砲彈の碎片《かけ》などが掘り出されて
それが要塞區域の砂の中でまつくろに錆びついてゐたではないか
どうすれば好いのか知らない
かうして人間どもの生活する　荒寥の地方ばかりを歩いてゐよう。
年をとつた婦人のすがたは
家鴨《あひる》や鷄《にはとり》によく似てゐて
網膜の映るところに眞紅《しんく》の布《きれ》がひらひらする。
なんたるかなしげな黄昏だらう
象のやうなものが群がつてゐて

郵便局の前をあちこちと彷徨してゐる。
「ああどこに　私の音づれの手紙を書かう！」

荒廃した地方を彷徨している。町は廃墟に似ている。商店はあるらしいが、商品を売ってはいない。人はみな動物のような姿をしている。これが詩人が生活している地域の風景であり、詩人には手紙を書く相手もない。寒々とした萩原朔太郎の心象をのぞくかの感を覚える。

「佛陀」と同じ『日本詩人』に同時に発表された「ある風景の內殼から」も「輪廻と樹木」も『帆船』の同年同月号に発表された「曆の亡魂」も、すべてすぐれた作品である。じっさい、『青猫』（以後）の作品には駄作、凡作と目すべき作品はほとんどない。哀切さにおいて「ある風景の內殼から」がまさっていると考えるので、これを読むこととする。

どこにこの情慾は口をひらいたら好いだらう
大海龜《うみがめ》は山のやうに眠つてゐるし
古世代の海に近く
厚さ千貫目ほどある硨磲《しやこ》の貝殼が眺望してゐる。
なんといふ鈍暗な日ざしだらう

しぶきにけむれる岬岬の島かげから
ふしぎな病院船のかたちが現はれ
それが沈沒した碇の纜《ともづな》をずるずると曳いてゐるではないか。
ねえ！　お嬢さん
いつまで僕等は此處に坐り　此處の悲しい岩に竝んでゐるのでせう
太陽は無限に遠く
光線のさしてくるところにぼうぼうといふほら貝が鳴る。
お嬢さん！
かうして寂しくぺんぎん鳥のやうにならんでゐると
愛も　肝臓も　つららになつてしまふやうだ。
やさしいお嬢さん！
もう僕には希望《のぞみ》もなく　平和な生活《らいふ》の慰めもないのだよ
あらゆることが僕をきちがひじみた憂鬱にかりたてる
へんに季節は轉轉して
もう春も李《すもも》もめちやくちやな妄想の網にこんがらかつた。
どうすれば好いのだらう　お嬢さん！

ぼくらはおそろしい孤獨の海邊で　大きな貝肉のやうにふるへてゐる。
そのうへ情慾の言ひやうもありはしないし
これほどにもせつない心がわからないの？　お孃さん！

幻の女性と極北の海辺の岩に並んで坐り、寂しい風景を前に凍りついている。「青猫を書いた頃」の中で、この作品について萩原朔太郎は次のとおり書いている。

「氷島の上に坐つて、永遠のオーロラを見て居るやうな、こんな北極地方の佗しい景色も、夢の中で幻燈に見た。私のイメーヂに浮ぶすべての世界は、いつでも私の悲しみを表象して居た。そこの空には、鈍くどんよりとした太陽が照り、沖には沈沒した帆船が、蜃氣楼のやうに浮んで居た。そして永劫の宇宙の中で、いつも靜止して居る「時」があつた。それは常に「死」の世界を意味して居たのだ。死の表象としてのヴィジョンの外、私は浮べることができなかつたのだ。」

これは幻の風景の中の幻の情欲をうたった詩だが、決してファンタジーではない。萩原朔太郎は、この時期には、うつつの中に幻を見、幻の中にうつつを見ていた。「愛憐詩篇」中の「再會」、『月に吠える』中の「雲雀料理」「天景」などはファンタジーと意識して夢想した作品だが、『青猫』後期から、ことに『青猫』（以後）の作品は萩原朔太郎はファンタジーを書いている意識はなかった。彼の眼に映じた幻をうつつとして書いたのである。

「沿海地方」は『新潮』一九二三（大正一二）年六月号に掲載された作だが、やはり荒寥地方の孤独な放浪者をうたった作である。

馬や駱駝のあちこちする
光線のわびしい沿海地方にまぎれてきた。
交易をする市場はないし
どこで毛布《けつと》を賣りつけることもできはしない。
店鋪もなく
さびしい天幕《てんまく》が砂地の上にならんでゐる。
どうしてこんな時刻を通行しよう
土人のおそろしい兇器のやうに
いろいろな呪文がそこらいつぱいにかかつてしまつた。
景色はもうろうとして暗くなるし
へんてこなる砂風《すなかぜ》がぐるぐるとうづをまいてる。
どこにぶらさげた招牌《かんばん》があるではなし
交易をしてどうなるといふあてもありはしない。

いつそぐだらくにつかれきつて
白砂の上にながながとあふむきに倒れてゐよう。
さうして色の黒い娘たちと
あてもない情熱の戀でもさがしに行かう。

この孤独な旅行者ははなはだしい無為と倦怠に疲労しきっている。自堕落に倒れ伏すより他ないし、起き上ったら、黒い肌の娘との恋に情熱を燃やしたいとも思うのだが、あてがあるわけではない。この沿海地方にも冷たく侘びしい風が吹いている。
この年『新潮』六月号に「大砲を撃つ」を発表している。

わたしはぴらぴらした外套をきて
草むらの中から大砲をひきだしてゐる。
なにを撃たうといふでもない
わたしのはらわたのなかに火薬をつめ
ひきがへるのやうにむつくりとふくれてゐよう。
さうしてほら貝みたいな瞳《め》だまをひらき

まつ青な顔をして
かうばうたる海や陸地をながめてゐるのさ。
この邊のやつらにつきあひもなく
どうせろくでもない貝肉のばけものぐらゐに見えるだらうよ。
のらくら息子のわたしの部屋には
春さきののどかな光もささず
陰鬱な寝床のなかにごろごろとねころんでゐる。
わたしをののしりわらふ世間のこゑごゑ
だれひとりきてなぐさめてくれるものもなく
やさしい婦人のうたごゑもきこえはしない。
それゆゑわたしの瞳《め》だまはますますひらいて
へんにとうめいなる硝子玉になつてしまつた。
なにを喰べようといふでもない
妄想のはらわたに火薬をつめこみ
さびしい野原に古ぼけた大砲をひきずりだして
どおぼん　どおぼんとうつてゐようよ。

出来の良い作品とはいえないが、ひき蛙のようにふくれあがり、まっ青な顔をし、貝肉の化物のようになり、眼は透明な硝子玉となっている。肉体的に人間失格の状態で、やはり孤独をかこっている。食欲があるわけでもないから腸に火薬をつめこんで大砲で自らを撃ってしまおう、という。表現も整っていないし、イメージも混乱しているようだが、自死を思うまでに、作者が思いつめていたのだと解すれば、見落すことのできない作品である。

この作品を発表してから、一年以上、萩原朔太郎は詩を発表していない。その後、『女性改造』一九二四年八月号に発表した「猫の死骸」、『改造』翌二五年二月号に発表した「沼澤地方」の二作によって、『青猫』(以後)の詩作は頂点に達した。

6

「猫の死骸」は次のとおりである。

海綿のやうな景色のなかで
しつとりと水氣にふくらんでゐる。
どこにも人畜のすがたは見えず
へんにかなしげなる水車が泣いてゐるやうす。
さうして朦朧とした柳のかげから
やさしい待びとのすがたが見えるよ。
うすい肩かけにからだをつつみ
びれいな瓦斯體の衣裳をひきずり
しづかに心靈のやうにさまよつてゐる。

ああ浦　さびしい女！
「あなた　いつも遲いのね」
ぼくらは過去もない未來もない
さうして現實のものから消えてしまつた。……
浦！
このへんてこに見える景色のなかへ
泥猫の死骸を埋めておやりよ。

ついで「沼澤地方」を引用する。

蛙どものむらがつてゐる
さびしい沼澤地方をめぐりあるいた。
日は空に寒く
どこでもぬかるみがじめじめした道につづいた。
わたしは獸《けだもの》のやうに靴をひきずり
あるいは悲しげなる部落をたづねて

だらしもなく　懶惰《らんだ》のおそろしい夢におぼれた。

ああ　浦！
もうぼくたちの別れをつげよう
あひびきの日の木小屋のほとりで
おまへは恐れにちぢまり　猫の子のやうにふるへてゐた。
あの灰色の空の下で
いつでも時計のやうに鳴つてゐる
浦！
ふしぎなさびしい心臓よ。
浦！　ふたたび去りてまた逢ふ時もないのに。

これらの作品について「青猫を書いた頃」において、萩原朔太郎は次のとおり自注している。『青猫』後期の傑作「野鼠」を引用した上で、彼はまずこう書いている。

「一切の不幸は、誤つた結婚生活に原因して居た。理解もなく、愛もなく、感受性のデリカシイもなく、單に肉慾だけで結ばれてる男女が、古い家族制度の家の中で同棲して居た。そして尚、その上にも子供が生れた。私は長椅子《ソファ》の上に身を投げ出して、昔の戀人のことばかり夢に見て居た。その昔の死んだ女は、いつも紅色の衣裝をきて、春夜の墓場をなまぐさく歩いて居た。私の肉體が解體して無に歸する時、私の意志が彼女に逢つて、燐火の燃える墓場の陰で、悲しく泣きながら抱くのであつた。」

すでに『青猫』を読んださいに『詩聖』一九二二年六月号に発表した「艶めかしい墓場」が「猫の死骸」「沼澤地方」の原型をなす作品と解したが、萩原朔太郎の右の自注はこの事実を裏づけているといってよい。その上で、萩原朔太郎は「猫の死骸」の一部を引用した上で次のとおり自注している。

「浦は私のリヂアであつた。そして私の家庭生活全體が、完全に「アッシャア家の沒落」だつた。それは過去もなく、未來もなく、そして「現實のもの」から消えてしまつた所の、不吉な呪はれた虛無の實在――アッシャア家的實在――だつた。その不吉な汚ないものは、泥猫の死骸によつて象徵されてた。浦！　お前の手でそれに觸るのは止めてくれ。私はいつも本能的に恐ろしく、夢の中に泣きながら戰《おのの》いて居た。

それはたしかに、非倫理的な、不自然な、暗くアブノーマルな生活だつた。事実上に於て、私は死靈と一緒に生活して居たやうなものであつた。さうでもなければ、現實から逃避する道がなく、悔恨と悲しみとに耐へなかつたからである。私はアブノーマルの仕方で妻を愛した。戀人のことを考へながら、妻の生理的要求に應じたのである。妻は本能的にそれを氣付いた。そして次第に私を離れ、他の若い男の方に近づいて行つた。」

「リジア」Ligeia ――巽孝之訳の新潮文庫版（『黒猫・アッシャー家の崩壊』）ではライジーアと訳されている女性は「立ち居振る舞いが高貴で、静謐にして優美」、「完全無欠」な顔のかたち、「該博というしかない」学識、そしてまた激情の持主であり、「超然と死の床」に戻った女性だから、これら二篇の詩の「浦」のような亡霊に似た存在ではない。「浦は私のリヂアであつた」という意味は浦は私の理想の女性であったというほどの意味であろう。「妻の生理的要求に應じた」というのも疑わしい。妻が彼の生理的要求に応じたというのが真相でないか。萩原朔太郎の「家庭生活全體が、完全に「アッシャア家の沒落」だつた」というのも、萩原朔太郎の家庭はアッシャー家とは似ても似つかぬものだから、家庭生活が破綻、崩壊過程にあったというほどの意味にちがいない。

『青猫』（以後）の他の詩作品についてもいえることだが、これらの作品で、萩原朔太郎が彼の幻想した風景をうたった、とは私は考えない。この幻の風景こそが彼にとっての現実であった。いいかえれば彼は幻のなかを生きていたのであった。

ここで、「青猫を書いた頃」に戻ると、この文章に引用されている作品は『感情』一九一八年四月号に発表された「憂鬱の川邊」を除き、すべて一九二二年、二三年に発表された「艶めかしい墓場」「くづれる肉體」「野鼠」などの『青猫』後期の作品、それに、『青猫』(以後)の「猫の死骸」「沿海地方」「ある風景の內殼から」であり、最後に、初出誌不明だが一九二二、二三年頃の作品であると思われる「怠惰の暦」である。「憂鬱の川邊」だけは時期が早いが、詩風としては『青猫』後期の作品にきわめて近い。つまり、萩原朔太郎が「青猫を書いた頃」にいう「頃」の時期は『青猫』後期から『青猫』(以後)の時期とみられる。そしてこの文章は「怠惰の暦」の

むかしの人よ、愛する猫よ
私はひとつの歌を知つてる
さうして遠い海草の焚けてる空から、爛れるやうな接吻《きす》を投げよう。
ああ　このかなしい情熱の外　どんな言葉も知りはしない。

の四行を引き、次の文章で終っている。(『青猫』(以後)では右の第一行の「むかしの人よ」は「むかしの戀よ」、第二行の「私」は「わたし」等の違いがある。)

「詩集「青猫」のリリシズムは、要するにこれだけの歌に盡きてる。私は昔の人と愛する猫とに、爛れるやうな接吻《きす》をする外、すべての希望と生活とを無くして居たのだ。さうした虛無の柳

の陰で、追懐の女としなだれ、艶めかしくもねばねばとした邪性の淫に耽つて居た。青猫一巻の詩は邪淫詩であり、その生活の全體は非倫理的の罪惡史であつた。私がもし神であつたら、私の過去のライフの中から、この生活の全體を抹殺してしまひたいのだ。それは不吉な生活であり、陰慘な生活であり、恥づべき冒瀆的な生活だつた。しかしながらまたそれだけ、青猫の詩は私にとつて悲しいのだ。今の私にとつて、青猫の詩は既に「色の褪せた花」のやうな思ひがする。しかもその色の褪せた花を見ながら、私はいろいろなことを考へてるのだ。

見よ！　人生は過失なり――と、私は近刊詩集「氷島」中の或る詩で歌つた。まことに過去は繰返し、過失は永遠に回歸する。ボードレエルと同じく、私は悔恨以外のいかなる人生をも承諾しない。それ故にまた私は、色の褪せた青猫の詩を抱いて、今もまた昔のやうに、人生の久遠の悲しみを考へてるのだ。」

ここで萩原朔太郎のいう詩集『青猫』とは『定本青猫』（一九三六年三月刊）を意味している。この両版の間には著しい違いがある。『青猫』（以後）の作品は『定本青猫』に収められている。反面、『青猫』（初版）に収められた多くの作品が『定本青猫』で省かれている。『青猫』（初版）の「艶めける靈魂」の章の作品五篇はすべて稲子夫人との結婚生活が平穏であった時期の作品と思われるが、これらが除かれているのもその例である。「青猫を書いた頃」の「青猫」は『定本青猫』を指しているので、その事実をふまえて読まなければならない。

『青猫』（初版）は、猫が家々の屋根を這う東京の生活から生まれた。いま青猫はみじめな青猫として捨てられなければならない。結婚が挫折し破綻したときに捨て去られるべきであった。「浦」は萩原朔太郎にとって「夢の中の戀人」であった。「私が彼女と逢ふ時には、いつも物佗びしい北極圏の太陽が、夢の空で輝いてゐた」と「敍情詩物語」にいう。

「あなた、いつも遅いのね」

と浦が咎めるのは、とうに離別すべきでありながら離別にふみきらない、詩人の生き方に対する非難であった。

そこで、泥猫を捨てるように離別を決めたときは、浦ともまた離別の時であった。何よりも非倫理的な関係は清算する必要があった。

そのようにうがった解釈はこれら二篇の詩の鑑賞を誤らせるかもしれない。夢幻的な恋人との出会いとしみじみした別れ、を読みとれば充分なのだとも私は考えている。

『青猫』（以後）について語るべきことはもうごく限られている。『改造』一九二四（大正一三）年九月号に発表した「鴉」は「大井町」のための習作と私は考える。両者を読み比べればはっきりすることだが、一応「鴉」を引用する。

青や黄色のペンキに塗られて

まづしい出窓がならんでゐる。
むやみにごてごてと屋根を張り出し
道路いちめん　積み重なつたガタ馬車なり。
どこにも人間の屑がむらがり
そいつが空腹の草履《ざうり》をひきずりあるいて
やたらにゴミダメの葱《ねぎ》を喰ふではないか。
なんたる絶望の光景だらう
わたしは魚のやうにつめたくなつて
目からさうめんの涙をたらし
情慾のみたされない　いつでも陰氣な悶えをかんずる。
ああ　この嚙みついてくる蠍《さそり》のやうに
どこをまたどこへと暗愁はのたくり行くか。
みれば兩替店の赤い窓から
病氣のふくれあがつた顔がのぞいて
大きなパイプのやうに叫んでゐた。
「きたない鴉め！　あつちへ行け！」

「猫の死骸」「沼澤地方」の二作により、行き着くところまで行き着いてしまった詩人は、ここから現実に回帰していく。それが「鴉」であり、「大井町」であった。「大井町」に続く「吉原」は『近代風景』一九二七年一月号に発表された作品だが、採るべき作品ではない。続く「大工の弟子」は詩としては貧しいが、萩原朔太郎が、あるいは、この当時、こんな建設的、積極的な生き方を志向していたのかもしれない、という意味では、興味がないとはいいきれない。

僕は都會に行き
家を建てる術を學ばう。
僕は大工の弟子となり
大きな晴れた空に向つて
人畜の怒れるやうな家根を造らう。
僕等は白蟻の卵のやうに
巨大な建築の柱の下で
うぢうぢとして仕事をしてゐる。
甍《いらか》が翼《つばさ》を張りひろげて

夏の烈日の空にかがやくとき
僕等は繁華の街上にうじやうじやして
つまらぬ女どもが出してくれる
珈琲店《カフエ》の茶などを飲んでる始末だ。
僕は人生に退屈したから
大工の弟子になつて勉強しよう。

こうした心のもち方は萩原朔太郎には稀有といってよい。最後の「空家の晩食」は凡庸としか言いようがないが、萩原朔太郎の落魄した心境を思うと、一応、引用して、本章を終えることとする。

黄色い洋燈の下で
家族といつしよに飯をくつた
魚も肉も野菜もなく　乾からびた米粒ばかりが殘つてゐた。
がらんとした空家の中で
引つ越しの晩の出來事である。

第九章　『氷島』

1

一九三四（昭和九）年二月付の『氷島』の「自序」に萩原朔太郎は「この詩集の正しい批判は、おそらく藝術品であるよりも、著者の實生活の記録であり、切實に書かれた心の日記であるのだらう」と書いた上で、次のとおり続けている。

「著者の過去の生活は、北海の極地を漂ひ流れる、侘しい氷山の生活だつた。その氷山の嶋嶋から、幻象《まぼろし》のやうなオーロラを見て、著者はあこがれ、悩み、悦び、悲しみ、且つ自ら怒りつつ、空しく潮流のままに漂泊して來た。著者は「永遠の漂泊者」であり、何所に宿るべき家郷も持たない。著者の心の上には、常に極地の侘しい曇天があり、魂を切り裂く氷島の風が鳴り叫んで居る。さうした痛ましい人生と、その實生活の日記とを、著者はすべて此等の詩篇に書いたのである。」

私の眼にはこの文章には萩原朔太郎の自己憐憫の心情が濃く沁み出ているようにみえる。ここで彼は「過去の生活」が侘しい氷山の生活であり、「空しく潮流のままに漂泊して來た」ということは、現在は氷山の生活から戻ってきたが、依然として「永遠の漂泊者」であり、「著者の心」にはいまだに氷島の風が鳴り叫んでいる、というわけである。

うつつに幻をみる生活は「猫の死骸」「沼澤地方」で浦と別れ、泥猫の死骸を埋めることにより終った。そして、「大井町」の現實に帰ってきた。しかし、その心にはいまだに「氷島」の風が鳴り叫んでいる、という。彼が家郷をもたない漂泊者であることに変りはないのであり、『氷島』の詩篇は彼の實生活の記録、心の日記である、という。

私は萩原朔太郎が『氷島』の詩境に至ったことは必然的な彼の生の展開であると考え、措辞に多くの難があるとはいえ、痛切な心情が心をうつ、魅力に富んだ詩集であると考える。

2

萩原朔太郎は『氷島』に「郷土望景詩」から五篇を収め、「この詩集は、或る意味に於て「郷土望景詩」の續篇であるかもしれない」とやはり「自序」に記している。『氷島』所収の詩篇中、もっとも旧い作品は『日本詩人』一九二六（大正一五）年四月号に発表された「監獄裏の林」であり、「郷土望景詩」中、初出が確認されているもっとも遅く発表された作品は『日本詩人』一九二五（大正一四）年六月号に発表された「大渡橋」などである。したがって「監獄裏の林」によって、多くは一九三一（昭和六）年の発表にかかる『氷島』所収の作品がつながっていると思われるので、続篇と位置づけることは妥当性を持つと考える。「監獄裏の林」を引用する。

監獄裏の林に入れば
囀鳥高きにしば鳴けり。
いかんぞ我れの思ふこと

ひとり叛きて歩める道を
寂しき友にも告げざらんや。
河原に冬の枯草もえ
重たき石を運ぶ囚人等
みな憎さげに我れを見て過ぎ行けり。
暗欝なる思想かな
われの破れたる服を裂きすて
獣類《けもの》のごとくに悲しまむ。
ああ季節に遅く
上州の空の烈風に寒きは何ぞや。
まばらに残る林の中に
看守の居て
剣柄《づか》の低く鳴るを聴けり。

「囀鳥」はさえずる鳥であり、囀鳥がしば鳴く、しきりに鳴くといえば同義反覆だが、林の梢に高く囀る鳥の声をしきりに聴くと解せば、そう無理ともいえないし、歯切れのよい調べということもできる。

問題は

いかんぞ我れの思ふこと
ひとり叛きて歩める道を
寂しき友にも告げざらんや

をどう解するかにある。どうして自分が思想、叛逆の志をもって生きてきた半生を寂しく友人に語ることができようか、の意と私は解したい。叛逆の志は友にも告ぐべきことではない。「告げざらんや」は文字どおりに読めば、告げないのか、であろうが、それでは作者の孤独感と平衡を失する。囚人たちが憎らしげに作者を横目に見て、過ぎ去って行くのを見て

暗鬱なる思想かな
われの破れたる服を裂きすて
獣類《けもの》のごとくに悲しまむ。

という激情を叙べるのも、じつは自分も社会の道徳、倫理等に対する叛逆者であるから、囚人たちと同類なのに、囚人たちがその事実を知らないことに暗愁を覚え、激情に駆られるのだと読みたい。

ああ季節に遲く
上州の空の烈風に寒きは何ぞや

は、季節はずれの上州の空にふく烈風に寒さを感じるのは何故か、と解したい。

こうした解釈に無理があることを私は承知しているけれども、この詩における、作者の囚人たちに寄せる共感、矛盾した心情を読むとき、必ずしもこうした解釈が間違っているとは考えない。

『氷島』巻末に付された「詩篇小解」におけるこの作品の自注を引用する。

「前橋監獄は、利根川に望む崖上にあり。赤き煉瓦の長壘、夢の如くに遠く連なり、地平に落日の影を曳きたり。中央に望樓ありて、悲しく四方《よも》を眺望しつつ、常に囚人の監視に具ふ。背後《うしろ》に楢の林を負ひ、周圍みな平野の麥畠に圍まれたり。我れ少年の日は、常に麥笛を鳴らして此所を過ぎ、長き煉瓦の塀を廻りて、果なき憂愁にさびしみしが、崖を下りて河原に立てば、冬枯れの木立の中に、悲しき懲役の人人、看守に引かれて石を運び、利根川の淺き川瀨を速くせり。」

冒頭の「囀鳥高きにしば鳴けり」が末行の「劍柄の低く鳴るを聽けり」と照応していることはいうまでもあるまい。

右のように解して、「監獄裏の林」は愛誦するに足る作品と私は考えている。文法的な無理は作者が調べを重んじたためと考え、文法的破綻に対し私は寛容であるといってよい。

「監獄裏の林」が発表された翌年、『文藝春秋』一九二七年三月号に萩原朔太郎は「我れの持たざるものは一切なり」「虚無の鴉」の二篇を発表しており、いずれも『氷島』に収められているが、採りあげるに値するとは思わない。一九三〇（昭和五）年になって、彼は詩作を再開したようである。『ニヒル』創刊、二月号に彼は「火」「告別」「動物園にて」の三作を発表している。「動物園にて」は注目に値する。以下のとおりの作品である。

灼きつく如く寂しさ迫り
ひとり來りて園内の木立を行けば
枯葉みな地に落ち
猛獸は檻の中に憂ひ眠れり。
彼等みな忍從して
人の投げあたへる肉を食らひ

本能の蒼き瞳孔《ひとみ》に
鐵鎖のつながれたる惱みをたへたり。
暗欝なる日かな！
わがこの園内に來れることは
彼等の動物を見るに非ず
われは心の檻に閉ぢられたる
飢餓の苦しみを忍び怒れり。
百たびも牙を鳴らして
われの欲情するものを嚙みつきつつ
さびしき復讐を戰ひしかな！
いま秋の日は暮れ行かむとし
風は人氣なき小徑に散らばひ吹けど
ああ我れは尙鳥の如く
無限の寂寥をも飛ばざるべし。

末尾二行は難解だが、私も猛獣たちと同じく、檻の中に閉じこめられているので、鳥のように、無限の寂寥にたえて、飛ぶことはありえないのだ、といった意味に解する。
この詩から高村光太郎の「ぼろぼろな駝鳥」を連想することはごく自然である。

何が面白くて駝鳥を飼ふのだ。
動物園の四坪半のぬかるみの中では、
脚が大股過ぎるぢやないか。
頸があんまり長過ぎるぢやないか。
雪の降る國にこれでは羽がぼろぼろ過ぎるぢやないか。
腹がへるから堅パンも食ふだらうが、
駝鳥の眼は遠くばかり見てゐるぢやないか。
身も世もない様に燃えてゐるぢやないか。
瑠璃色の風が今にも吹いて來るのを待ちかまへてゐるぢやないか。
あの小さな素朴な頭が無邊大の夢で逆まいてゐるぢやないか。
これはもう駝鳥ぢやないぢやないか。
人間よ、
もう止せ、こんな事は。

この作品が一九二八年二月七日に制作され、翌一九二九年四月刊の改造社刊『現代日本文學全集』第三七巻『現代日本詩集、現代日本漢詩集』の「高村光太郎集」に収められているので、萩原朔太郎が「ぼろぼろな駝鳥」を読んでいた可能性はありうるが、実際は読んでいなかったろうし、読んだとしても記憶にとどめるようなことはありえなかったろう。それほどに両者の作品は本質的に違っている。

「ぼろぼろな駝鳥」は文明批評であり、動物園に動物を飼育し、見物させることは自然法則に反するのではないか、と問いかけている。この問いは現在でも適合する。ところが、「動物園にて」においてはそうした文明批評はない。同じように檻に閉じこめられた動物を対象としながら、対象に自己をかさねあわせて悲運を憤っている。だから、向き合う動物は「猛獸」であり「鐵鎖」につながれ、「忍從」している。「ぼろぼろな駝鳥」はわが国近代詩史で特筆されるべき名作だが、「動物園にて」は到底そうした評価はできないにしても、萩原朔太郎の作品として決して見捨てることのできない詩である。いうまでもないことだが、萩原朔太郎の作品で近代詩史上特筆すべきものは他にいくらも数えることができることをことわった上のことだが。

同じ『ニヒル』一九三〇年二月創刊号に発表した「火」は次のとおりである。

赤く燃える火を見たり
獸類《けもの》の如く
汝は沈默して言はざるかな。

夕べの靜かなる都會の空に
炎は美しく燃え出づる
たちまち流れはひろがり行き
瞬時に一切を亡ぼし盡せり。
資產も、工場も、大建築も
希望も、榮譽も、富貴も、野心も
すべての一切を燒き盡せり。

火よ
いかなれば獸類《けもの》の如く
汝は沈默して言はざるかな。
さびしき憂愁に閉されつつ

かくも靜かなる薄暮の空に
汝は熱情を思ひ盡せり。

「詩篇小解」に萩原朔太郎はこの作品について次のとおり解説している。「我が心の求めるものは、常に靜かなる情緒なり。かくも優しく、美しく、靜かに、靜かに、燃えあがり、音樂の如く流れひろがり、意志の烈しき惱みを知るもの。火よ！ 汝の優しき音樂もて、我れの夕べの臥床の中に、眠りの戀歌を唄へよかし。我れの求めるものは情緒なり。」

作者の解説にもかかわらず、この作品は抽象的、観念的で、詩としての興趣を欠いている。作者の愛着と読者の興趣とは同じでない。

3

一九三一（昭和六）年は『氷島』所収の主要な作品が集中的に発表された年であった。『都新聞』一月二二日付に発表された「晩秋」も愛誦するに足る佳唱だが、『詩・現實』三月号には「乃木坂倶樂部」「歸郷」「珈琲店 醉月」「新年」「品川沖觀艦式」「家庭」の六篇が一挙に掲載されている。「家庭」を除く五篇はいずれも感銘ふかい作品である。「朗吟のために」と末尾に添え書きされた「晩秋」は次のとおりである。

汽車は高架を走り行き
思ひは陽《ひ》ざしの影をさまよふ。
靜かに心を顧みて
滿たさるなきに驚けり。
巷《ちまた》に秋の夕日散り

鋪道に車馬は行き交へども
わが人生は有りや無しや。
煤煙くもる裏街の
貧しき家の窓にさへ
斑黄葵《むらきあふひ》の花は咲きたり。

主として七音と五音の音数律による、ゆったりとした調べをもっている。冒頭の二行の外界の描写から第三、四行の内心への省察、また一変して第五、六行で外界の描写から第七行の内心の省察、末尾三行でまた外界の描写に戻って「斑黄葵の花は咲きたり」とうたいおさめる抒情性の巧みさは、手なれたとしか言いようがない。もちろん、この詩の核心は「わが人生は有りや無しや」にあり、わが人生の不確かさ、それに悔恨をいだく作者の眼に映じた晩秋の静けさに満ちた風景である。この詩について作者は自解していない。

「乃木坂倶樂部」を讀む。

十二月また來れり。
なんぞこの冬の寒きや。

去年はアパートの五階に住み
荒漠たる洋室の中
壁に寝臺《べつと》を寄せてさびしく眠れり。
わが思惟するものは何ぞや
すでに人生の虚妄に疲れて
今も尚家畜の如くに飢ゑたるかな。
我れは何物をも喪失せず
また一切を失ひ盡せり。
いかなれば追はるる如く
歳暮の忙がしき街を憂ひ迷ひて
晝もなほ酒場の椅子に酔はむとするぞ。
虚空を翔け行く鳥の如く
情緒もまた久しき過去に消え去るべし。

十二月また來れり
なんぞこの冬の寒きや。

訪ふものは扉《どあ》を叩《の》つくし
われの懶惰を見て憐れみ去れども
石炭もなく煖爐もなく
白堊の荒漠たる洋室の中
我れひとり寢臺《べつと》に醒めて
白晝《ひる》もなほ熊の如くに眠れるなり。

まず作者の「詩篇小解」中の自注を読む。
「乃木坂倶樂部は麻布一聯隊の附近、坂を登る崖上にあり。我れ非情の妻と別れてより、二兒を家郷の母に托し、暫くこのアパートメントに寓す。連日荒妄し、懶惰最も極めたり。白晝《ひる》はベツトに寢ねて寒さに悲しみ、夜は遲く起きて徘徊す。稀れに訪ふ人あれども應へず、扉《どあ》に固く鍵を閉せり。我が知れる悲しき職業の女等、ひそかに我が孤寠を憫む如く、時に來りて部屋を掃除し、漸く衣服を整頓せり。一日辻潤來り、わが生活の荒蕪を見て啞然とせしが、忽ち顧みて大に笑ひ、共に酒を汲んで長嘆す。」

わが思惟するものは何ぞや

すでに人生の虚妄に疲れて
今も尚家畜の如くに飢ゑたるかな。
我れは何物をも喪失せず
また一切を失ひ盡せり。

の五行に詩人の荒廃した心情、想念がこめられている。わが思想とはいかなる思想であるか、「猫の死骸」「沼澤地方」にみられた、うつつを幻とみ、幻をうつつとみるような「人生の虚妄」に疲れはて、それでいて、飢えた家畜のように、何ものかを求めているが、求められない。私はすべてを失ったといえば失ったのだが、何も失っていないといえば失ってはいない。そういう価値あるものは初めからないのだ、というほどの意と解する。つまりは人生に生きることに倦怠した虚無的な心境といってよいかもしれない。

そうした心境に対応する荒廃した虚無的な生活の情景がなまなましい現実感をもってうたわれている。

我れひとり寝臺《べつと》に醒めて
白晝《ひる》もなほ熊の如くに眠れるなり。

も「我れは何物をも喪失せず／また一切を失ひ盡せり」と同様である。醒めながら眠り、眠りながら醒めている。どちらも同じことだ、という。私にはこのような詩句は非凡としか言いようがないように思われる。詩人の心と生活の荒廃を描きだした作である。

「歸郷」も知られた作である。

わが故郷に歸れる日
汽車は烈風の中を突き行けり。
ひとり車窓に目醒むれば
汽笛は闇に吠え叫び
火焔《ほのほ》は平野を明るくせり。
まだ上州の山は見えずや。
夜汽車の仄暗き車燈の影に
母なき子供等は眠り泣き
ひそかに皆わが憂愁を探《さぐ》れるなり。
嗚呼また都を逃れ來て

何所《いづこ》の家郷に行かむとするぞ。
過去は寂寥の谷に連なり
未來は絶望の岸に向へり。
砂礫《されき》のごとき人生かな！
われ既に勇氣おとろへ
暗澹として長《とこし》なへに生きるに倦みたり。
いかんぞ故郷に獨り歸り
さびしくまた利根川の岸に立たんや。
汽車は曠野を走り行き
自然の荒寥たる意志の彼岸に
人の憤怒《いきどほり》を烈しくせり。

この作品の「詩篇小解」中の自注は次のとおりである。
「昭和四年。妻は二兒を殘して家を去り、杳として行方を知らず。我れ獨り後に殘り、蹌踉として父の居る上州の故郷に歸る。上野發七時十分、小山行高崎廻り。夜汽車の暗爾たる車燈の影に、長女は疲れて眠り、次女は醒めて夢に歔欷す。聲最も悲しく、わが心すべて斷腸せり。既にして家に歸れば、父の病とみに重く、萬景悉く蕭條たり。」ともかく悲壮な言辞、声調が心をうつ。現在では東京から前橋へ行くのに夜汽車に乗るようなことは考えられないが、蒸気機関車で一夜かかる旅だったのである。この夜汽車に子供たちが眠り泣く、というのも悲壮な感をつよくする。とはいえ、

過去は寂寥の谷に連なり
未來は絶望の岸に向へり。

といった句は安易の感をまぬかれないし、

いかんぞ故郷に獨り歸り
さびしくまた利根川の岸に立たんや。

は、どうして故郷に帰って、また寂しく利根川の岸辺に立つことになったのか、というほどの意と解するが、独断的というべきだろう。また「自然の荒寥たる意志の彼岸に」とは荒寥たる自然の涯という以上の意味ではあるまい。

そういう意味で欠点の多い作品であることは間違いないのだが、境涯詩として読めば、感銘ふかい作品であることも否定できない。
次いで、「家庭」を読むこととする。稲子夫人が駆落ちする前、つまり、「歸鄕」以前、崩壊した夫婦関係を描いている。

古き家の中に坐りて
互に默《もだ》しつつ語り合へり。
仇敵に非ず
債鬼に非ず
「見よ！　われは汝の妻
死ぬるとも尙離れざるべし。」
眼《め》は意地惡しく　復讐に燃え　憎憎しげに刺し貫ぬく。
古き家の中に坐りて
脫るべき術《すべ》もあらじかし。

この作品からみると、夫人が駆落ちする前から、萩原朔太郎が夫人に離別、別居を迫っていたようである。険悪な状況が眼に浮ぶが、感情的にすぎ、詩としては感心しない。
「珈琲店 酔月」は傑出した作品である。

坂を登らんとして渇きに耐へず
蹌踉として酔月の扉《どあ》を開けば
狼藉たる店の中より
破れしレコードは鳴り響き
場末の煤ぼけたる電氣の影に
貧しき酒瓶の列を立てたり。
ああ　この暗愁も久しいかな！
我れまさに年老いて家郷なく
妻子離散して孤獨なり
いかんぞまた漂泊の悔を知らむ。
女等群がりて卓を圍み
我れの酔態を見て憫みしが
たちまち罵りて財布を奪ひ

残りなく銭《ぜに》を數へて盜み去れり。

作者は「詩篇小解」に次のとおり自注している。

「酔月の如き珈琲店は、行くところの侘しき場末に實在すべし。我れの如き悲しき痴漢、老いて人生の家郷を知らず。酔うて巷路に徘徊するもの、何所にまた有りや無しや。坂を登らんと欲して、我が心は常に渇きに耐へざるなり。」

酔月は珈琲店といいながら酒場のようであり、作者はつねに何かを渇望している。

「我れまさに年老いて家郷なく／妻子離散して孤獨なり」は自己憐憫の感がつよいが、これは萩原朔太郎としては実感だったにちがいない。「いかんぞまた漂泊の悔を知らむ」は難解だが、どうしていまさら漂泊を悔いて何になろう、といった意と解する。

ここには女たちに財布を奪われ、残りなく金銭を奪いさられるのを傍観している作者がいる。奪いさられるに任せて、超然としている作者がいる。そういう作者が見えるから、自己憐憫の感があっても、なお、作者の孤独感が読者の胸に迫るのである。そして、やり場のない憤りに耐えている作者の姿勢にふさわしい切迫した声調が私たちに訴えるのである。

「新年」は次のとおりである。

新年來り
門松は白く光れり。
道路みな霜に凍りて
冬の凜烈たる寒氣の中
地球はその週曆を新たにするか。
われは尙悔いて悢みず
百度《たび》もまた昨日の彈劾を新たにせむ。
いかなれば虛無の時空に
新しき辨證の非有を知らんや。
わが感情は飢ゑて叫び
わが生活は荒寥たる山野に住めり。
いかんぞ曆數の回歸を知らむ
見よ！　人生は過失なり。
今日の思惟するものを斷絕して
百度《たび》もなほ昨日の悔恨を新たにせん。

この作品については、萩原朔太郎は『四季』一九三四（昭和九）年一二月号に「六號雑記」として次の文章を寄せている。

「此所まで書いたところに、丁度「四季」の創刊號が屆いた。僕の「氷島」が三好達治君から大分ひどくやつつけられてる。由來三好君は僕の苦手である。一所に酒でも飲んですこし女などに手を出すと、すぐ三好君から「何です、その醜態は。だらしがないッ。」と頭から叱られるので怖くてたまらぬ。尤もこれは私生活上のことであるが、藝術上で叱られたのは今度が始めてである。一々詩を引用して技巧の未熟を指摘されては、まるで先生の前に立たされた生徒のやうで、僕としてただ赤面羞恥たる外ない。（そのくせ三好君は僕のことを先生と呼んでゐる。）たしかに三好君の非難した或る部分の詩句、例へば「いかなれば虛無の時空に、新しき辨證の非有を知らんや」などは、我ながら少し粗放で藝術的良心に缺乏して居た。しかし他の詩句「けふの思惟するものを斷絶して、百度も尙昨日の悔恨を新たにせん。」などは、前行からの連絡も自然であるし、僕としての詩感も切實に歌はれてゐて自分では決して惡いと思つて居ない。だが詩の讀者にあたへる表象と好惡とは、人によつて別々にちがふのだから、三好君が惡いと感ずればそれ迄の話である。況んや序文にも書いた通り、今度の詩集にはあまり藝術的野心を持たなかつたのだから、かうした技巧上の非難は、僕としてそつくり肯定しておいても好い。しかしポエヂイの本質するエスプリに就いて、三好君の非難するところは僕に斷じて肯定できない。「氷島」は僕の生活の最大危機に書いたもので、背後にはすべて自殺の決意さへひそんで居たのだ。僕にとつてこれほど血まみれな詩集はなく、巧拙は別として、眞劍一圖の悲鳴的な絶叫だった。それを「惰性で書いた沒詩情の文學」として片付けられては、如何に三好君の言と言へども憤慨せざるを得ないのである。」

この詩についての「詩篇小解」中の自注は次のとおりである。

「新年來り、新年去り、地球は百度廻轉すれども、宇宙に新しきものあることなし。年年歳歳、我れは昨日の悔恨を繰返して、しかも自ら悔恨せず。よし人生は過失なるも、我が欲情するものは過失に非ず。いかんぞ一切を彈劾するも、昨日の悔恨を悔恨せん。新年來り、百度過失を新たにするも、我れは尙悲壯に耐へ、決して、決して、悔いざるべし。昭和七年一月一日、これを新しき日記に書す。」

「見よ！　人生は過失なり／今日の思惟するものを斷絶して／百度もなほ昨日の悔恨を新たにせむ。」の末尾三行を「よし人生は過失なるも、我が欲情するものは過失に非ず。いかんぞ一切を彈劾するも、昨日の悔恨を悔恨せん。新年來り、百度過失を新たにするも、我れは尙悲壯に耐へ、決して、決して、悔いざるべし」という意味に理解できるとは思われない。人生は過失だから、これまで多くの過失を冒してきた。そのためにこれまでいろいろと思い悩み考えてきたが、そうした考えは断ちきって、悔いを繰りかえす他はないのだ、というような意味に解するのが自然なのではなかろうか。

「われは尚悔いて恨みず」は、私は誰も恨んだり、憎んだりはしない、自ら悔い、自身を責めるばかりだ、と解し、「百度もまた昨日の弾劾を新たにせむ」は、末行と同じく、何度でも、昨日と同様、自分自身を弾劾し、悔恨をくりかえすのだ、といった意味に解したらどうか。

「いかなれば虚無の時空に」は、時間的経過の中でも空間的な場でも、どうしてか虚無でしかありえない自分の存在、という意と解し、「新しき辨證の非有を知らんや」は、虚無から救済する新たな論理など存在しないのだ、といった意と解したらどうか。

この詩の核心は「虚無の時空」にある。時間的経過の中でも空間的な場でも、自分が「無」であるという自覚にある。そうした自らを責め、弾劾し、悔恨を新たにする。新年が廻ってきたからといって、どうなのだ、といった意と私は解する。新年がめぐり、新たになる暦と、対比して、新たになりえない自分の運命を思いやって、切実な心情をうたった詩である。そう考えると、措辞、表現に難が多いとはいえ、切実な心情と高い格調がよく照応した作と読むことができる。私は上記した解釈にまったく自信をもっていないけれども、その当否は別として、この詩で萩原朔太郎がうたおうとした心情に共感できるように思っている。

「品川沖觀艦式」は次のとおりである。

低き灰色の空の下に
軍艦の列は横はれり。
暗憺として錨をおろし
みな重砲の城の如く
無言に沈鬱して見ゆるかな。

曇天暗く
埠頭に觀衆の群も散りたり。
しだいに暮れゆく海波の上
既に分列の任務を終へて
艦《ふね》等みな歸港の情に渇けるなり。

冬の日沖に荒れむとして
浪は舷側に凍り泣き
錆は鐵板に食ひつけども
軍艦の列は動かんとせず

蒼茫たる海洋の上
彼等の叫び、渇き、熱意するものを強く持せり。

この詩の「詩篇小解」中の自注は次のとおりである。

「昭和四年一月、品川沖に觀艦式を見る。時薄暮に迫り、分列の式既に終りて、觀衆は皆散りたれども、灰色の悲しき軍艦等、尚錨をおろして海上にあり。彼等みな軍務を終りて、歸港の情に渇ける如し。我れ既に生活して、長く既に疲れたれども、軍務の歸すべき港を知らず。暗憺として碇泊し、心みな錆びて牡蠣に食はれたり。いかんぞ風景を見て傷心せざらん。鬱然として怒に耐へず、遠く沖に向て叫び、我が意志の烈しき渇きに苦しめり。」

動物園で猛獣と自己をかさねあわせたように、ここでは彼は軍艦にかさねあわせて沈鬱な思いを詠っている。調べは沈痛、決して凡庸な作ではない。

4

萩原朔太郎は『改造』一九三一年六月号に『氷島』の巻頭の作「漂泊者の歌」を発表した。

日は斷崖の上に登り
憂ひは陸橋の下を低く歩めり。
無限に遠き空の彼方
續ける鐵路の柵の背後《うしろ》に
一つの寂しき影は漂ふ。

ああ汝　漂泊者！
過去より來りて未來を過ぎ
久遠の鄕愁を追ひ行くもの。

いかなれば蹌爾として
時計の如くに憂ひ歩むぞ。
石もて蛇を殺すごとく
一つの輪廻を斷絶して
意志なき寂寥を蹈み切れかし。

ああ　惡魔より孤獨にして
汝は氷霜の冬に耐へたるかな！
かつて何物をも信ずることなく
汝の信ずるところに憤怒を知れり。
かつて欲情の否定を知らず
汝の欲情するものを彈劾せり。
いかなればまた愁ひ疲れて
やさしく抱かれ接吻《きす》する者の家に歸らん。
かつて何物をも汝は愛せず
何物もまたかつて汝を愛せざるべし。

ああ汝　寂寥の人
悲しき落日の坂を登りて
意志なき斷崖を漂泊《さまよ》ひ行けど
いづこに家郷はあらざるべし。
汝の家郷は有らざるべし！

陸橋の下を低く歩む「憂ひ」はやがて鉄道の柵の背後に漂う「一つの寂しき影」となり、この寂しき影は第二連の「漂泊者」となり、同じ「漂泊者」を第三連で「汝」と呼びかけ、第四連の「寂寥の人」となる。つまり、「汝」と呼びかけられる「漂泊者」「寂寥の人」は作者自身であり、作者自身の彷徨を追って、どこにもお前の「家郷はあらざるべし」、帰ることのできる故郷はないのだ、と結ぶ、そういう構造の詩である。

自分自身を「汝」と呼んでいるように、この詩において作者は彼を客観的にとらえている。いわば第三者の眼で自分の彷徨を見ているわけである。そのことがこの詩に深みを与えている。作者の「詩篇小解」中の自注に「斷崖に沿うて、陸橋の下を歩み行く人。そは我が永遠の姿。寂しき漂泊者の影なり。巻頭に掲げて序詩となす」とある。詩人とは郷愁を逐う者であるとは作者の多年の信条であった。
「蹌爾として」とは、よろめくように、といった意味、「時計の如くに」とは、決められた宿命の軌道を行くように、といった意味、「一つの輪廻」は、生きかわり、死にかわる永遠のくりかえしの宿命の意味、「意志なき寂寥を蹈み切れかし」は、意志がないためにおちこんでいる寂寥から踏みだせ、といった意味に解する。

かつて何物をも信ずることなく
汝の信ずるところに憤怒を知れり。
かつて欲情の否定を知らず
汝の欲情するものを弾劾せり。

という二つの対句は、本来は信じない、本来は欲情を否定しないのに、一旦、信じると、信じた自己に憤りを覚え、欲情した自己を弾劾する、という矛盾した生を送ってきた、ことをいうであろう。だから、永遠の漂泊者であることが定められているのである。
「いづこに家郷はあらざるべし」は通常の表現であれば「いづこに家郷はあるか、あらざるべし」と表現するところ、無理に短く言いきってしまったことが、逆に効果を強める結果となっている。

序詩にふさわしい作者の自画像といってよい。

『氷島』の「詩篇小解」には「戀愛詩四篇」という見出しの下には次のとおり自注している。

「「遊園地にて」「殺せかし！　殺せかし！」「地下鐵道にて」「昨日にまさる戀しさの」等凡て昭和五——七年の作。今は既に破き棄てたる、日記の果敢なきエピソードなり。我れの如き極地の人、氷島の上に獨り住み居て、そもそも何の愛戀ぞや。過去は恥多く悔多し。これもまた北極の長夜に見たる、侘しき極光《おーろら》の幻燈なるべし。」

全集にはこの時期における萩原朔太郎の戀愛については記すところがない。稲子夫人の失踪後、彼を恋慕する女性は多かったろうし、彼の側でも愛情を感じた女性がいたことはありうるであろう。しかし、私は自注のいうとおり、侘しい幻想であったと考える。

一つには「地下鐵道《さぶうえい》にて」「昨日にまさる戀しさの」はかなりに凡庸、真に愛情をかわしていたとすれば、もっと切なくつらい思いが表現されていたはずだと思うからであり、「殺せかし！　殺せかし！」のマゾヒズムが萩原朔太郎の資質にふさわしいとは思われないからである。『若草』一九三一年七月号に発表された「遊園地《るなぱあく》にて」はやはり見所のある作品とは思われないが、一応は読むにたえるであろう。

遊園地《るなぱあく》の午後なりき
樂隊は空に轟き
廻轉木馬の目まぐるしく
艶めく虹《べに》のごむ風船
群集の上を飛び行けり。

今日の日曜を此所に來りて
われら模擬飛行機の座席に乘れど
側へに思惟するものは寂しきたり。
なになれば君が瞳孔《ひとみ》に
やさしき憂愁をたたへ給ふか。
座席に肩を寄りそひて
接吻《きす》するみ手を借したまへや。

見よこの飛翔する空の向うに
一つの地平は高く揚り　また傾き　低く沈み行かんとす。

暮春に迫る落日の前
われら既にこれを見たり
いかんぞ人生を展開せざらむ。
今日の果敢なき憂愁を捨て
飛べよかし！　飛べよかし！

明るき四月の外光の中
嬉嬉たる群集の中に混りて
ふたり模擬飛行機の座席に乗れど
君の圓舞曲《わるつ》は遠くして
側へに思惟するものは寂しきなり。

君は憂愁をたたへ、ワルツを踊る気分からは遠く、その傍らにある男はただ寂しい。これは恋愛ともいえない。「飛べよかし」といっても遊園地の廻転する模擬飛行機が飛ぶはずもない。中年の男女の恋愛遊戯はこんな侘しく寂しいものかもしれないが、『氷島』の世界には異質である。「殺せかし！　殺せかし！」は『蠟人形』の同年一二月号に発表された作品だが、若い時期の萩原朔太郎ならともかく、中年になった彼には似つかわしくない。あるいは、こうした心情も真実かもしれないとしても、『氷島』の詩篇の中では異質である。

いかなればかくも氣高く
優しく　麗はしく　香《かぐ》はしく
すべてを越えて君のみが匂ひたまふぞ。
我れは醜き獸《けもの》にして
いかでみ情の數にも足らむ。
もとより我れは奴隷なり　家畜なり
君がみ足の下に腹這ひ　犬の如く仕へまつらむ。
願くは我れを蹈みつけ
悔辱し
唾《つば》を吐きかけ
また床の上に蹴り
きびしく苛責し
ああ　遂に——

わが息の根の止まる時までも。

我れはもとより家畜なり　奴隷なり
悲しき忍従に耐へむより
はや君が鞭の手をあげ殺せかし。
打ち殺せかし！　打ち殺せかし！

私はごく通常の感覚の持主なので、こうした作品には生理的に強い嫌悪感を覚える。ことわっておけば、私は谷崎潤一郎『春琴抄』についてはこうした生理的嫌悪感を覚えない。それは『春琴抄』には匂うような愛情、色気があるのに、この詩にはそうした愛、色気が感じられないからであろう。

5

『氷島』所収の作中、最後に発表されたのは『生理』一九三三（昭和八）年六月刊の第一号に発表された「虎」と「國定忠治の墓」の二篇である。まず「虎」を読む。

虎なり
曠茫として巨像の如く
百貨店上屋階の檻に眠れど
汝はもと機械に非ず
牙歯もて肉を食ひ裂くとも
いかんぞ人間の物理を知らむ。
見よ　穹窿に煤煙ながれ
工場區街の屋根屋根より

悲しき汽笛は響き渡る。
虎なり
虎なり

午後なり
廣告風船《ばるうむ》は高く揚りて
薄暮に迫る都會の空
高層建築の上に遠く坐りて
汝は旗の如くに飢ゑたるかな。
杳として眺望すれば
街路を這ひ行く蛆蟲ども
生きたる食餌を暗鬱にせり。

虎なり
昇降機械《えれべえたあ》の往復する
東京市中繁華の屋根に

琥珀の斑《まだら》なる毛皮をきて
曠野の如くに寂しむもの。
虎なり！
ああすべて汝の殘像
虛空のむなしき全景たり。

「銀座松坂屋の屋上にて」と末尾に付されたこの作品は、萩原朔太郎の言葉を借りれば、修辞粗放といわざるをえない。「曠茫として巨像の如く」は意味がないし、「機械に非ず」も当然すぎる。「人間の物理」は何かも明らかでないし、「いかんぞ人間の物理を知らむ」も意味をなさない。「旗の如く」飢えるというのも無理な形容だし、「杳として」とあるから、はるか彼方を見やるのかと思えば「街路を這ひ行く」群集を眼下に見下している。

措辞よりも、貧しいのは内容である。いわば「動物園にて」と同趣旨の「檻」に閉じこめられた虎の悲運に作者の心境をかさねあわせているのだと思われるが、そういう作者の心境が充分に虎に仮託されて表現されているわけではない。これは凡庸な作というべきだが、「國定忠治の墓」は『氷島』中でも屈指の作である。

わがこの村に來りし時
上州の蠶すでに終りて
農家みな冬の閾《しきみ》を閉したり。
太陽は埃に暗く
悽而《せいじ》たる竹藪の影
人生の貧しき慘苦を感ずるなり。
見よ　此處に無用の石
路傍の笹の風に吹かれて
無頼《ぶらい》の眠りたる墓は立てり。

ああ我れ故鄕に低徊して
此所に思へることは寂しきかな。
久遠に輪廻を斷絶するも
ああかの荒寥たる平野の中
日月我れを投げうつて去り
意志するものを亡び盡せり。

いかんぞ殘生を新たにするも
冬の肅條たる墓石の下に
汝はその認識をも無用とせむ。

末尾に「上州國定村にて」と付記されたこの作品について「詩篇小解」は次のとおり解説している。

「昭和五年の冬、父の病を看護して故郷にあり。人事みな落魄して、心烈しき飢餓に耐へず。ひそかに家を脱して自轉車に乘り、烈風の砂礫を突いて國定村に至る。忠治の墓は、荒寥たる寒村の路傍にあり。一塊の土塚、暗き竹藪の影にふるへて、冬の日の天日暗く、無賴の悲しき生涯を忍ぶに耐へたり。我れ此所を低徊して、始めて更らに上州の蕭殺たる自然を知れり。路傍に倨して詩を作る。」

一九七三年、私は国定忠治の墓を訪ねたことがあり、同年六月号の『ユリイカ』に「国定忠治の墓」という随筆を寄稿したことがある。この随筆は拙著『私の感傷旅行』に収められているが、文中私は次のとおり書いている。

「畑の中の道を行ったり来たりした挙句、私たちは「忠治地蔵尊」という標識を見付けた。その標識から五十メートルほど参道のような農道のような道をすすむと、天台宗金城山養寿寺と書かれた門があった。白ペンキで国定忠治之墓入口、遺品陳列所と記されている。門前に車を停めて私たちは墓を尋ねた。本堂の右側に庫裡があり、その庫裡と本堂の間に陳列所があって、そこは鍵がかかっている。指示にしたがって本堂の左手をすすむと、つきあたりにわずかばかりの竹藪があり、そのあたりに墓地があって、長岡姓の墓石がいくつも並んでいる。墓地の周囲は高い松と杉の林であった。奥の西側に巨きな石碑があって、「国定忠治之墓」と刻まれている。地面から五十センチほど石や土をかためた台を設けてその上に三メートルもあろうと思われる碑を建てたものである。裏面をみると明治年間に、この博徒の何年忌かに縁者が建てたものらしい。林の向うには桑畑がつづき、北方の空に赤城山がうっすらとおだやかな綾線をえがいている。その石碑の左に、これは小さな円柱のような石があって、鳥籠のように金網がかぶせてある。石に文字が刻んであるらしいが、判読できない。判読はできないが、これが本来の墓石であって、円柱状にみえるのは墓石の角が少しずつ削りとられたためではないか、と思い当った。

ついでだが、右の文章で私は「地図をひろげてみると、ここから前橋までは約二十キロである」と書き、「自転車の走行は、一時間に十キロといったところだろう。烈風の砂礫を突いて、約二十キロを自転車で走るとすれば、少くとも往復四時間の行程である。萩原朔太郎四十三、四歳のことだから、現在の私より僅かに年若いとはいえ、私には到底思い立ちもしそうにない」とも書いている。

この詩には確実に虚構がある。萩原朔太郎は「無用」の石が路傍にうち捨てられているように立っているのでなければならなかった。国定忠治は荒寥地方である上州の象徴であり、無頼の反逆の意志は空しかった。亡び尽した「意志するもの」は秩序に対する反逆の意志であり、それはまた、作者自身が無頼の反逆者、無用と自らを観じているからこそ、その悲運を歎くのだが、そうした認識もまた「無用」なのである。いいかえれば、詩人も博徒も、同じく「無用」の人であり、反逆者であり、滅びゆく者なのである。

この詩はそうした共感を痛切にうたいあげており、確実に「郷土望景詩」につながりながら、『青猫』(以後)より後の萩原朔太郎の成熟を示している。

詩史的にみれば、『青猫』(初版)、『青猫』(以後)はわが国の近代詩の展開に貢献、寄与するところ多いけれども、そのことを別とすれば、『氷島』も上記と並んで、卓越した多くの詩を収めていると私は考えている。

第一〇章　『猫町』

1

『猫町』は次の文章にはじまる。

「旅への誘ひが、次第に私の空想《ロマン》から消えて行つた。昔はただそれの表象、汽車や、汽船や、見知らぬ他國の町々やを、イメージするだけでも心が躍つた。しかるに過去の經驗は、旅が單なる「同一空間に於ける同一事物の移動」にすぎないことを教へてくれた。」

この第1章冒頭の文章に私は躓きを覚える。同一空間とは、どこも同じ空間の意であろう。つまりは旅先のどの町も同じ空間だという意味だろう。同一事物は、どの町にも同じ事物しか存在しない、という意味であろう。同じ事物がこの町にもあの町にも移動しているにすぎない、ことが分ったために、作者は旅へ誘われることが失くなった、と語っているのであろう。私にはこの文章が事物を識別する眼の貧しさ、想像力の乏しさを語っているとしか思われない。この文章は次の文章に続く。

「何處へ行つて見ても、同じやうな人間ばかり住んで居り、同じやうな村や町やで、同じやうな單調な生活を繰り返して居る。田舍のどこの小さな町でも、商人は店先で算盤を彈きながら、終日白つぽい往來を見て暮して居るし、官吏は役所の中で煙草を吸ひ、晝飯の菜のことなど考へながら、來る日も來る日も同じやうに、味氣ない單調な日を暮しながら、次第に年老いて行く人生を眺めて居る。旅への誘ひは、私の疲勞した心の影に、とある空地に生えた靑桐みたいな、無限の退屈した風景を映像させ、どこでも同一性の方則が反覆してゐる、人間生活への味氣ない嫌厭を感じさせるばかりになつた。私はもはや、どんな旅にも興味とロマンスを無くしてしまつた。」

ここには「猫町」への奇異な旅行体験に読者を導くための誇張があるにちがいない。そう理解した上でも、私にはここに衰弱した精神しか認めることができない。「旅への誘ひは、私の疲勞した心の影に、とある空地に生えた靑桐みたいな、無限の退屈した風景を映像させ、どこでも同一性の方則が反覆してゐる、人間生活への味氣ない嫌厭を感じさせるばかりになつた」とは、冒頭の、旅が単なる「同一空間に於ける同一事物の移動」と等しい。この「同一性の方則」をもつ人間生活に対して作者は嫌厭感をもつという。しかし、「田舍のどこの小さな町でも、商人は店先で算盤を彈きながら、終日白つぽい往來を見て暮して居る」というのは、算盤を彈きながら、同時に、終日往来を見て暮すことができるか、という表現の矛盾をさておいても、こうした風景は作者の空想の中にしか存在しない、類型的な静止画にすぎない。「官吏は役所の中で煙草を吸ひ、晝飯の菜のことなど考へ」もまた、作者の空想の中にしか存在しない、類型化された静止画にすぎない。静止画というのは、この文章中の商人も官吏も生活感、現実感をもっていないからである。こうした生活感を欠いた非現実的な風景の造型には、作者の商人や官吏などといった生活者への嫌厭感、侮蔑感がこめられているように、私には思われる。さもなければ、著者のあるいは生活者の無智に由来すると思われる。

同じように、「とある空地に生えた青桐」は「無限の退屈した風景」を形づくっているわけではない。その樹肌も、枝々も、葉の茂みも、季節の推移にしたがって、無限に変化する。これは「とある空地に生えた青桐」であって、街路や庭園など、人間的な場所にある青桐ではない。作者はここで青桐の生理を捨象している。これも「どこでも同一性の方則が反覆して」いるにすぎないことを強調するためであろう。

この『猫町』第1章第一段落は、猫町において作者が見聞した奇異な風景をきわ立たせるために、ことさらに、「人間生活への味氣ない嫌厭感」を強調した文章とみられるのだが、その嫌厭感の空虚さが作者の精神の衰弱を私に感じさせる。

2

第1章第二段落は次のとおりである。

「久しい以前から、私は私自身の獨特な方法による、不思議な旅行ばかりと續けてゐた。その私の旅行といふのは、人が時空と因果の外に飛翔し得る唯一の瞬間、卽ちあの夢と現實との境界線を巧みに利用し、主觀の構成する自由な世界に遊ぶのである。と言つてしまへば、もはやこの上、私の祕密に就いて多く語る必要はないであらう。ただ私の場合は、用具や設備に面倒な手數がかかり、且つ日本で入手の困難な阿片の代りに、簡單な注射や服用ですむモルヒネ、コカインの類を多く用ゐたといふことだけを附記しておかう。さうした痲酔によるエクスタシイの夢の中で、私の旅行した國々のことについては、此所に詳しく述べる餘裕がない。だがたいていの場合、私は蛙どもが群がつてる沼澤地方や、極地に近く、ペンギン鳥の居る沿海地方などを彷徊した。それらの夢の景色の中では、すべての色彩が鮮やかな原色をして、海も、空も、硝子のやうに透明な眞青だつた。醒めての後にも、私はそのヴイジヨンを記憶して居り、しばしば現實の世界の中で、異様の錯覺を起したりした。」

モルヒネ、コカインの類を多く用いて、麻酔によるエクスタシイを夢みることにより、時空と因果の外に飛翔しようとすることは、それによって「主觀の構成する自由な世界に遊ぶ」こととはならない。作者は、ここで「夢と現實との境界線を巧みに利用」するというが、そういうことはありえない。たんに薬剤の力を借りて、幻覚と幻想に遊ぶにすぎない。私はこうした試みは、阿片中毒者が幻覚、幻想をいだくのと違い、愚かな人為と考える。すぐれた詩はつねに明晰な感覚と思考からしか生れないと私は考える。

それ故、ここで作者が「蛙どもが群がつてる沼澤地方や、極地に近く、ペンギン鳥の居る沿海地方などを彷徊した」、と書いていることに一瞬虚を衝かれる思いがした。「沿海地方」はともかく「沼澤地方」は萩原朔太郎のすべての詩作中、私がもっとも愛誦してやまぬ作品の一だからである。「沼澤地方」は第八章「『青猫』（以後）」においてすでに引用したが、次のとおりである。

蛙どものむらがつてゐる
さびしい沼澤地方をめぐりあるいた。
日は空に寒く
どこでもぬかるみがじめじめした道につづいた。

わたしは獸《けだもの》のやうに靴をひきずり
あるいは悲しげなる部落をたづねて
だらしもなく　懶惰《らんだ》のおそろしい夢におぼれた。

ああ　浦！
もうぼくたちの別れをつげよう
あひびきの日の木小屋のほとりで
おまへは恐れにちぢまり　猫の子のやうにふるへてゐた。
あの灰色の空の下で
いつでも時計のやうに鳴つてゐる
浦！
ふしぎなさびしい心臓よ。
浦！　ふたたび去りてまた逢ふ時もないのに。

この作品に私が何故強く魅せられてきたか、ここでかさねて私は語ろうとは思わない。さしあたり指摘しておきたいことは、詩「沼澤地方」はたしかに「蛙どもの群がつてゐる」地方にはちがいないが、「すべての色彩が鮮やかな原色をして、海も、空も、硝子のやうに透明な眞青」な地域として描かれていないということである。灰色の空の下、日は空に寒く、荒寥たる、泥濘の道が寂しい部落をつないでいる地方である。同じことが、「沿海地方」についてもあてはまる。「沿海地方」も、すでに『青猫』（以後）で引用したが、かさねて引用することとする。

馬や駱駝のあちこちする
光線のわびしい沿海地方にまぎれてきた。
交易をする市場はないし
どこで毛布《けつと》を賣りつけることもできはしない。
店鋪もなく
さびしい天幕《てんまく》が砂地の上にならんでゐる。
どうしてこんな時刻を通行しよう
土人のおそろしい兇器のやうに
いろいろな呪文がそこらいつぱいにかかつてしまつた。
景色はもうろうとして暗くなるし
へんてこなる砂風《すなかぜ》がぐるぐるとうづをまいてる。

どこにぶらさげた招牌《かんばん》があるではなし
交易をしてどうなるといふあてもありはしない。
いつそぐだらくにつかれきつて
白砂の上にながながとあふむきに倒れてゐよう。
さうして色の黒い娘たちと
あてもない情熱の戀でもさがしに行かう。

紅海の沿岸の砂漠地方のような風景がここでは描かれている。光線はわびしく、景色はもうろうとしている。店舗もなく、交易をするあてもなく、砂漠に行方を見失い、疲労のあまり自棄になった人間のいる風景である。もちろん、「色彩が鮮やかな原色をして」いるわけもなく、「海も、空も、硝子のやうに透明な眞青」なわけでもない。

つまり、作者がモルヒネ、コカインの類を用いて幻覚した世界は、たまたま同名の詩作品はあるけれども、これらの詩作品と麻酔によるエクスタシイとは関係がない。作者はこうしたエクスタシイから何も得ることはなかった。

3

第1章は第三段落に入る。

「藥物によるかうした旅行は、だが私の健康をひどく害した。私は日々に憔悴し、血色が惡くなり、皮膚が老衰に澱んでしまつた。私は自分の養生に注意し始めた。そして運動のための散歩の途上で、或る日偶然、私の風變りな旅行癖を滿足させ得る、一つの新しい方法を發見した。私は醫師の指定してくれた注意によつて、毎日家から四、五十町(三十分から一時間位)の附近を散歩してゐた。その日もやはり何時も通りに、ふだんの散歩區域を歩いて居た。私の通る道筋は、いつも同じやうに決まつて居た。だがその日に限つて、ふと知らない横丁を通り拔けた。そしてすつかり道をまちがへ、方角を解らなくしてしまつた。元來私は、磁石の方角を直覺する感官機能に、何かの著るしい缺陷をもつた人間である。そのため道のおぼえが惡く、少し慣れない土地へ行くと、すぐ迷兒になつてしまつた。その上私には、道を歩きながら瞑想に耽る癖があつた。途中で知人に挨拶されても、少しも知らずに居る私は、時々自分の家のすぐ近所で迷兒になり、人に道をきいて笑はれたりする。かつて私は、長く住んで居た家の廻りを、塀に添うて何十回もぐるぐる廻り歩いたことがあつた。方角観念の錯誤から、すぐ目の前にある門の入口が、どうしても見つからなかつたのである。家人は私が、まさしく狐に化かされたのだと言つた。狐に化かされるといふ狀態は、つまり心理學者のいふ三半規管の疾病であるのだらう。なぜなら學者の說によれば、方角を知覺する特殊の機能は、耳の中にある三半規管の作用だと言ふことだから。」

生来方向感覚にすぐれた人と方向感覚に欠けた人があることは事実である。私はどちらかといえば方向感覚が良いが、私の旧友の一人は東京育ちであったが、銀座の喫茶店などで話しこんで、通りに出ると、どちらが有楽町方向か新橋方向か、分らなかった。彼がとまどうのを見て、いつも私は彼が常人と違った感覚の持主であるかのように感じ、一種の敬意を覚えるのがつねであった。萩原朔太郎もそうした特異な方向感覚、地理的感覚の持主であることは、彼の異常に鋭ぎすまされた言語感覚からみても、決してふしぎでない。ここで、彼は、薬物による幻覚旅行につぐ、彼の生理機能による幻覚旅行に、それなりの理由があることを説明している。その真否は問うところではない。第1章第四、第五段落は次のように続いている。

「餘事はとにかく、私は道に迷つて困惑しながら、當《あて》推量で見當をつけ、家の方へ歸らうとして道を急いだ。そして樹木の多い郊外の屋敷町を、幾度かぐるぐる廻つたあとで、ふと或る賑やかな往來へ出た。それは全く、私の知らない何所かの美しい町であつた。街路は清潔に掃除されて、鋪石がしつとりと露に濡れてゐた。どの商店も小綺麗にさつぱりして、磨いた硝子の飾窓には、様々の珍しい商品が竝んでゐた。珈琲店の軒には花樹が茂り、町に日蔭のある情趣を添へてゐた。四つ辻の赤いポストも美しく、煙草屋の店に居る娘さへも、杏のやうに明るく可憐であつた。かつて私は、こんな情趣の深い町を見たことが無かつた。一體こんな町が、東京の何所にあつたのだらう。私は地理を忘れてしまつた。しかし時間の計算から、それが私の家の近所であること、徒歩で半時間位しか離れて居ないいつもの私の散歩區域、もしくはそのすぐ近い範圍にあることだけは、確實に疑ひなく解つて居た。しかもそんな近いところに、今迄少しも人に知れずに、どうしてこんな町が有つたのだらう？

私は夢を見てゐるやうな氣がした。それが現實の町ではなくつて、幻燈の幕に映つた、影繪の町のやうに思はれた。だがその瞬間に、私の記憶と常識が回復した。氣が付いて見れば、それは私のよく知つてる、近所の詰らない、有りふれた郊外の町なのである。いつものやうに、四ツ辻にポストが立つて、煙草屋には胃病の娘が坐つて居る。そして店々の飾窓には、いつもの流行おくれの商品が、埃つぽく欠伸をして竝んで居るし、珈琲店の軒には、田舎らしく造花のアーチが飾られて居る。何もかも、すべて私が知つてる通りの、いつもの退屈な町にすぎない。一瞬間の中に、すつかり印象が變つてしまつた。そしてこの魔法のやうな不思議の變化は、單に私が道に迷つて、方位を錯覺したことだけに原因して居る。いつも町の南はづれにあるポストが、反對の入口である北に見えた。いつもは左側にある街路の町屋が、逆に右側の方へ移つてしまつた。そしてただこの變化が、すべての町を珍しく新しい物に見せたのだつた。」

さらに作者は第六段落で次のとおり説明を加えている。

「その時私は、未知の錯覺した町の中で、或る商店の看板を眺めて居た。その全く同じ看板の繪を、かつて何所かで見たことがあると思つた。そして記憶が囘復された一瞬時に、すべての方角が逆轉した。すぐ今まで、左側にあつた往來が右側になり、北に向つて歩いた自分が、南に向つて歩いて居ることを發見した。その瞬間、磁石の針がくるりと廻つて、東西南北の空間地位が、すつかり逆に變つてしまつた。同時に、すべての宇宙が變化し、現象する町の情趣が、全く別の物になつてしまつた。つまり前に見た不思議の町は、磁石を反對に裏返した、宇宙の逆空間に實在したのであつた。」

作者の錯覚から出発して、宇宙に実在する「逆空間」にまで読者を誘いこむ筆力に私は感嘆する。しかし、私は作者がここに描いた「美しい町」はあくまで静止画としか見えない。この町の往来には通行人がいない。唯一人の人間は煙草屋の娘なのだが、これも静止して、煙草を売っているわけでもなく、煙草を買う客があるわけでもない。街路が清潔に掃除され、鋪石がしっとりと露に濡れている、ということも、もともとの情景であったとしてもふしぎでない。店々ももともとさっぱりと小綺麗で、硝子の飾窓も磨かれていたと考えてよい。それらの商店に並べられた商品は、見方によっては珍しくもあり、見方によっては流行おくれにみえるかもしれない。珈琲店の造花のアーチは、一瞥したところでは好ましい日蔭をつくる情趣を感じさせるかもしれない。杏のように明るく可憐な煙草屋の娘が胃病を患っていてもふしぎでない。すべては作者の錯覚なのだから、同じ事物が違った様相を示していることは当然である。

違いは方位が逆であることだが、この風景は静止画である。たとえば透明な媒体に描かれた街路風景の静止画を裏から見ただけのことである。まことに他愛ない趣向であり、これを「宇宙の逆空間」とよぶのは言い過ぎとしか思えない。

続いて作者は、第七段落を「この偶然の發見から、私は故意に方位を錯覺させて、しばしばこのミステリイの空間を旅行し廻つた。特にまたこの旅行は、前に述べたやうな缺陷によつて、私の目的に都合がよかつた。だが普通の健全な方角知覺を持つてる人でも、時にはやはり私と同じく、かうした特殊の空間を、經驗によつて見たであらう。たとへば諸君は、夜おそく家に歸る汽車に乘つてる。始め停車場を出發した時、汽車はレールを眞直に、東から西へ向つて走つて居る。だがしばらくする中に、諸君はうたた寢の夢から醒める。そして汽車の進行する方角が、いつのまにか反對になり、西から東へと、逆に走つてることに氣が付いてくる。」と書き起こしている。

私は通常の方向感覚をもっていると信じているけれども、作者のいうことにほぼ同感である。私は列車の中でうたた寝することはないけれども、南行の電車の中に乗っているとき、じつはこの電車は西に向かって走っているのではないか、と感じることがある。こうした感じをもつのは、ことに電車が漆黒の闇の中を疾走している時である。方位の感覚を錯覚するわけではないが、方位の感覚を失う瞬間があることは事実である。作者の言葉を続けて引用する。

「諸君の理性は、決してそんな筈がないと思ふ。」

はたしてそうだろうか。理性をとり戻したときにはすでに方向感覚もとり戻しているはずである。

「しかも知覺上の事實として、汽車はたしかに反對に、諸君の目的地から遠ざかつて行く。さうした時、試みに窓から外を眺めて見給へ。いつも見慣れた途中の驛や風景やが、すつかり珍しく變つてしまつて、記憶の一片さへ浮ばないほど、全く別のちがつた世界に見えるだらう。だが最後に到着し、いつものプラットホームに降りた時、始めて諸君は夢から醒め、現實の正しい方位を認識する。そして一旦それが解れば、始めに見た異常の景色や事物やは、何でもない平常通りの、見慣れた詰らない物に變つてしまふ。つまり一つの同じ景色を、始めに諸君は裏側から見、後には平常の習慣通り、再度正面から見たのである。このやうに一つの物が、視線の方向を換へることで、二つの別々の面を持つてること。同じ一つの現象が、その隱された「祕密の裏側」を持つてるといふことほど、メタフイヂツクの神祕を包んだ問題はない。私は昔子供の時、壁にかけた額の繪を見て、いつも熱心に考へ續けた。いつたいこの額の景色の裏側には、どんな世界が祕密に隱されて居るのだろうと。私は幾度か額をはづし、油繪の裏側を覗いたりした。そしてこの子供の疑問は、大人になつた今日でも、長く私の解きがたい謎になつてる。」

散文詩の文章の論理性を非難することは無意味かもしれない。しかし、散文詩といえども、散文詩が読者に伝達しようとする世界にひきこむためには、それなりの論理性がなければならない。かりに東へ向かっている汽車に乗ったつもりの旅客が、この列車は西へ向かっているのではないかという錯覚を、ただちに気づかず、しばらく持ち続けているとしても、「いつも見慣れた途中の驛や風景やが、すつかり珍しく變つて」見えるわけではない。見慣れた途中の駅や風景を逆から見ているだけのことである。到着駅で正しい方位を認識したとき、それまで景色を逆方向から見ていただけのことであって、「裏側」の面を見たわけではない。これは方向の順逆の違いであって、事物の表裏ではない。作者は方向、方位の違いに由来する事物の現象の違いを、あたかも事物の表裏のように把え、「祕密の裏側」を読者に示そうとしている。このことこそ、『猫町』の発想なのだが、そのことを作者は第1章の最終段落に記している。

「次に語る一つの話も、かうした私の謎に對して、或る解答を暗示する鍵になつてる。讀者にしてもし、私の不思議な物語からして、事物と現象の背後に隱れてゐるところの、或る第四次元の世界――景色の裏側の實在性――を假想し得るとせば、この物語の一切は眞實《レアール》である。だが諸君にして、もしそれを假想し得ないとするならば、私の現實に經驗した次の事實も、所詮はモルヒネ中毒に中樞を冒された一詩人の、取りとめもないデカダンスの幻覺にしか過ぎないだらう。とにかく私は、勇氣を奮つて書いて見よう。ただ小說家でない私は、脚色や趣向によつて、讀者を興がらせる術を知らない。私の爲し得ることは、ただ自分の體驗した事實だけを、報告の記事に書くだけである。」

方位の知覚あるいは方向の感覚の錯覚によって、私たちは事物の裏側の世界を覗きみることができる、ということを『猫町』第1章は語っているにすぎない。こうした私の考えがもし正しいとすれば、『猫町』第1章は不要な序章にすぎない。『猫町』に私が魅力を覚えない所以の一はこの不要な第1章にある。だが、問題は『猫町』の核心をなす第2章にある。

4

「その頃私は、北越地方のKといふ溫泉に滯留して居た。九月も末に近く、彼岸を過ぎた山の中では、もうすつかり秋の季節になつて居た。都會から來た避暑客は、既に皆歸つてしまつて、後には少しばかりの湯治客が、靜かに病を養つて居るのであつた。秋の日影は次第に深く、旅館の侘しい中庭には、木々の落葉が散らばつて居た。私はフランネルの着物をきて、ひとりで裏山などを散步しながら、所在のない日々の日課をすごして居た。

私の居る溫泉地から、少しばかり離れた所に、三つの小さな町があつた。何れも町といふよりは村といふほどの小さな部落であつたけれども、その中の一つは相當に小ぢんまりした田舍町で、一通りの日常品も賣つて居るし、都會風の飮食店なども少しはあつた。溫泉地からそれらの町へは、何れも直通の道路があつて、每日定期の乘合馬車が往復して居た。特にその繁華なU町へは、小さな輕便鐵道が布設されて居た。私はしばしばその鐵道で、町へ出かけて行つて買物をしたり、時にはまた、女の居る店で酒を飮んだりした。だが私の實の樂しみは、輕便鐵道に乘ることの途中にあつた。その玩具のやうな可愛い汽車は、落葉樹の林や、谷間の見える山峡やを、うねうねと曲りながら走つて行つた。」

「猫町」は東京のような大都会の一隅にあるよりは、土俗的な習俗の残る地方の集落に発見したと語る方が説得力をもち、現実感を与えるのではないか。そこで場所は北越地方の温泉場に近い町に設定したのであろう。

「或る日私は、輕便鐵道を途中で下車し、徒歩でU町の方へ歩いて行つた。それは見晴しの好い峠の山道を、ひとりでゆつくり歩きたかつたからであつた。道は軌道《レール》に沿ひながら、林の中の不規則な小徑を通つた。所々に秋草の花が咲き、赫土の肌が光り、伐られた樹が横たはつてゐた。私は空に浮んだ雲を見ながら、この地方の山中に傳說してゐる、古い口碑のことを考へてゐた。概して文化の程度が低く、原始民族のタブーと迷信に包まれてゐるこの地方には、實際色々な傳說や口碑があり、今でも尙多數の人々は、眞面目に信じて居るのである。現に私の宿の女中や、近所の村から湯治に來て居る人たちは、一種の恐怖と嫌惡の感情とで、私に樣々のことを話してくれた。彼等の語るところによれば、或る部落の住民は犬神に憑かれて居り、或る部落の住民は猫神に憑かれて居る。犬神に憑かれたものは肉ばかりを食ひ、猫神に憑かれたものは魚ばかり食つて生活して居る。」

伝説、口碑、犬神に憑かれた人々、猫神に憑かれた人々がこの山中にいるということは、「猫町」へ読者を誘うための布石である。

「さうした特異な部落を稱して、この邊の人々は「憑き村」と呼び、一切の交際を避けて忌み嫌つた。「憑き村」の人々は、年に一度、月の無い闇夜を選んで祭禮をする。その祭の様子は、彼等以外の普通の人には全く見えない。稀れに見て來た人があつても、なぜか口をつぐんで話をしない。彼等は特殊の魔力を有し、所因の解らぬ莫大な財産を隱して居る。等々。

かうした話を聞かせた後で、人々はまた追加して言つた。現にこの種の部落の一つは、つい最近まで、この溫泉場の附近にあつた。今では流石に解消して、住民は何所かへ散つてしまつたけれども、おそらくやはり、何所かで祕密の集團生活を續けて居るにちがひない。その疑ひない證據として、現に彼等のオクラ（魔神の正體）を見たといふ人があると、かうした人々の談話の中には、農民一流の頑迷さが主張づけられて居た。否でも應でも、彼等は自己の迷信的恐怖と實在性とを、私に强制しようとするのであつた。だが私は、別のちがつた興味でもつて、人々の話を面白く傾聽して居た。日本の諸國にあるこの種の部落的タブーは、おそらく風俗習慣を異にした外國の移住民や歸化人やを、先祖の氏神にもつ者の子孫であらう。或は多分、もつと確實な推測として、切支丹宗徒の隱れた集合的部落であつたのだらう。しかし宇宙の間には、人間の知らない數々の祕密がある。ホレーシオが言ふやうに、理智は何事をも知りはしない。理智はすべてを常識化し、神話に通俗の解說をする。しかも宇宙の隱れた意味は、常に通俗以上である。だからすべての哲學者は、彼等の窮理の最後に來て、いつも詩人の前に兜を脱いでる。詩人の直覺する超常識の宇宙だけが、眞のメタフイヂツクの實在なのだ。」

犬神に憑かれた人々、あるいは猫神に憑かれた人々がどこか秘密の場所で生活しているとしても、猫が人間と同様の生活を営む「猫町」の実在の裏付けとなるわけではない。作者は、そうした部落的タブーは外国の移住民、帰化人、あるいは隠れ切支丹であろうと、常識的な知識人的解釈を示した上で、「詩人の直覺する超常識の宇宙だけが、眞のメタフイヂツクの實在なのだ」と言い切る。そうであれば、犬神に憑かれた人々、猫神に憑かれた人々、そうした伝説、口碑を語ってきたことは冗語にひとしい。作品『猫町』の話の運びにはいかにも無理がある。

5

「かうした思惟に耽りながら、私はひとり秋の山道を歩いてゐた。その細い山道は、徑路に沿うて林の奥へ消えて行つた。目的地への道標として、私が唯一のたよりにしてゐた汽車の軌道《レール》は、もはや何所にも見えなくなつた。私は道を無くしたのだ。

「迷ひ子！」

瞑想から醒めた時に、私の心に浮んだのは、この心細い言葉であつた。私は急に不安になり、道を探さうとしてあわて出した。私は後へ引返して、逆に最初の道へ戻らうとした。そして一層地理を失ひ、多岐に別れた迷路の中へ、ぬきさしならず入つてしまつた。山は次第に深くなり、小徑は荊棘の中に消えてしまつた。空しい時間が經過して行き、一人の樵夫にも逢はなかつた。私はだんだん不安になり、犬のやうに焦燥しながら、道を嗅ぎ出さうとして歩き廻った。そして最後に、漸く人馬の足跡のはつきりついた、一つの細い山道を發見した。私はその足跡に注意しながら、次第に麓の方へ下つて行つた。どつちの麓へ降りようとも、人家のある所へ着きさへすれば、とにかく安心ができるのである。」

第1章によれば、作者が道に迷うのは方向感覚、方角を知覚する機能に欠陥があるからだ、ということであった。だが、ここで、作者がいよいよ「猫町」へ迷いこむのは、そうした感覚の欠陥によるわけではない。そういう意味でも、この作品の構成には瑕疵がある。

6

『猫町』の続きを読みすすめる。

「幾時間かの後、私は麓へ到着した。そして全く、思ひがけない意外の人間世界を發見した。そこには貧しい農家の代りに、繁華な美しい町があつた。かつて私の或る知人が、シベリヤ鐵道の旅行について話したことは、あの滿目荒寥たる無人の曠野を、汽車で幾日も幾日も走つた後、漸く停車した沿線の一小驛が、世にも賑はしく繁華な都會に見えるといふことだつた。私の場合の印象もまた、おそらくそれに類した驚きだつた。麓の低い平地へかけて、無數の建築の家屋が竝び、塔や高樓が日に輝やいて居た。こんな邊鄙な山の中に、こんな立派な大都會が存在しようとは、容易に信じられないほどであつた。

私は幻燈を見るやうな思ひをしながら、次第に町の方へ近付いて行つた。そして到頭、自分でその幻燈の中へ這入つて行つた。私は町の或る狹い横丁から、胎內めぐりのやうな路を通つて、繁華な大通の中央へ出た。そこで目に映じた市街の印象は、非常に特殊な珍しいものであつた。

すべての軒竝の商店や建築物は、美術的に變つた風情で意匠され、且つ町全體としての集合美を構成してゐた。しかもそれは意識的にしたのでなく、偶然の結果からして、年代の錆がついて出來てるのだつた。それは古雅で奥床しく、町の古い過去の歴史と、住民の長い記憶を物語つて居た。町幅は概して狹く、大通でさへも、漸く二、三間位であつた。その他の小路は、軒と軒との間にはさまれてゐて、狹く入混んだ路地になつてた。それは迷路のやうに曲折しながら、石疊のある坂を下に降りたり、二階の張り出した出窓の影で、暗く隧道《トンネル》になつた路をくぐつたりした。南國の町のやうに、所々に茂つた花樹が生え、その附近には井戸があつた。至るところに日影が深く、町全體が青樹の路のやうにしつとりして居た。娼家らしい家が竝んで、中庭のある奥の方から、閑雅な音樂の音が聽えて來た。

大通の街路の方には、硝子窓のある洋風の家が多かつた。理髪店の軒先には、紅白の丸い棒が突き出してあり、ペンキの看板にBarbershopと書いてあつた。旅館もあるし、洗濯屋もあつた。町の四辻に寫眞屋があり、その氣象臺のやうな硝子の家屋に、秋の日の青空が侘しげに映つて居た。時計屋の店先には、眼鏡をかけた主人が坐つて、默つて熱心に仕事をして居た。

街は人出で賑やかに雜鬧して居た。そのくせ少しも物音がなく、閑雅にひつそりと靜まりかへつて、深い眠りのやうな影を曳いてた。それは歩行する人以外に、物音のする車馬の類が、一つも通行しない爲であつた。だがそればかりでなく、群集そのものがまた靜かであつた。男も女も、皆上品で愼み深く、典雅でおつとりとした樣子をして居た。特に女は美しく、淑やかな上にコケチツシユであつた。店で買物をして居る人たちも、往來で立話をしてゐる人たちも、皆が行儀よく、諧調のとれた低い靜かな聲で話をして居た。それらの話や會話は、耳の聽覺で聞くよりは、何かの或る柔らかい觸覺で、手觸りに意味を探るといふやうな趣きだつた。とりわけ女の人の聲には、どこか皮膚の表面を撫でるやうな、甘美でうつとりとした魅力があつた。すべての物象と人物とが、影のやうに往來して居た。」

ここではすでに作者は夢想する理想的な都市を描いている。作者はここで「幻燈」の世界を見ている。あらゆる物象と人物とは「影」であって、実質をもたない。そういう自覚から次の段落の文章が続くこととなる。

「私が始めて氣付いたことは、かうした町全體のアトモスフイアが、非常に纎細な注意によつて、人爲的に構成されて居ることだつた。單に建物ばかりでなく、町の氣分を構成するところの全神經が、或る重要な美學的意匠にのみ集中されて居た。空氣のいささかな動搖にも、對比、均齊、調和、平衡等の美的方則を破らないやう、注意が隅々まで行き渡つて居た。しかもその美的方則の構成には、非常に複雜な微分數的計算を要するので、あらゆる町の神經が、異常に緊張して戰いて居た。例へば一寸した調子はづれの高い言葉も、調和を破る爲に禁じられる。道を歩く時にも、手を一つ動かす時にも、物を飮食する時にも、考へごとをする時にも、着物の柄を選ぶ時にも、常に町の空氣と調和し、周圍との對比や均齊を失はないやう、デリケートな注意をせねばならない。町全體が一つの薄い玻璃で構成されてる、危險な毀れ易い建物みたいであつた、一寸したバランスを失つても、家全體が崩壞して、硝子が粉々に碎けてしまふ。それの安定を保つ爲には、微妙な數理によつて組み建てられた、支柱の一つ一つが必要であり、それとの對比と均齊とで、辛うじて支へて居るのであつた。しかも恐ろしいことには、それがこの町の構造されてる、眞の現實的な事實であつた。一つの不注意な失策も、彼等の崩壞と死滅を意味する。町全體の神經は、そのことの危懼と恐怖で張りきつて居た。美學的に見えた町の意匠は、單なる趣味のための意匠でなく、もつと恐ろしい切實の問題を隱して居たのだ。」

いうまでもなく、調和と均斉を保つために何が禁止され、何を注意しなければならないか、この町に這入りこんだ者が知りえようはずはない。このような方則は作者の脳裏にだけ存在する。一つの不注意な失策も、町全体の均斉、対比を失わせることになるから、作者の神経が極度に張りつめているのである。この町の秩序を支配しているのは、作者自身である。

「始めてこのことに氣が付いてから、私は急に不安になり、周圍の充電した空氣の中で、神經の張りきつてる苦痛を感じた。町の特殊な美しさも、靜かな夢のやうな閑寂さも、却つてひつそりと氣味が惡く、何かの恐ろしい祕密の中で、暗號を交してゐるやうに感じられた。何事かわからない。或る漠然とした一つの豫感が、靑ざめた恐怖の色で、忙がしく私の心の中を馳け廻つた。

すべての感覺が解放され、物の微細な色、匂ひ、音、味、意味までが、すつかり確實に知覺された。あたりの空氣には、死屍のやうな臭氣が充滿して、氣壓が刻々に嵩まつて行つた。此所に現象してゐるものは、確かに何かの凶兆である。確かに今、何事かの非常が起る！　起るにちがひない！

町には何の變化もなかつた。往來は相變らず雜鬧して、靜かに音もなく、典雅な人々が歩いて居た。どこかで遠く、胡弓をこするやうな低い音が、悲しく連續して聽えて居た。それは大地震の來る一瞬前に、平常と少しも變らない町の樣子を、どこかで一人が、不思議に怪しみながら見て居るやうな、おそろしい不安を內容した豫感であつた。今、ちよつとしたはずみで一人が倒れる。そして構成された調和が破れ、町全體が混亂の中に陷入つてしまふ。」

「どこかで一人」大地震の予感におののいているのは作者自身である。この調和と均斉の崩壊が間近いことは作者だけが知っている。

「私は惡夢の中で夢を意識し、目ざめようとして努力しながら、必死に踠いてゐる人のやうに、おそろしい豫感の中で焦燥した。空は透明に靑く澄んで、充電した空氣の密度は、いよいよ刻々に嵩まつて來た。建物は不安に歪んで、病氣のやうに瘠せ細つて來た。所々に塔のやうな物が見え出して來た。屋根も異樣に細長く、瘠せた鷄の脚みたいに、へんに骨ばつて畸形に見えた。」

夢の崩壊過程を語る作者の筆致はさすがに現実感に満ち、恐怖感にあふれている。

「「今だ！」

と恐怖に胸を動悸しながら、思はず私が叫んだ時、或る小さな、黒い、鼠のやうな動物が、街の眞中を走つて行つた。私の眼には、それが實によくはつきりと映像された。何か知ら、そこに或る異常な、唐突な、全體の調和を破るやうな印象が感じられた。」

ここで夢想に破局が訪れることとなる。

7

「瞬間、萬象が急に靜止し、底の知れない沈黙が横たはつた。何事かわからなかつた。だが次の瞬間には、何人《ぴと》にも想像されない、世にも奇怪な、恐ろしい異變事が現象した。見れば町の街路に充滿して、猫の大集團がうようよと歩いて居るのだ。猫、猫、猫、猫、猫、猫、猫。どこを見ても猫ばかりだ。そして家々の窓口からは、髭の生えた猫の顏が、額緣の中の繪のやうにして、大きく浮き出して現れて居た。

戰慄から、私は殆んど息が止まり、正に昏倒するところであつた。これは人間の住む世界でなくて、猫ばかり住んでる町ではないのか。一體どうしたと言ふのだらう。こんな現象が信じられるものか。たしかに今、私の頭腦はどうかして居る。自分は幻影を見て居るのだ。さもなければ狂氣したのだ。私自身の宇宙が、意識のバランスを失つて崩壞したのだ。

私は自分が怖くなつた。或る恐ろしい最後の破滅が、すぐ近い所まで、自分に迫つて來るのを強く感じた。戰慄が闇を走つた。」

これは段落の途中である。だが、ここで本来、段落は終らなければならない。猫町はここで終るからである。段落の続きを読む。

「だが次の瞬間、私は意識を回復した。静かに心を落付ながら、私は今一度目をひらいて、事實の眞相を眺め返した。その時もはや、あの不可解な猫の姿は、私の視覺から消えてしまつた。町には何の異常もなく、窓はがらんとして口を開けてゐた。往來には何事もなく、退屈の道路が白つちやけてた。猫のやうなものの姿は、どこにも影さへ見えなかつた。そしてすつかり情態が一變してゐた。町には平凡な商家が竝び、どこの田舍にも見かけるやうな、疲れた埃つぽい人たちが、白晝の乾いた街を歩いてゐた。あの蠱惑的な不思議な町はどこかまるで消えてしまつて、骨牌の裏を返したやうに、すつかり別の世界が現れてゐた。此所に現實してゐる物は、普通の平凡な田舍町。しかも私のよく知つてゐる、いつものU町の姿ではないか。そこにはいつもの理髮店が、客の來ない椅子を竝べて、白晝の往來を眺めて居るし、さびれた町の左側には、賣れない時計屋が欠伸をして、いつものやうに戸を閉めて居る。すべては私が知つてる通りの、いつもの通りに變化のない、田舍の單調な町である。」

作者はこの第2章を次の文章で終えている。

「意識が此所まではっきりした時、私は一切のことを了解した。愚かにも私は、また例の知覺の疾病「三半規管の喪失」にかかつたのである。山で道を迷つた時から、私はもはや方位の觀念を失喪して居た。私は反對の方へ降りたつもりで、逆にまたU町へ戻つて來たのだ。しかもいつも下車する停車場とは、全くちがつた方角から、町の中心へ迷ひ込んだ。そこで私はすべての印象を反對に、磁石のあべこべの地位で眺め、上下四方前後左右の逆轉した、第四次元の別の宇宙（景色の裏側）を見たのであつた。つまり通俗の常識で解説すれば、私は所謂「狐に化かされた」のであつた。」

これは牽強附会というべきであろう。作中の私が道に迷ったのは方位の感覚を間違えたからではないし、猫町の風景は、日常の風景の「裏側」に存在するわけでもない。

第1章、第2章を全文引用しながら読んできたので、ついでに短い、結びの第3章も引用することとする。

8

「私の物語は此所で終る。だが私の不思議な疑問は、此所から新しく始まつて來る。支那の哲人荘子は、かつて夢に胡蝶となり、醒めて自ら怪しみ言つた。夢の胡蝶が自分であるか、今の自分が自分であるかと。この一つの古い謎は、千古に亙つてだれも解けない。錯覺された宇宙は、狐に化かされた人が見るのか。理智の常識する目が見るのか。そもそも形而上の實在世界は、景色の裏側にあるのか表にあるのか。だれもまた、おそらくこの謎を解答できない。だがしかし、今も尚私の記憶に殘つて居るものは、あの不可思議な人外の町。窓にも、軒にも、往來にも、猫の姿がありありと映像して居た、あの奇怪な猫町の光景である。私の生きた知覺は、既に十數年も經た今日でさへも、尚その恐ろしい印象を再現して、まざまざとすぐ眼の前に、はつきり見ることができるのである。

人は私の物語を冷笑して、詩人の病的な錯覺であり、愚にもつかない妄想の幻影だと言ふ。だが私は、たしかに猫ばかりの住んでる町、猫が人間の姿をして、街路に群集して居る町を見たのである。理窟や議論はどうにもあれ、宇宙の或る何所かで、私がそれを「見た」といふことほど、私にとつて絶對不惑の事實はない。あらゆる多くの人々の、あらゆる嘲笑の前に立つて、私は今も尚固く心に信じて居る。あの裏日本の傳說が口碑してゐる特殊な部落。猫の精靈ばかりの住んでる町が、確かに宇宙の或る何所かに、必らず實在して居るにちがひないといふことを。」

この結びもかなりに混乱している。伝説、口碑は猫の住む町が実在すると伝えているわけではない。猫神に憑かれている部落の住民がいる、という口碑を聞いているにとどまる。また、猫の大群が出現したけれども、猫が人間の姿をして、街路の群集となっていたわけでもない。第3章の結びにはかなり無理がある。

9

『猫町』で作者は何を語ろうとしたのか。猫町の路地は「南國の町のやうに、所々に茂つた花樹が生え、その附近に井戸が」あり、「至るところに日影が深く、町全體が青樹の蔭のやうにしつとりして居た。娼家らしい家が竝んで、中庭のある奥の方から、閑雅な音樂の音が聽えて來た」とはじまる。

「大通の街路の方には、硝子窓のある洋風の家が多かつた。理髪店の軒先には、紅白の丸い棒が突き出してあり、ペンキの看板にBarbershopと書いてあつた。旅館もあるし、洗濯屋もあつた。町の四辻に寫眞屋があり、その氣象臺のやうな硝子の家屋に、秋の日の青空が佗しげに映つて居た。時計屋の店先には、眼鏡をかけた主人が坐つて、默つて熱心に仕事をして居た。

街は人出で賑やかに雜鬧して居た。そのくせ少しも物音がなく、閑雅にひつそりと靜まりかへつて、深い眠りのやうな影を曳いてた。それは歩行する人以外に、物音のする車馬の類が、一つも通行しない爲であつた。だがそればかりでなく、群集そのものがまた靜かであつた。男も女も、皆上品で愼み深く、典雅でおつとりとした樣子をして居た。特に女は美しく、淑やかな上にコケチツシユであつた。店で買物をして居る人たちも、往來で立話をしてゐる人たちも、皆が行儀よく、諧調のとれた低い靜かな聲で話をして居た。それらの話や會話は、耳の聽覺で聞くよりは、何かの或る柔らかい觸覺で、手觸りに意味を探るといふやうな趣きだつた。とりわけ女の人の聲には、どこか皮膚の表面を撫でるやうな、甘美でうつとりとした魅力があつた。すべての物象と人物とが、影のやうに往來して居た。」

これはいわば作者の描いた桃源境としての小都会である。この小都会は「幻燈を見るやうな思ひ」をしながらでなければ入ることはできないし、すべての物象や人物は、実体のない「影」のような存在である。それだけにこの幻想の小都会は人為的に繊細な注意によって構成されており、「あらゆる町の神經が異常に緊張し」、デリケートな注意がなければすべての対比や均斉が崩壊する、そういう小都会である。

この夢想の小都会が「猫町」に変貌する。その契機をなすのは、「或る小さな、黒い、鼠のやうな動物が街の眞中を走つて行った」ことである。この事実によって調和が破られ、「瞬間、萬象が急に靜止し、底の知れない沈默」が横たわり、次の瞬間、「見れば町の街路に充滿して、猫の大集團がうようよと歩いて居る。」「猫、猫、猫、猫、猫、猫、猫。どこを見ても猫ばかりだ。そして家々の窓口からは、髭の生えた猫の顏が、額緣の中の繪のやうにして、大きく浮き出して現れて居た」のである。

「私は自分が怖くなつた。或る恐ろしい最後の破滅が、すぐ近い所まで、自分に迫つて來るのを強く感じた。戰慄が闇を走つた。だが次の瞬間、私は意識を回復した。」

こうして「私」は日常の世界に回帰する。

この作品における幻想としての桃源境である小都市の情景はじつに美しく描かれているし、猫の大群の襲来によって夢想が崩壊する叙述も萩原朔太郎の力量を充分に示している。

しかし、『猫町』は、『ガリヴァー旅行記』の馬の国や芥川龍之介の「河童」のように、馬や河童を主人公とし、政治を諷刺したり、人間を批判したりした作品とは、まったく性質を異にする。犬神に憑かれた部族の人々、猫神に憑かれた部族の人々、あるいは狼、蛇などをタブーとする人々がわが国の山奥ふかく住んでいるという伝説、口碑は多く存在する。そうした伝説、口碑に触発されて萩原朔太郎が夢想したお伽噺が『猫町』である、と私は考える。愉しいお伽噺であるが、それ以上の作品ではない。ここには文明批評も人間に対する省察もない。ここで、萩原朔太郎はいささかも傷ついていないし、病みを感じてもいない。だから、お伽噺以上の興趣がない。

第一一章　『日本への回帰』

1

私にとって『青猫』(初版)『青猫』(以後)の詩人が中国における戦争下『日本への回歸』という著書を刊行したことはそのこと自体悲しかったし、当時の萩原朔太郎の日本浪曼派への接近も歎かわしく感じていた。そのため『日本への回歸』を手にとることを避けていた。

本稿を草するにあたって、やはり『日本への回歸』を避けて通られないと感じ、通読した。予想したとおり、『日本への回歸』において私は萩原朔太郎への失望を確認したが、彼が危うい地点でとどまっていたようにも感じた。『日本への回歸』の「詩論と文明評論」の冒頭「日本への回歸」は次の文章で始まる。

「少し以前まで、西洋は僕等にとつての故郷であつた。昔浦島の子がその魂の故郷を求めようとして、海の向うに龍宮をイメーヂしたやうに、僕等もまた海の向うに、西洋といふ蜃氣樓をイメーヂした。だがその蜃氣樓は、今日もはや僕等の幻想から消えてしまつた。」

「そこで浦島の子と同じやうに、この半世紀に亙る旅行の後で、一つの小さな玉手箱を土産として、僕等は今その「現實の故郷」に歸つて來た。そして蓋を開けた一瞬時に、忽然として祖國二千餘年の昔にかへり、我れ人共に白髪の人と化したことに驚いてるのだ。」

こういう冒頭の文章を読むと、萩原朔太郎も時流の渦中に流されていたことを確認せざるをえないし、失望を新たにするのである。

ところが、この文章の末節「3」の末尾に萩原朔太郎はこう書いている。

「現實は虛無である。今の日本には何物もない。一切の文化は喪失されてる。だが僕等の知性人は、かかる虛妄の中に抗爭しながら、未來の建設に向つて這ひあがつてくる。僕等は絶對者の意志である。惱みつつ、嘆きつつ、悲しみつつ、そして尚、最も絶望的に失望しながら、しかも尚前進への意志を捨てないのだ。過去に僕等は、知性人である故に孤獨であり、西洋的である故にエトランゼだつた。そして今日、祖國への批判と關心とを持つことから、一層また切實なヂレンマに逢着して、二重に救ひがたく惱んでゐるのだ。孤獨と寂寥とは、この國に生れた知性人の、永遠に避けがたい運命なのだ。

日本的なものへの回歸！　それは僕等の詩人にとつて、よるべなき魂の漂泊者の歌を意味するのだ。誰れか軍隊の凱歌と共に、勇ましい進軍喇叭で歌はれようか。かの聲を大きくして、僕等に國粹主義の號令をかけるものよ。暫らく我が靜かなる周圍を去れ。」

「僕等は絶對者の意志である」という表現が何を意味するか。その意味ははっきりとしないが、それでも、萩原朔太郎が国粋主義をその周辺から遠ざけようとする立場をとっていたことは間違いないし、日本への回帰が「よるべなき魂の悲しい漂泊者の歌」であって、決して彼が日本的なものに回帰しようとしていたわけではないことを、私たちは知ることができる。『日本への回帰』と題する著書から彼が日本への回帰を志したと速断してはならないことを知り、いささか安堵する。

『日本への回帰』で、「詩論と文明評論」の「日本への回帰」に次いで「日本の軍人」について論じている。彼の発言を聞く。

「要するに日本の軍人は、風采上にも實質上にも、極めて着實質素の實用主義で、西歐の軍人風俗に見る如き、花やかなヒロイズムやダンヂイズムのロマネスクが無い。これは社會の風習がちがふからで、軍人が社交界の花形であり、舞踏會で美人にもてはやされる西洋と、そんな事の全くない日本とでは、その風采や氣質の上でも、おのづから別個の軍人タイプができるわけだ。」

萩原朔太郎の関心は軍人の服装、風采に向けられている。彼はまた、こう書いている。

「昔、日露戰爭時代に、僕はまだ少年であつたけれども、町を行軍する兵士を見て、常に或る一種の壓迫される氣分を感じた。それは勇壯といふやうな氣分（詩的でヒロイツクな氣分）でなく、もつと何か眞劍に切迫した、或る息苦しさを感じさせる氣分であり、言はば一種の「凄氣」とも言ふべき氣分であつた。僕は昔、かうした兵士の行軍から受ける印象を、「軍隊」と題する詩に作つたが、その一節に「見よ。〔七字分空白〕の行くところ、意志は重たく壓迫される。どたり、づしり、づしり、ばたり。」と書いた。然るに最近の軍隊からは、殆んどかうした印象を受けなくなつた。」

全集には「日本の軍人」の初出誌は不詳とあり、右に〔七字分空白〕としたのは、おそらく検閲のさい削除された箇所であろうが、初出誌で空白とされた経緯は分らない。ただ、萩原朔太郎がここで引用しようとしたのは『青猫』の巻末の「軍隊」の最終連から抜粋した数行であろう。念のため最終連の全部を引用する。

いま日中を通行する
黝鐵の凄く油ぎつた
巨重の逞ましい機械をみよ
この兇逞な機械の踏み行くところ
どこでも風景は褪色し
空氣は黄ばみ
意志は重たく壓倒される。
　づしり、づしり、づたり、づたり

づしり、どたり、ばたり、ばたり。
お一、二、お一、二。

「軍隊」の初出は『日本詩人』一九二二年三月号だから、萩原朔太郎の少年であったころではないし、日露戦争の時代ではない。少年時、萩原朔太郎が「凄氣」のような重圧感を覚えたとは信じがたい。全集の未発表詩篇の項に「都市の進行」という詩が収められている。前後関係からみて「淨罪詩篇」の時期の作のようである。以下全文を引用する。

足は宙に舞ひあがる
電氣死刑の硝子盤の上に舞踏するところの足
胸は張りつめる
胸は△△△鳩のやうに盛りあがつた歡喜の胸
手は光る
また指はアブサントにふれ、首は首とて液體空氣の圏中に泳ぎ入る

このひとをみよ

若く美しきこの士官をみよ
彼は躍動し絶叫し萬象をこえて地球の上に立ち
「前へ」
幻惑する華美と墓場の靜寂とに於てその行進は始まつた
「前へ、第一中隊、第二中隊、第三中隊」
日光は家根をてらした、音なき軍樂の先導に於て歩む、銀座一丁目、銀座二丁目、銀座三丁目、銀座四丁目
その靴はゴム底、ローラー、スケートの靴
京橋、日本橋、神田、本郷、淺草、上野
「前へ、第六中隊、第七中隊、第八中隊」
鋪道の上を水が流れた
みよその丈長き倦怠に於て兵士は來る
「竝足」
麴町一丁目、麴町二丁目、麴町三丁目、麴町四丁目、麴町五丁目、麴町六丁目、麴町七丁目、
……
たちまち行進は阻害された

しかも何等の騒擾なしに
きはめてしづかに
何物かこの行進の前列を横斷したのである
影は灰色の衣裝をきて來た
影は冷笑し、影は消滅した
光榮ある軍隊の先驅に於て
東京市大行進の軍旗の賤辱に於て
汝無道なる老人の幻影よ
かく切齒なして怒り
この士官は焦心した
しかしその勇氣ある號令に於て
蘇生せるところの軍隊は二度新らしき歩調をつづけたまで
麴町七丁目、八丁目、九丁目、十丁目、十一丁目、十二丁目

この詩において、軍隊の行進を妨害する老人の幻影は、必ずしも反軍国主義者ではない。むしろ江戸期の武士の幻影のようにみえる。ここで若き萩原朔太郎は、「若く美しき」士官を賛美し、

彼の号令により東京市街を列伍正しく行進する軍隊に見ほれている感がある。この詩には「軍隊」における、軍隊を重量ある機械に見立て、兇逞な機械の進むところ、空気は黄ばみ、意志が圧倒される、といった重苦しい感じはない。「軍隊」には「通行する軍隊の印象」と題名の脇に添えられている。「都市の進行」に反軍国主義的思想がつゆほども認められないのと同様、「軍隊」にも反軍国主義的思想は認められない、と考えるべきではないか。印象をそのまま叙述したにすぎないとみるべきではないか。

「日本の軍人」に戻ると、萩原朔太郎は「軍隊」を書いた時代と違い、「今の日本兵の行軍からは、昔のやうに「凄氣」を感じさせるものがなく、もつと明朗でヒロイツクな印象、卽ち「勇壮」といふやうな氣分を強く感じさせる。これは勿論、日本の文化が向上し、一般的に兵士の情操がインテレクチアルになつた爲にちがひないが、同時にまたそのことは、日本が明治以來の悲惨な惡戰苦鬪を克服して、最近漸く一息吐くことができる程度の、自覺上の餘裕と安心を得た爲に外ならない」と書き、「かくの如く、日本人が朗らかになつたと言ふことは、とりも直さず近時に於ける日本文化の一大變轉期を語るのである」と結んでいる。

この文章で萩原朔太郎が語っているのは、軍人の服装、容姿、風采であり、行進であり、いわば外見にすぎない。日本軍部の行動様式の内面にはまったくふみこんでいない。『日本への回歸』に収められた文章はおおむね一九三七、三八年頃発表されているから、この文章の当時、満洲事変、満洲国の創設といったアジア・太平洋戦争の初期、日本の軍部はどういう方向に日本を導こうとしているのか、それなりの感想、識見をもっていてもよかったはずである。

政治を語らずして、「日本の軍人」を語ることはできない、そういう時代だったはずである。私はこの文章に萩原朔太郎の政治、社会情勢の無智、無関心を読みとり、慨嘆久しくせざるをえない。

2

萩原朔太郎は次に「日本の巡査」について論じている。結論はこうである。

「明治初年、日本に警察制度が初めて出來た時、民衆はポリス（治安保護者）といふことの意味を知らず、昔の岡ツ引や手先同心と一視して、これを毛蟲扱ひに嫌厭した。そのため政府はしばしば訓辭し、また警察官の名稱を幾度か改正して、ポリスから邏卒、邏卒から巡査とした。しかし日本の警察精神自身の中に、封建的官僚主義が殘つてゐる以上、そんな苦心をしても無駄であらう。今の政府の爲すべきことは、民衆をしてポリスの意味に徹底せしめ、警察が決して良民の恐るべき責罰者でなく、反對に良民の善き友人であり、その生命財產の善き保護者であるといふことを、親切に「實例をもつて」教諭することにある。そしてこれが完了する時――巡査が良民を悔辱したり、人權を蹂躪したりしなくなつた時――初めて實に日本の警察は、世界第一に無比なものとなるであらう。」

いささかも国粋主義的でないし、日本礼讃でもない。卒直な日本の警察批判である。萩原朔太郎の『日本への回歸』とは望ましい日本の建設をも意味したのであろう。彼にとって望ましい警察官は英国の警察官であった。

「「人民の保護者」といふ警官意識が、その正しい良識に於て最もよく發達してゐるのは、おそらく英國の巡査が第一だらう。友人竹村俊郎君の話によれば、英國の巡査は、いつでも民衆の最も親しい友人であり、單にその溫顏を見るだけでも、進んでこつちから握手がしたくなるほどださうである。竹村君は日本流の習慣からしばしば酒に醉つてロンドンの夜街を歩き、巡査からその特別の「保護」を受けたさうである。（西洋では、酒に醉つて市中を歩くことを禁じられてゐる。自動車の交通が繁華な都會では、醉漢の千鳥足が危險であり、且つ交通の障害となるからである。）醉つて市中を步いてゐると、二人組で巡廻してゐるポリスが來て、左右から體を抱へ、一言も口を利かず、默つてそのまま警察の留置所に入れてしまふ。そして翌朝になると、默つてそのまま部屋から出し、一言の口も聞かずに歸してくれる。親切な巡査の場合は、わざわざタキシイを呼び、警察から自宅迄送らせてくれるさうであるが、これが本當の「保護」である。」

始終泥酔していた萩原朔太郎は安全に「保護」してもらえるロンドンの市民を羨望していたのかもしれない。ただ、日本人は一般に西欧人に比べるとアルコールに弱く、私の見聞したところではヨーロッパの都市で泥酔者を見かけることはよほど稀である。日本では泥酔者が我が物顔に蹌踉と往来し、蛮声をはりあげても誰も咎めない。ほとんど酒を嘗まない私はそういう日本人の寛容さを腹立たしく思っている。

萩原朔太郎は必ずしも日本の巡査を非難ばかりしているわけではない。次のようにも書いている。

「日本の警察制度は、その本原精神に於て、今日尚多分にかかる封建時代を遺傳してゐる。そしてこの封建精神が、一方に於て官僚主義のクソ威張りになるのである。日本に於ては、今日尚種々の點で資本主義の社會情操が發育してない。

とはいへ日本巡査が、その薄給にもかかはらず、廉潔を守つて堅く身を持し、氣の毒なほど眞面目に忠實に働いてるのは、外人と共に、僕等もまた驚嘆するところである。特に夏期の衞生布告に努めて、戸別訪問をして歩く巡査や、夏の炎天下に立つてる交通巡査や、冬の寒夜を夜遲く、外套の襟を立てて巡廻してゐる夜警の巡査に逢ふ時など、職掌以上に崇高なものを感じ、心から感謝の意を表したくなる。日本の巡査は、その生眞面目で犧身的なことに於て、日本の軍人と好一對である。けだし彼等の巡査が、その薄給にもかかはらず勤勉なのは、日本人獨特の義務観念と自尊心とで、自ら「人民の保護者」といふ、神聖な職務意識を心に強く持してるからである。」

ここまではよいのだが、続いて「だが」と書き続けて巡査の行き過ぎを非難している。

「だがその職務意識の過剰は、時にプライドにすぎて傲岸となり、しばしば民衆の人權を蹂躙したり、職權以上にその所謂「保護」意識を擴張し、ために却つて大衆の反感を買つたりする。

以下新聞記事について、その二三の例をあげてみよう。」

萩原朔太郎は巡査の横暴によほど憤っていたにちがいない。そうした記事を収集、保存していた。その一例だけをあげる。

「某私立大學の學生が、その知つてる女學生と一緒に、或るレストランで食事をしてゐた。すると巡査に誰何され、警察に連れられて調べられた。二人共身許がわかり全く不審ははれたにもかかはらず、尚且つ散々に署長から叱責説諭された。その理由は、勉強中の學生の身で、かかる遊樂に日を暮すのは有るまじきことだと言ふのであつた。」

戦後生れの人々にはこうした警官の行動は想像もできないのではないか。私の旧制中学のころ、中学生同志で喫茶店などに出入りすることは禁止されていた。だから、私には、このような事態もありえたことを不審には思わない。これが回帰すべき日本であるとすれば、怖ろしい時代の日本であった。

萩原朔太郎が自身の体験を回想しているので、最後に引用しておきたい。

「最後に僕自身の事を言ふと、不思議に僕はしばしば警官に誰何される。どこか僕自身の風采や擧動の中に、一般人とちがふ異状のもの、調子外れのものがあるのだらう。特に夜遲く少し酒でも飲んで交番の前を通ると、必ず「こらこら」と呼び止められる。もとより何の罪もない良民だから、すぐ放免されはするが、あの交番の中に引き入れられて、住所、姓名、職業を問はれたり、財布の中の金額や持物迄調べられ、巡査に顏をじろじろと見られるのは、後まで記憶が殘るほど不愉快である。それで夜遲く步く時は、出來るだけ交番の前を避けて通るが、それでも時々巡邏の警官に誰何される。夜、交番で道を尋ね、逆に不審訊問を受けた事さへ二三度ある。文士といふ人間は、官吏でもなく、商人でもなく、月俸生活者でもなく、稀れな型外れな人種であるため、巡査に職業の見分けがつかず、その點で不審の嫌疑を受けるらしい。」

萩原朔太郎が「少し酒でも飲んで」というのはかなり深酒していたのではないか。また、交番で道を尋ね、逆に不審訊問を受けたのも、道に迷うほどに酔っていたためではないか。そう邪推するのは酒を嘗まない者の僻みかもしれない。

3

『日本への回歸』に「日本の女性」という評論が収められている。その冒頭をまず引用する。

「かつて僕は「日本の女」と題する一文を書き、日本の女が外國の女に比して、いかに肉體美の點ですぐれて居るか。いかに皮膚がデリケートで、色彩の陰影に富んでゐるか。いかに肢體が色つぽく優雅であるか。等々をエッセイした。（小著・廊下と室房・參照）しかしこれは容貌や肢體の肉體美に關することで、精神上のことには關しなかつた。僕が特に肉體美のことばかり言つたのは、今日一般の日本人、特に美術家やインテリ階級の定說として、日本の女の肉體美が、西洋の女に比して大に劣り、非美學的醜惡のものの如く偏見されて居るからである。僕の前の一文は、かかる邪曲の定說を啓蒙しようとして、いささか義憤の情を以て書いたのである。然るに精神上の方面では、最も進步的な人々でさへ、相當には同情と理解を以て、日本女性のユニイクな美德を認めてゐる。萬事に西洋崇拜の人々でさへ、妻だけは西洋婦人を敬遠し、日本の女に限るとさへ公言してゐる。して見れば今日、精神方面のことについて、今更日本の女性を讚美するのは、いささか輿論の蛇尾に随従する如く思はれる。しかも僕があへてこの一文を草するのは、近來或る一部の社會主義者や、自ら進歩思想の尖端人を以て任ずる人や、とりわけ特に女權擴張論者の青鞜者流や、街のアメリカかぶれしたモダンガールや、自らインテリ女人のプライドを氣負ふ人々やが、日本の傳統的女人氣質を輕蔑し、且つこれを憎惡敵愾して、すべての日本的なる女性の美徳を「奴隷化」と呼び、ひとへにその解放を叫んで、歐化をイデーしてゐるからである。」

余計なことだが、明治開国以降、欧米人の間で日本人の肉体の貧弱さはむしろ男性について言われていたことで、日本女性の肉体的、ことに皮膚の美しさや気質のつつましさなどは早くから認められていたのではないか。萩原朔太郎の視点はまことに男性本位であり日本男性の肉体の貧弱さに対する欧米人の侮蔑感は視野に入っていない。ところで、この文章に次のような一節がある。

「何人も知る如く、日本の歴史は天照皇大神によつて始まり、太陽の女神であるところの、最高の權威者によつて開闢されてる。日本に於て、女性は神々の中の神であり、最も神聖なものとして崇拜された。そしてこのフエミニズムの國粹思想は、爾後の日本歴史を通じて、民族の血液に傳統し、現代迄も一貫して續いてゐるのである。ただ中古以後、佛教や儒教の外國思想に影響されて、女人の罪障深きを說教されたり、支那の女性奴隸思想を輸入したりした爲、外見上いくぶん東洋的類型の制度を取つたが、それは社會制度の形式上な皮相であつて、日本人の民族的本能に根ざしてゐる眞の情操は、依然として常に上古以来のフエミニズムであり、古事記の太陽女性中心思想は、不變に國粋思潮の本質となつてゐたのである。」

萩原朔太郎がここまで神がかり的国粋主義に心酔しているのを読むと、ほとんど声を呑むかの感を覚える。

この評論を読みすすむと、次の一節がある。

「日本の女性が、その氣立に於て比ひなく優れて居り、世界のいかなる國々の女にもまさつて居ることは、白人萬能の自負を誇る西洋人すらが、異口同音に認めてゐることである。實際白人の女たちは、結婚を以てエゴイズムの享樂と考へ、物質的奢侈を盡して亭主を苦しめ、我がまま放題の行爲をして、結局自他を破滅させることとしか考へてない。支那人の女に至つては尙度しがたく、殆んどそのすべての者が、恐るべき妬婦に非ずば悍婦であると言はれてゐる。獨り日本の女は愛情深く、責任感に富み、貞操の念に厚く、情操がデリケートで美を理解し、從順であつてしかも卑屈でなく、内に毅然たる勇氣と自尊心とを持ちながら、しかも外面は常に淑やかで愼み深く、些少の恩や愛惠に對してすら、殉情的の涙ぐましい感激をし、どんな逆境の下にあつても、常に嬉々として人生を樂しく快活に暮してゐる。男たちのイデーとして、これほど望ましい理想的の女人はないのだ。」

萩原朔太郎がどれほど白人女性や中国人女性について知っていたかは疑わしいが、右のように断罪する勇気には感嘆するばかりである。日本女性の理想化についても驚嘆するが、これについてはまた後にふれる。

結婚観について萩原朔太郎はこう書いている。

「日本人の異性觀は、他のすべての日本的な知性や感性と同じく、自他の一致、主客の融合といふ、自然の調和をイデーとしてゐる。故に我々の結婚は、男と女とが互に融和し、各自にその「自我《エゴ》」を揚棄して、一心同體の夫婦となることを理想としてゐる。西洋人の結婚は、男女が互にそのエゴイスチツクの快樂を滿たさうと欲するところの、單なる物質的享樂主義のものにすぎない。だが我々は、もつと結婚の意義を高く、精神的モラリテイのものに考へてゐる。卽ち我々は、結婚生活を以て一の崇嚴な人道的、倫理的創造事業と考へて居る。そして此所に、日本人の特殊なフエミニズムが、その敷島の大和心と共に原理してゐる。」

こうした独善的な言辞に接すると、『日本への回歸』における萩原朔太郎はきわめて不健全な時代思潮に冒されていたのではないか、という感をふかくする。

この評論には、保田與重郎の当時の著書『日本の橋』から、一女性が架した橋の銘文を紹介している。「その日本の一女性は、豐臣秀吉が小田原征伐に出陣した時、これに從軍した堀尾某といふ武士の妻であり、十八歳になる愛兒を戰場に失つたことから、悲嘆のあまり橋を架してこれが冥福を供養した。その橋の銘文は次のようなものであつた。

「天正十八年二月十八日に、小田原への御陣堀尾金助と申す、十八になりたる子を先立たせてより、また再目《ふため》とは見ざる悲しさのあまりに、今この橋を架けるなり、母の身には落涙ともなり、即身成佛し給へ。逸岩世俊と後の世のまた後まで、この書附を見る人は、念佛申し給へや。三十三年の供養なり。」」

萩原朔太郎はこの銘文について次のとおりの感想を記している。

「この銘文の筆者は、もとより何等高い教養のない一武者の平凡な妻女にすぎない。しかも愛兒の死を悼む悲嘆の眞情は、おのづからして好個の名文を爲してゐるのである。十八になる愛兒を失ひ、また再目とは見ざる悲しさの餘り、今この橋を架けるなりと言ひ、「母の身には落涙ともなり、既身成佛し給へや。」と言ひ、橋の通行人に向つて、子供の戒名（いつかんせいしゅん）を長く後の世迄稱名してくれと頼み、三十三年の供養也と結んだところ、眞に一字一格の隙もない名文であり、哀切の餘韻惻々として人に迫るものがある。」

『日本の橋』は当時刊行された保田與重郎のいくつかの著書の中、私がふかい感銘をうけた唯一の著書であった。往事茫々たる感があるが、やはり右の銘文は心をうつ。ただし、橋を架すかどうか、といった方法、手段は別として、母の死んだ児を偲ぶ思いは、東西古今、変りはなく、日本固有ではあるまい。

「日本の女性」は最後に小泉八雲の「或る女の日記」と題する、一庶民の女性の日記を引用し、その感想を記して終っているが、省略する。

『日本への回歸』は「詩論と文明評論」と「隨筆と身邊雜記」の二部から成り、上記した評論はいずれも「詩論と文明評論」に収められているが、「隨筆と身邊雜記」中に「秋宵記」と題する隨筆がある。「獨身生活をしてから十年近くになる」と始まり、結婚生活を回想して次のとおり書いている。

「しかし色々な利害を差引して、やはり僕は今の獨身生活の方が好いと思ふ。それは一つには、僕の過去の結婚生活が不幸な破滅に終つたほど、異例な特殊的のものであつた爲か知れない。僕の前の妻は、決してどんな意味からも、性の惡い女ではなかつた。反對にむしろ極めて善良な、そして單純すぎることによつて子供らしく、言はば「イグノランスの純朴性」をもつたところの、多少變質的で非類型的の女であつた。僕は前の妻から、時にしばしばドストイエフスキイの聖人(白痴の美德)を聯想した。どんな場合に於ても、それは決して憎むことのできない女であつた。しかしその白痴美にはムイシユキン公爵に見るやうな溫和さと、感性のデリカシイが缺乏してゐた。彼女は極めて激し易く怒り易い女であつた。僕の言葉の一語一語に反抗し、いつも荒々しく大聲で喚き立てた。そして激する每に器物を投げた。子供は常に平手でなぐられ、繼子のやうにヒイヒイと泣き續けた。その爲家の中は大騷動で、いつも人間の喚《わめ》き聲と器物の壞れる音とで、地震のやうにガラガラしてゐた。さうした大騷動の家鳴りの中を、彼女は鼻唄を唄ひながら、蓄音機のジヤズに合せて拂《はたき》がけをするのであつた。

かうした妻を教育する爲、僕はずゐぶん苦心をした。何よりも第一に、粗暴性を矯正することが急務だと思つた。そしてこの目的からは、情操にデリカシイを與へ、も少し淑やかな、女らしい女にするのが好いと思つた。實際彼女は、普通の年頃の娘たちが知つてる筈の、ごく當り前の化粧法や身だしなみさへも知らなかつた。そこで東京へ移つてから、僕は勉めて妻を色々な場所へつれて行つた。芝居にも、活動寫眞にも、百貨店にも、それから特に多くの娘や令夫人やが集つてる會合などへ。

だがすべての努力は無駄であつた。妻は若い男にばかり興味をもつて、同性の淑やかな擧動や優美な風俗については、殆んど全く無關心であつた。そこで最後に、偶然の機會からダンスホールに連れて行つた。妻はダンスを習ひ始めた。そこで意外な奇蹟が起つた。その時以來、彼女は急に一變して、髮の形に苦心をし、衣裝の選擇に趣味をもち、化粧法が巧みになり、すべての擧動が女らしくコケチツシユになつて來た。彼女は見ちがへるほど綺麗になつた。僕は自分の成功を悅んだ。だが次に來たものは、もつと痛切な悔恨だつた。なぜなら初めて「性に目ざめた」中年女は、ダンスで知り合つた若い男と、殆んど誰れ彼れの區別なく交際し、公然と僕の家庭に引つぱり込んだ。しかもその大部分は得體のわからぬ男共で、不良學生や拳闘の選手などが澤山にゐた。さうした取巻きの男を伴につれて、妻は夜おそく家に歸つて來た。そして二階に寢てゐる僕を起し、自分を送つてくれて來た人々に對し、一言の禮を挨拶せよと言ふのである。僕は世にも情ない思ひをしながら、澁々妻の言ふ通りにした。でなければ大聲でわめき立て、近所隣へ家庭の醜態を曝すことになるからである。

僕は日增しに不幸になつた。だがそれにもかかはらず、心から妻を怒る氣になれなかつた。なぜなら彼女は、自己の爲してゐる行爲に對して、少しも惡といふ意識を持たず、またその反省も無かつたからだ。あらゆる意味に於て、彼女は天眞爛漫であり、少しの邪氣も祕密も知らず、眞にイグノランスそのものだつた。人妻である女が、良人の前で異性の男と痴戲するのが何うして惡いか。この道理はいくら說いても妻に理解できなかつた。僕は自分の「女房教育」を悔恨した。そして同時にソクラテスのあの有名な逆說を考へてゐた。——惡と知つて惡をするは、知らずして爲すに優る。

だが最後に、遂に許すことのできない日が來た。僕の田舍に行つてる留守の間に、一人の若い男を家に引き入れ、一週間も同宿させて居たのである。その間中、子供は家を追ひ出されて、隣家の人の世話になつてた。僕が旅行から歸宅した時、子供たちは泥だらけになり、宿無し犬のやうな樣子をして、二人で道端に戲れて居た。それを見た時、流石に僕の心の中に名狀しがたい憤怒が湧いた。僕は生れて初めて妻をなぐつた。全身の怒と憎惡をこめて、ただ一度ぎり、力いっぱいなぐりつけた。そしてその時以來、妻の心は完全に僕を離れた。」

悲惨な話である。稲子夫人にはそれなりの言い分がある。この文章から私が感じることは、夫であり、妻である者は、「女房教育」や「亭主教育」によって期待するような人格となる人形のような存在ではないということである。ここに萩原朔太郎の思い上りがあった、と私は考えている。

一九四〇（昭和一五）年七月刊のアフォリズム集『港にて』の中に次の一節がある。

「直接肉體に觸れることは、私がサービス致しますわ、その他のことは、女中にさしたら好いでせう。と私の別れた妻が常に言つた。ところで男といふものは、愛する女にだけ、一切をしてもらひたいのである。食事の茶椀を運ぶことも、寝床を敷くことも、朝、その日の新聞を枕元へ持つて來ることも、料理を調味することも、酒の燗をすることも、すべて日常生活の一切が愛の間接の表現であり、性の外延的な接觸に外ならない。「直接肉體に觸れること」は、すくなくとも同棲生活をして居る夫婦間では、日常的なる無數の愛の合算された、總和數の商でしかない。幸ひにして私の妻は、所謂インテリ婦人でもなく「教養ある女」でもなかつた。ただ女學校の教育が、彼女に心理學を教へる前に、物理學と唯物論を教へたことが、惡しき先入見となつたのだつた。」

この文章の最後は私には理解できないけれども、萩原朔太郎はその結婚生活についてまったく男性本位であったことは確かだし、そのような家庭が実現されることはありえなかった。

「或る孤獨者の手記」は『時事新報』一九二九年一月二六日から三〇日までの間連載された随筆だから、離別より半年ほど前の文章であり、すでに引用したことがあるが、ここで萩原朔太郎は次のとおり書いている。

「僕は家庭を持つてるけれども、此の家庭生活からも、僕は依然として孤獨である。「妻」とか「子供」とかいふ觀念が、どうしても僕にははっきりしない。愛がないといふわけではないけれど、何だか家庭生活そのものが、僕には少しも意義がなく、單に荷やつかいの重荷として、不快な重壓を感ずるばかりだ。（もつとも僕のやうな人間は、始めから家庭を持つのが誤謬であつた。）僕は家庭の中に居ながら、いつも氷山に居ると同じく、永遠に凍りついてる孤獨を持つてる。かつて北原白秋氏は、よく僕の家庭生活を觀察して、萩原は細君や子供の前で、いつもおづおづと恥しがつてると冷かされたが、實際さういふ所があるかも知れない。あへて恥しがつてるわけではないが、妻とか子供とかいふ存在が、僕にとつては空漠とした觀念であり、一も家庭的なはつきりした意味を感知し得ないからだ。」

ふたたび「日本の女性」に戻る。このような萩原朔太郎のような女性観、家庭観をもっている人物が、「日本の女は愛情深く、責任感に富み、貞操の念に厚く、情操がデリケートで美を理解し、従順であつてしかも卑屈でなく、内に毅然たる勇氣と自尊心とを持ちながら、しかも外面は常に淑やかで愼み深く、些少の恩や愛恵に對してすら、殉情的の涙ぐましい感激をし、どんな逆境の下にあつても、常に嬉々として人生を樂しく快活に暮してゐる」などと言うのは、あまりに白々しいのではないか。「日本の女性」は『文藝』一九三七年一一月号に発表された。いわゆる支那事変の始まった年である。これは一種のイデオローグ的発言とみられても仕方がないのではないか。

4

萩原朔太郎は一九三七年一〇月一日軍人会館において「日本文化の現在と將來」と題して講演し、その内容を「日本の使命」と改題して『いのち』同年一一月号に発表した。

「明治以來、わが日本は、西洋の文明を吸収することに努めて來ました」と始まり、「そのため我々日本人は、過去半世紀の間、殆んど不眠不休で、夜も晝も、一寸の休むまがないほど、急がしく、殆んど超人的な努力を以て、西洋文明の吸取のために働いたのであります。この驚くべき努力によつて、今や我々は、漸く先づ一通りに、西洋文明の物質的な外觀だけは、自家に吸取して、學ぶ事ができたのであります。卽ち軍備に於ても、産業に於ても、また近代國家の社會的組織におきましても、殆んど西洋の先進文明國に比して劣るところがなく、事實上に於て、世界の一等國となつたのであります」と続けている。

萩原朔太郎という詩人はこんな夜郎自大な認識をもっていた人物であったのか、と失望を禁じえないが、あるいは軍人会館という会場の聴衆に迎合したのかもしれない。彼にはそうした気の弱さがあったことは、この講演の行なわれた年、一九三七年、『東京朝日新聞』一二月一三日付に「南京陥落の日に」と題する詩を寄稿した。

歳まさに暮れんとして
兵士の銃劍は白く光れり。
軍旅の暦は夏秋をすぎ
ゆうべ上海を拔いて百千キロ。
わが行軍の日は憩はず
人馬先に爭ひ走りて
輜重は泥濘の道に續けり。
ああこの曠野に戰ふもの
ちかつて皆生歸を期せず
鐵兜きて日に燒けたり。

天寒く日は凍り
歳まさに暮れんとして

南京ここに陥落す。
あげよ我等の日章旗
人みな愁眉をひらくの時
わが戰勝を決定して
よろしく萬歳を祝ふべし。
よろしく萬歳を叫ぶべし。

同年一二月一一日、萩原朔太郎は丸山薫宛書簡で、「朝日新聞の津村氏に電話で强制的にたのまれ、氣が弱くて斷り切れず、たうとう大へんな物を引き受けてしまつた。南京陥落の詩といふわけです。一夜寢床で考、翌朝速達で送つたが、豫想以上に早く陥落したので、新聞に間に合はなかつたかもわからない。とにかくこんな無良心の仕事をしたのは、僕としては生れて始めての事。西條八十の仲間になつたやうで慚愧の至りに耐へない。(もつとも神保君なども、文藝に戰爭の詩をたのまれて書いてるが、あまり讃められた話ではない。)」と書いている。朝日の津村とは、丸山薫らと同様、『四季』の同人であった詩人津村信夫の兄、Qという筆名で辛辣な映画批評で知られた津村秀夫にちがいない。

それにしても、こうした気の弱さが、軍人会館における発言ともなったのではないか。それでも「讃められた話ではない」し、萩原朔太郎の晩節を汚したことは間違いない。

そこで講演に戻ると「西洋文明の物質的な外觀だけは、自家に吸取」したというのだから、西洋文明の精神的な面は吸収しなかった、と続くのかと思うとそうではない。「日本の使命」では、「西洋文明と東洋文明、特に日本文化と西洋文化との、本質上に於ける相違の點を述べてみたい」と言って、西洋文化の本質をなす精神は、一言で言えば、二元的なものの相対的な対立であり、「二つの矛盾したものが、互に嚙み合ひ、征服し合ふところの、戰ひの精神、爭闘の文化」であるとし、「東洋人は、すべてを一元的に考える、相對的に考へないで、絶對的に考へる」、「東洋には、矛盾觀念の對立といふ、相剋の思想がない」という図式から両文明の相違を説いている。

こうした時勢への便乗に、かろうじて萩原朔太郎がふみとどまっているかにみえるのはこの講演を次のようにしめくくっているからである。

「我々の文化の目的とする使命は、もとより絶對の平和主義、王道精神によるものでありまして、決して西洋人の考へるやうな、好戰的な、侵略的な國民性から出てゐるものではないのであります。ですから、要するに今日に於ける我々の日本人は、一方に於て、絶えず西洋の文明を吸取することが、まだまだ大に必要でありますが、同時にその精神に於て、民族的の高邁な自覺をもち、日本人の文化的使命を忘れないことが最も緊要であると思ふのであります。畏れ多くも、明治大帝の御製に「四方《よも》の海みな同胞《はらから》と思ふ世になど波風の立ち騒ぐらむ」といふのがあります。これは日露戰爭の時の御述懷でありましたが、目下の日支事變に際しましても、やはり私共は、この御製の精神を深く考へ、一貫して、日本の進むべき世界的文化精神を、常に反省して居る次第であります。」

5

『日本への回歸』の題名に即した評論は上記のものを除くと、他に「日本の都市」があるだけだが、「日本の都市」については私としては格別の感想がない。むしろ、その余の随想中に感興を覚えるものがある。その一が「日本語の不自由さ」である。たとえば、「日本の巡査」の冒頭に萩原朔太郎はこう書いている。

「巡査といふものは――一體に何處の國の巡査でも――外國人にとつて特殊なエキゾチツクな印象を與へる者らしい。」

萩原朔太郎の文章を読んでいると、しばしば文章の途中に――を上下において挿入句を記した文章が目につく。「日本語の不自由さ」はこの事情を説明している。彼は次の文章を例示する。

音響トハ空氣ノ振動ニヨツテ生ズル音波ガ、聽覺器官ノ末梢神經ニ傳達シ、中樞神經ニヨツテ知覺サレル所ノ現象デアル。

「讀者はこの文章を讀み終つて、最後に今一度そのセンテンスを頭の中で組み建て直し、漸く初めて音響の理を了解し得る。いかにも煩瑣で廻りくどく、しかも曖昧不明瞭の「非論理的」文章である。だが日本語では、これより外に同じことを説明する方法がない。上例はむしろ最善の文章であり、この種の者の中での、最も解り易く書かれた名文でさへある。しかもそれすらが、このやうに廻りくどく感じられるのは、「空氣ノ振動ニヨツテ生ズル音波」といふ如き一つのフレーズが、この觀念の説明上で、順位を逆にしてゐるからである。」

こう言って萩原朔太郎は右の文章の書きかえを例示する。

音響トハ音波（空氣ノ振動ニヨツテ生ズル）ガ、ソレノ傳達スル末梢神經（聽覺器官ノ）ヲ經テ、中樞神經ニヨツテ知覺サレル現象デアル。

これをさらに彼は次のように言いかえる。

音響トハ一ノ現象――ソレハ中樞神經ニヨリテ知覺サレル――デアル。ソノ現象ハ音波――空氣ノ振動ニヨツテ生ズル――ガ、聽覺器官ノ末梢神經ニ傳達スルコトニヨツテ生ズ。

このように表現することによって論理的明確性が増す、と彼は論じている。彼のいう不自由さは日本語にいわゆる関係代名詞がないことにより、萩原朔太郎は関係代名詞、関係副詞を――で置き換えているのではないか、と思われる。そして、英文において、関係代名詞や関係副詞を多用した長い文章は悪文が多いと私は考えている。そういう意味で、萩原朔太郎は欧文脈で日本文を書こうとして苦労した人であると思い、論理的に文章を構成するためにこれほど考えた人は稀であろうと思う。そういう意味で、私は萩原朔太郎に敬意を払っているが、彼の文章が理解しやすいとはいえないように感じている。

萩原朔太郎はまた「日本語の不自由さ」の例として、判断の表現が文末にくることをあげ、文章のセンテンスを最後まで読まないと筆者の考えが解らないことを指摘し、これは日本語の短所だが、短所を長所に変えることも可能だと説いている。「日本語は、「談義」に適し「解説」に不適であり、「物語」に適して「論文」に不適である」という。はたしてそうか、私は疑問にもつが、やはり、ここまでつきつめて日本語の表現を考えた萩原朔太郎に対して敬意を払わざるをえない。

6

すでに『日本への回帰』について私が言うべきことは終っているのだが、最後に『日本への回帰』の「随筆と身邊雜記」の項に収められている「自轉車日記」を全文引用して終えることとしたい。萩原朔太郎の文章に珍しく、ユーモアに富んだ随筆であり、夏目漱石の「自転車日記」と並ぶ傑作と私は考えている。初出は『時世粧』一九三六年一一月号だが、事実はもっと早いはずである。

「十二月二十日　今日ヨリ自轉車ヲ習ハント欲ス。貸自轉車屋ニ行キテ問ヘバ、損料半日二十錢也ト言フ。ヨリテ一臺ヲ借リ、附近ノ空地ニ至リテ稽古ス。操縱スコブル至難。ペタルヲ踏メバ忽チ顚倒ス。ヨリテ人ヲシテ車體ヲ押ヘシメ、漸クニシテ車上ニ乘ル。シカモ一歩ヲ踏メバ直チニ顚倒シ、車ト共ニ地上ニ落ツ。身體皮肉痛苦甚ダシ。ヨリテ止メテ歸ル。

十二月二十一日　弟ヲ伴ヒテ教師トナシ、早朝ヨリ練習ス。漸クヤヤ數歩ヲ蹈ムヲ得タリ。然リト雖モ忽チニ落ツ。弟曰ク。宛然コレ醉漢ノ漫歩ニ似タリト。

十二月二十三日　今日初メテ正常ニ走ルヲ得タリ。快言フベカラズ。然レ共コレ直行ノミ。曲折セントシテ把手ヲ轉ズレバ、瞬間忽チニシテ顚倒ス。弟曰ク。自轉車ノ理、物理力學ノ法ニモトヅク。ソノ顚倒セズシテヨク走ルハ、重心ノ安全ヲ保ツニヨルナリ。而シシテ重心ノ所在ハ腰部ニアリ。君タダ把手ヲ動カシテ右曲セントス。ソノ顚倒スルハ當然ノミ。ヨロシク腰部ヲ用ユルベシト。余コレニヨリテ物理ヲ理解シ、初メテヨク要領ヲ得ルヲ得タリ。卽チ場內ヲ一周シ、自由ニ操縱シテ誤ルコトナシ。內心ノ得意言フベカラズ。試ミニ場外ニ出デ、大ニ街上ヲ走ラント欲ス。卽チ出デテ走レバ、忽チ坂道ノ傾斜ニ會ス。疾行トミニ加速度ヲ增シ、不安甚シク心氣動亂ス。前路ニ數名ノ行人アリ。余車上ニ呼ビテ曰ク。危シ、危シ、避ケヨ、避ケヨト。行人顧ミテ笑ヒテ曰ク。汝自ラ避ケヨト。余コレヲ避ケント欲シ、誤ツテ崖ニ衝突ス。車體弓ノ如ク彎曲シ、余ハ路上ニ落チテ數ケ所ノ打傷ヲ負ヘリ。コレヲ荷ヒテ自轉車屋ニ運ベバ、マタ損害料金五圓ヲ取ラル。余ハ心ニ盟ヒテ、再度自轉車ニ乘ラザルベキヲ約セリ。

一月十日　先日ノ悔ヲ忘レテ、マタ自轉車ノ稽古ヲ始ム。余ノ借リタル車體ハ、廢物同樣ノ古物ニシテ、始メヨリ制動機《ブレーキ》ノ設備ナカリシコト、今ニ至ツテ知ルヲ得タリ。

一月十五日　既ニ全ク熟練シ、市中ヲ縦横ニ乗走シ得。歩行シテ數時間ヲ要スル遠路ヲ、僅カ一時間ニシテ走リ、シカモ殆ンド疲勞ヲ知ラズ。天下アニカクノ如キ爽快事アランヤ。今日、地圖ト磁石ヲ携ヘテ近縣ノ町ニ遠乘リス。途中甘味ニ飢エ、路傍ノ汁粉屋ニ入リテ休息ス。歸リテ父ニ語リテ曰ク。余今日某ノ町ニ遠乘リス。モシ汽車ニテ往復スレバ、約五十錢ノ旅費ヲ要スベシ。然ルニ余ノ費消シタル所ノモノハ、二杯ノ汁粉代金八錢ノミ。自轉車ノ利、アニ大ナラズヤト。父曰ク。汝何ノ用アリテ彼所ニ行キタルヤト。余曰ク。ナシ。單ニ散策ノミト。父大ニ笑ヒテ曰ク。用ナクシテ行キ、無益ニ八錢ヲ費消ス。何ノ得カコレアラン。汝ハ小學生ノ算術ヲモ知ラザルナリト。

三月一日　市中ヲ走ル。前ニ一老婆アリ。ベルヲ鳴ラセド聽エズ。道路狹隘ニシテ避ケガタク、遂ニ衝突シテコレヲ倒ス。余驚キテ助ケ起シ、怪我ナキヤヲ問フ。幸ヒニシテ微傷ナシ。余叩頭シテ陳謝シ、百方無禮ヲ謝スルト雖モ、老婆頑トシテ聞カズ。大聲ヲ發シテ余ヲ罵倒ス。曰ク。汝何ノ怨アリテ我ヲ倒スヤト。ソノ人風采甚ダ賤シ。思ヘラクコレ謝金ヲ要求スルナラント。ヨリテ金若干ヲ呈出シ、密カニ手ニ與ヘントスレバ、老婆コレヲ地上ニ擲チ、更ラニ怒リテ罵聲ヲ加フ。余恐懼シテ爲ス所ヲ知ラズ。窮爾トシテ反覆謝辭ヲ陳ズルノミ。既ニシテ耳邊ニ喧々ノ聲ヲ聴ク。見レバ群集四周ニ充チテ騒然タリ。余益ゝ羞爾トシテ進退ニ窮ス。幸ヒ余ヲ知レル一市人アリ。進ミテ老婆子ヲナダメ、漸クニシテソノ怒ヲ解クヲ得タリ。記シテコレヲ日記ニ銘ス。」

夏目漱石にしても、萩原朔太郎にしても、自己を客観視することができた文学者であったから、こういう文章を遺したのだと私は考える。

後記

ある人物評伝シリーズの一冊として萩原朔太郎を書くように依頼され、お引受けしたのはたぶん四〇年以上前であった。その後、二、三年考え続けていたが、ついに一枚も書くことができず、約束をたがえ、版元にご迷惑をおかけしたことがあった。以来、萩原朔太郎は私にとってずっと気にかかる存在であった。

昨年の初秋、萩原朔太郎研究会の会長である三浦雅士さんから一一月に前橋の萩原朔太郎記念館で講演するよう依頼された。そんな急なことでは準備ができないけれども、一年先にしてくださるなら、お引受けしましょう、とご返事した。そのさい、三浦さんから、どうせ準備なさるなら、本格的な萩原朔太郎論を書いたらどうか、と勧められた。元編集者の三浦さんは勧め上手なので、私もついその気になって、執筆してみようか、と思った。

その後、全集一五巻と補巻とを通読し、気がかりな箇所には付箋を付して何回か読みかえし、執筆に着手し、一応、本年九月末には書き上げ、青土社の清水一人さんにお願いして手書き原稿を校正刷にしていただいた。その上で、一一月一五日、萩原朔太郎研究会で『青猫』(初版)について、ほぼ原稿の校正刷にしたがってお話しした。

本書の執筆にさいし、私は先学の研究、評論、回想の類はもちろん、全集の月報に至るまで、一切参照しないこととし、もっぱら全集だけにもとづいて私見をくみたて、記述することとした。とはいえ、私は多年萩原朔太郎に関する研究書等を収集し、寄贈されたりしてきたので、また、その一部は読んでいるので、私見と考えたことも先学の影響をうけているかもしれないし、私見と考えた見解もすでに先学が指摘しているかもしれない。しかし、私としては徹頭徹尾全集だけにもとづいて執筆したものである。

萩原朔太郎の著述からの引用及び萩原朔太郎の書簡宛名の人名はすべて筑摩書房版全集(一九八六—一九八九)によったので、漢字は、原則として、旧字体である。これに対し、私の文章では漢字はすべて常用漢字の新字体にした。仮名遣いも、私の文章は現代仮名遣い、萩原朔太郎の仮名遣いは全集にしたがっている。

終りに、本書執筆の契機を与えてくださった三浦雅士さん、本書の刊行を引受けてくださった青土社の清水一人社長、驚くべき綿密さで校閲し、制作してくださった水木康文さんに、私が心から感謝していることを付記する。

中村稔

二〇一五年一二月五日

萩原朔太郎論

2016年1月20日　第1刷印刷
2016年2月10日　第1刷発行

著者――中村 稔

発行者――清水一人
発行所――青土社
東京都千代田区神田神保町1−29 市瀬ビル 〒101-0051
［電話］03-3291-9831（編集） 03-3294-7829（営業）
［振替］00190-7-192955
印刷所――ディグ（本文）
方英社（カバー・扉・表紙）
製本所――小泉製本

装幀――菊地信義

ISBN978-4-7917-6908-7 Printed in Japan

中村稔の本

詩集

新輯　うばら抄　二三三〇円

新輯・幻花抄　一八〇〇円

随想集

日の匂い　一七四八円

スギの下かげ　一八〇〇円

人間に関する断章　二二〇〇円

食卓の愉しみについて　一九〇〇円

古今周遊　二二〇〇円

評論

芥川龍之介考　二二〇〇円

樋口一葉考　二二〇〇円

中也を読む　詩と鑑賞　二二〇〇円